政序与文采
——文道之间的《文心雕龙》

李智星 著

中山大学出版社
·广州·

版权所有　翻印必究

图书在版编目（CIP）数据

政序与文采：文道之间的《文心雕龙》/李智星著．—广州：中山大学出版社，2022.5

ISBN 978-7-306-07486-7

Ⅰ.①政…　Ⅱ.①李…　Ⅲ.①《文心雕龙》—古典文学研究　Ⅳ.①I206.2

中国版本图书馆 CIP 数据核字（2022）第 048186 号

出 版 人：	王天琪
策划编辑：	孔颖琪
责任编辑：	孔颖琪
封面设计：	曾　婷
责任校对：	张陈卉子
责任技编：	靳晓虹
出版发行：	中山大学出版社
电　　话：	编辑部 020 - 84110283，84113349，84111997，84110779，84110776
	发行部 020 - 84111998，84111981，84111160
地　　址：	广州市新港西路 135 号
邮　　编：	510275　传　　真：020 - 84036565
网　　址：	http://www.zsup.com.cn　E-mail：zdcbs@mail.sysu.edu.cn
印 刷 者：	广州一龙印刷有限公司
规　　格：	787mm×1092mm　1/16　12.875 印张　211 千字
版次印次：	2022 年 5 月第 1 版　2022 年 5 月第 1 次印刷
定　　价：	48.00 元

如发现本书因印装质量影响阅读，请与出版社发行部联系调换

目　　录

序　言 ··· 1

导论：一个阐释框架 ·· 1
  一、儒学与玄学之争 ·· 2
  二、刘永济的《文心雕龙校释》 ································ 10
  三、北南方之间的《文心雕龙》 ································ 14
  四、《文心雕龙》学相关文献述要 ································ 21

上编：正变之间

在经学与文学之间
  ——重读刘勰辨骚论和宗经论 ································ 30
  一、"儒林"与"文苑" ·· 31
  二、《辨骚》篇绎旨：对新变文学成就的双重态度 ············ 36
  三、重审文学宗经论 ·· 44
  四、余论 ·· 49

"《文心雕龙》学"介入古今之争的可能性
  ——从王国维《屈子文学之精神》说起 ······················ 52
  一、《屈子文学之精神》的怀抱何在？ ························ 52

二、在王国维与刘永济之间看《文心雕龙》的文学正变观……… 58
　　三、刘勰的文学"经—权"通变论及其启示……………………… 61
　　四、结语………………………………………………………………… 65
刘勰的儒士身位 67
　　一、引言………………………………………………………………… 67
　　二、刘勰"高贵的谎言"？…………………………………………… 69
　　三、由《正纬》看刘勰的儒士身位…………………………………… 77
　　四、所谓"以子书自许"的《文心雕龙》…………………………… 84
　　五、结语………………………………………………………………… 91

中编：政治与文学

以诗文行教化
——儒家传统王政观中的王道与文教 94
　　一、引言………………………………………………………………… 94
　　二、儒家王政观解析…………………………………………………… 96
　　三、从圣王到君子……………………………………………………… 101
　　四、君子作为王政的文教担纲者……………………………………… 103
　　五、结语：文道合一的原则与《文心雕龙》………………………… 106
　　附：刘勰的"诸文体皆出于王官说"………………………………… 108
《文心雕龙》中的文变问题到政变问题 112
　　一、讹滥时文…………………………………………………………… 113
　　二、汉赋侈艳…………………………………………………………… 114
　　三、战国诡俗…………………………………………………………… 117
　　四、王者之迹熄………………………………………………………… 122

下编：散论

儒踪玄影
——《原道》篇里的天道、人道与文道 126
　　一、王者的"道之文"………………………………………………… 126

二、亦儒亦佛的《原道》篇？ …………………………… 130
三、刘勰的"道" ………………………………………… 132
四、《灭惑论》析疑 ……………………………………… 135
五、圣王的天道和人道：《原道》篇的微言 …………… 138
六、《正纬》篇的藏天与务人 …………………………… 142

镕铸君子与文人作家
——刘勰《宗经》《体性》篇的心性教育 ………………… 149
一、文人时代的作者个体心性 …………………………… 152
二、圣王作者观降解的发生 ……………………………… 157
三、文人个体文心在经典精神中融构为君子—文人的个体文心
……………………………………………………………… 160
四、结语 …………………………………………………… 165

以圣王文心为师
——刘勰《征圣》篇里的"文心"形塑 …………………… 168
一、圣文的政教性意义：君子心性是陶铸文人心性的底色 …… 169
二、圣文的文章学意义：为文人作文担当文学上的典范性 …… 175
三、总结 …………………………………………………… 177

余韵：《文心雕龙》与古今文学之争 ……………………… 179

参考文献 ……………………………………………………… 182

后　记 ………………………………………………………… 195

序　　言

李智星的这本《政序与文采——文道之间的〈文心雕龙〉》脱胎于他数年前的博士学位论文，不过，很明显，他在原作的基础上做了不少删改，也增添了些篇章。目前成型的这本书，虽然篇幅不大，却是去芜取菁后留下的精华部分。

毋庸赘言，对《文心雕龙》的研究可以说早已成为一门学术史根基深厚、研究成果层出不穷的独立学科了，甚至已形成与"红学"齐名的"龙学"。在研究论文和著作业已汗牛充栋、研究者群体代不乏人的"龙学"界，学人要想在"龙学"研究上自出机杼，发一家之言，绝不容易，这一情形颇似刘勰在《序志》篇中所说的"就有深解，未足立家"。但是，李智星的这本研究著述还是在几个方面贡献了自己的一些"深解"，对推进"龙学"界同仁们对相关议题的研究或会有绵薄之功。

首先，不同于一般从文艺学或文学美学的角度研究《文心雕龙》的做法，李智星注重挖掘《文心雕龙》对传统儒家文教的继承。实际上，近些年来"龙学"界对在儒学视野下探讨《文心雕龙》的呼声愈益显著，李智星的研究可谓参与到这一"龙学"界的研究动态中。

根据儒家经典，文章不单单是文学审美的对象，它还与端正世道人心、维系公序良俗的王道治理密不可分，因此，诗文的品质如何，不是一个纯粹的美学问题，而是跟"政序"（政教秩序）息息相关。"政序"这个词就是源自《明诗》篇的赞语。一方面，李智星认为《文心雕龙》在文学批评和文章写作学上是一部出色的经典，用古代目录学的概念来说，就是集部之作的一部经典，这一点他不否认，也容不得他否认；另一方面，李智星也论述道，刘勰对于文学的品鉴旨趣始终受到儒家"尽善尽美"观的影响，从而使《文心雕龙》比一般的集部作品有了更多的内涵。

儒家的理想是强调诗文除了要"尽美"，还要在道德伦理上合乎善的标准，承担起"美教化、正风俗"的礼乐责任，要讲求"文以明道"，而受到这种"善"的关怀所规范，"美"自然也不能没有限定。儒家批评过分沉溺于文采藻饰的诗文，也不认同诗文的感情抒发缺乏节制，认为其有失雅正。儒家对温柔敦厚、文质相协的文章的欣赏，从来不是基于纯审美的趣味，而是与它在政教风尚上所向往的"善"的境界相称的。同理，孔子心目中的君子在修身时要以培养温良雅正的人格、塑造文质彬彬的身文为目标，这当然也是儒家的政序想象中对精英阶层的道德心性和文教教养的要求。然则一旦这样的君子阶层要写作有美感、有文采的文章，那么，文章的"美"，自然还是要以情感贞正、文质彬彬的善美旨趣为尺度。

刘勰对文学的品鉴继承了上述这种"美"学，由此才能解释，《文心雕龙》的《乐府》篇为何会强调恪守先圣王的雅乐观，并摒斥淫乐，而《征圣》篇又为何竟会将君子"情信辞巧""志足言文"的修身标准引申成文章写作的金科玉律。这些恰恰是因为刘勰的文学美学尽管具有"文学自觉"后的文学审美意识，却又不是一种纯粹的文学审美意识，他的文学审美旨趣受到政序、修身、文教、道德等一系列古典文道观的影响。

其次，李智星在对刘勰的儒士身位的论证上也做出了自己一定的理论贡献。这一点无疑跟上一点关系密切。如果仅仅把《文心雕龙》看作一部集部之作，那么，刘勰自然被看作一位单纯的文论家、文学批评家或文士。但是，随着"龙学"研究家对刘勰与经学的思想关联的发掘，人们围绕刘勰文学理论背后的经学影响的讨论就没有停止过。诚然，刘勰与古文派经学的瓜葛比较紧密，他对谶纬的批判态度就是一个明证，但是，李智星提醒我们，一旦回到思想史的现场，我们可以发现，古文派儒生批判谶纬是假文献，这并不是一个简单的文献学论争，其背后还关联着儒生集团内部对于政教法权的持久争夺。这就提示我们进一步追问，刘勰的"正纬"背后是不是还介入了一场儒生集团内部不同派别的政教性立场的纷争？如果是，那么刘勰恐怕就不只是一名纯文士，而是多于或大于文士，即还有儒士的思想身位。而这种思想身位又会在刘勰的文论主旨中有何种反映？就我所见，目前就刘勰的《正纬》篇在这一方向上的进一步追问者并未出现，而李智星的研究应该说提出了一个不错的论题。

最后，也许比较难得的是，李智星的"龙学"研究找到了一条打开更宏大视野的可能路径。研究中国古代文学史的人，都知道屈原在开启文学新变上的地位，刘勰说"变乎骚"，就是指文学之变以屈原骚赋的诞生为标志。而在近代，梁启超、王国维等人也关注到屈原文学的特殊性。其中，王国维论屈原文学的新变性，实际上不是单纯就一个文学史问题进行议论，而是寄托他一个更大的时代关切，即当王国维身处传统中国文明的新旧更迭关头，他所不得不沉思的难题：在新与旧、古典与现代的冲突和转折间，中国传统文明究竟应如何应对"通古今之变"的历史处境？而《文心雕龙》在六朝时期"文学自觉"意识新生未艾的时代转变过程中，也着手处理了经与骚、古与今的"通变"问题，因此，刘勰的问题意识也就无形中与近现代王国维的"通古今"之思，建立起一种可相互进行比较，甚至进行潜在对话的关系。通过建立这种异代对话关系，李智星似乎将《文心雕龙》研究带入了一个更大的视野，即刘勰能为近现代以来中国人的"通古今之变"提供何种启示？我注意到，李智星在关于刘勰"高贵的谎言"一节的论述中，有一个脚注提示读者去比较一下晚清的经学论争，还列出了一篇研究廖平经学的参考文献。这是什么意思呢？据我有限的认知，晚清大儒廖平为了让孔子的儒家经书可以回应流行西学的全新时代的挑战，甚至不惜"改造"儒家经典，将西方的政治哲学观念注入孔家经书，重新进行解经。照此来看，廖平炮制了一个"高贵的谎言"。同样，刘勰为了让儒家经书可以适应一个全新的"文学自觉"的时代，也对经书做了某种文学化的"改造"，人为地将经书诠释成文学上也讲究声律、骈偶、情采的作品，就像有些研究者指出的那样，这是刘勰对经书的有意"误读"，但是刘勰"误读"的"文心"是什么，这才是问题的关键。李智星的分析认为，这是刘勰让经书得以回应一个新兴的文学化时代的一种解释学策略，好比王夫之说的"六经责我开生面"。于我个人来看，这似乎饶有兴味。

关于"龙学"的论题实在太过丰富，李智星的研究也不外乎穷其一二而已。不过，就像刘勰在《时序》篇中所说，文章的面貌和趣味总是跟随时代的变化而变化，不是一成不变的，同样，关于《文心雕龙》研究的趣味也不可能是一成不变的。在中国流行"美学热"的那个年代,对《文心雕龙》的研究应该说主要侧重于文艺学、文学美学或文学批评方面,但是时过境迁,眼下人们对《文心雕龙》的关注点亦随时代的改变而变迁,也许会更侧重于挖掘儒学视野下或其他更多不同视野下的《文心雕龙》的内涵。这对于丰富经典的研究和解释应该是有益的。

罗筠筠

辛丑年十一月于中山大学锡昌堂

导论：一个阐释框架

在刘勰《文心雕龙》的文体论（或文类论）诸篇中，《明诗》是首篇。之所以首进之以"诗"这一类文体，晚清刘咸炘解释说，"论诸文体而先诗，诗教为宗也"。其论《时序》亦云，"彦和论文虽综《七略》，实以诗教为主，观其所举可见矣。其论东汉斟酌经词，亦指诗教一系之文而言"①。言下之意，即刘勰的文论思想仍以儒家传统诗教精神为宗尚。同时，刘咸炘的看法提示了阅读《文心雕龙》的一种方式，即以延续儒家诗教观的视角和脉络介入《文心雕龙》。在传统儒家的诗学主张中，诗的品质关涉到持负邦家，关涉到人心世道的端正与否，因此诗并非纯粹的文学，而是形塑政教秩序的一部分，作诗必须考虑其在道德风尚和邦家教化上的治理意义，故《明诗》篇结尾的赞语也将诗与"政序"相提并论。这种儒家政治诗学意义上的"诗"，不同于日后在文学自律论意义上理解的"诗"。而刘勰论文首倡"原道""征圣""宗经"，将文章的本源和根柢追溯到儒家圣王"文以明道"的谱系之中，继承文道合一的传统，强调文章"发挥事业""昭明军国"的大用。就此而论，刘勰文论的确与儒家的政治诗学一脉相承。

诚然，《文心雕龙》包含剖析文章体制和文学技法的大量内容，这使

---

① 戚良德：《〈文心雕龙〉文本阐释的开山之作——评刘咸炘的〈文心雕龙阐说〉》，见《〈文心雕龙〉与中国文论》，中国书籍出版社2017年版，第182–183页。

其具有了一般文艺学或文学美学论著的性质，然而，这与继承儒家传统的文教观未必矛盾，就像亚里士多德的《诗术》将诗视为塑造城邦精神伦理秩序的技艺，诗从而具有了立法学的意义，但这并不妨碍亚里士多德同时去探讨作诗的诗术和技法问题。① 同理，倘若因为《文心雕龙》中含有文术论部分，就断言《文心雕龙》只是一部纯粹的文学理论著述，这是否过度以文学自律论的眼光来衡量《文心雕龙》了呢？

的确，魏晋六朝时期已然流行倡导纯文学的思潮，故后人称此一时期为"文学自觉"的时期。"文学自觉"这个概念是五四新文化运动的学人提出的，在字面上就透露着一种启蒙的感觉，恰如西方的审美自律论正是启蒙思想的产物一样。但是，一旦回到六朝时期的文学思想史语境本身去看，纯文学思潮的产生当然与启蒙没有关系，它实际上是玄学的产物。玄学兴于魏晋，其精神影响包括冲击传统的儒家礼法、鼓励任性率真的性情观、刺激纯粹审美意识的发育等。新儒家徐复观的代表作之一《中国艺术精神》就将此一时期审美自觉精神的缘起，追溯到玄学和庄子体道思想的启发。② 玄学的精神影响一旦延伸到文学领域，便相应地促使文学美学自觉意识的诞生，同时赋予后者一系列特殊的精神品质。实际上，刘勰所批判的华而不实的文风，恰恰就与魏晋玄学激发起来的纯粹审美意识以及"务虚轻实"的精神风尚密切相关。因此，讨论刘勰与纯文学审美思潮的关系问题，就必须由玄学说起。

一、儒学与玄学之争

由于包括文学在内的文艺审美意识的独立崛起与魏晋玄学精神的刺激深有联系，因此玄学的一系列思想特征实际上也相应地被带入文学创作中来。

首先，玄学精神注重人的"真情的表达""真情的自然流露"，主张"率意任情"，无视传统礼教的约束。③ 玄学之所以在魏晋兴起，与汉末以来世积乱离的现实环境相关。乱世导致原有的社会文化权威秩序出现解体的危机，在人心浮动之下，儒家政教和礼法体系遭到了强烈动摇，而鼓励

---

① 参刘小枫《巫阳招魂：亚里士多德〈诗术〉绎读》，生活·读书·新知三联书店 2019 年版。
② 参徐复观《中国艺术精神》，辽宁人民出版社 2019 年版。
③ 参杨清之《〈文心雕龙〉与六朝文化思潮》（修订本），齐鲁书社 2014 年版，第 51 页。

人们摆脱儒家政教文化系统、转向安顿于一己身心之自在自为状态的玄学精神得以兴起。玄学经典《世说新语》记述了当时大量染乎玄风的士人们率性任情的言行,在"追求身心自由"的状态下,他们主张情感的率真抒发和尽兴表达。①

"重情的士风影响及文学创作,其结果是直接带来抒情文学的勃兴"②,文学理论上提出的"诗缘情"就是这一抒情文论的产物。儒家传统诗教强调诗担负着"经夫妇,成孝敬,厚人伦,美教化,移风俗"的政教职能,尽管"发乎情",也须"止乎礼义",而与之不同,"诗缘情"的提出伴随着传统礼法政教秩序的衰落,强调"文人对个体情感的关注",突显"吟咏情性"的表达,自觉地与诗文的政教职责限定相剥离开来。这标志着"诗学思想的革命",也是"文学自觉的重要标志"。③

其次,玄学精神特别鼓励个性的张扬。一方面,以"竹林七贤"为代表,玄士们放荡任诞的言行均以不羁的个性放任为标榜,道德与名教的规范性被视为对自我体性的束缚。在《世说新语》的《任诞》篇中,染乎玄学的士人们明确拒绝儒家对君子修身的约束性要求,纷纷展现出放纵个体心性的畸诞不经行为。《三国志·魏书》记载阮籍"才藻艳逸,而倜傥放荡,行己寡欲,而以庄周为模则"④。"倜傥放荡"代表了当时玄风影响下人们对于放浪形骸的个性的自由追求。这种风气一旦传播到文学创作领域,放任个体心性的表达就会成为文学趣尚,梁简文帝萧纲在《诫当阳公大心书》中提出的"立身先须谨重,文章且须放荡"⑤的主张,就与玄学鼓励的"放荡"之风一脉相连。另一方面,玄学精神影响下的人物品鉴之风也起到了激发个性自觉意识崛起的效果。人物品鉴炽盛于汉末魏晋时期,在南朝名士或文人中依然延续。人物品藻的流行刺激了人们的个性观的产生。在鉴赏每一个体的独特风神状貌的过程中,人们自然培养起了对人的个体精神特性的觉悟,包括对自我的个体特性的觉悟,继而"养就了

---

① 参许辉、李天石编著《六朝文化概论》,南京出版社2003年版,第200—201页。
② 杨清之:《〈文心雕龙〉与六朝文化思潮》(修订本),齐鲁书社2014年版,第52页。
③ 杨清之:《〈文心雕龙〉与六朝文化思潮》(修订本),齐鲁书社2014年版,第55—56页。
④ 〔西晋〕陈寿:《三国志·魏书》第二十一卷《王粲传》,〔南朝宋〕裴松之注,中华书局1959年版,第604页。
⑤ 转引自叶朗编《中国历代美学文库》(魏晋南北朝卷下),高等教育出版社2003年版,第376页。

当时名士们强烈的自我意识"①。

上述因素最终促进了文学创作的个性化追求——"魏晋以来张扬个性的社会风尚当然也影响到文学创作,其结果是直接带来文学创作的个性化"②。曹丕"文气论"的提出及其后续的发展,表明文学创作的个性化问题得到了文论思想的重视。"文气论"阐明了文人作家各具不同的个性,故而相应地,基于其个性的文学表达也在文章的风格气貌上产生了差异。《文心雕龙》的《体性》篇就论证了文人作家的个体性差异与文章风格差异的关联。风格论与个性论是分不开的,而在受到西方近现代主体主义哲学和美学观念深刻影响的情况下,人们对中国古代文论中的风格论思想自然也尤为注目。这就解释了,何以今天我们的高校人文科学专业里的中国古典美学选读或者中国古代文艺理论思想史的课程教学设置中,大多选择由魏晋时期曹丕的《典论·论文》中的"文气论"说起,而讲到《文心雕龙》时,它的《体性》篇也相应地成为备受注重的篇章之一。

总之,个体观在文学创作和文学评论上的反映,就是对文人个体意识和个体情感书写的自主性的共识。然而,由之带来的一个偏颇,就是拒绝宗尚传统儒家圣人经典的教化属性和文体范式,毕竟,模仿和因循权威会被认为遮蔽了创作个性,而文道合一的范式也就成了抑制文人个人"文心"表达的束缚,于是,要求从儒家文教观的文德传统的约束中解放出来成为一种新的文学趋势。

最后,玄学精神深刻地影响了纯粹的审美化精神的发育。根据徐复观的看法,玄学根源于庄子的体道精神,而后者本身就具有强烈的艺术性品质,神人、至人"游于道"的逍遥境界往往包含了超脱于儒家政教礼乐秩序的纯粹的艺术化体验,感受天地之大美。再者,带着这种艺术化品质,当玄学由思辨的层面降落到生活情调的层面后,玄学精神更突出了它的艺术性的意味,由此影响下产生的关注人物形象美、气质美的人伦品鉴潮流即为其中的代表,人伦品鉴带有浓厚的审美观照倾向,它的盛行激发了人们的日常审美感觉和审美意识的觉醒,后者自然推动艺术审美精神本身的勃兴,包括文学审美的勃兴。③

---

① 杨清之:《〈文心雕龙〉与六朝文化思潮》(修订本),齐鲁书社2014年版,第64页。
② 杨清之:《〈文心雕龙〉与六朝文化思潮》(修订本),齐鲁书社2014年版,第65页。
③ 参徐复观《中国艺术精神》,辽宁人民出版社2019年版,第44-130、139-145、206-216页。

实际上，自魏晋到宋齐梁，玄学精神的侧重点经历了由思辨性的谈玄论理到"游玄习采"的文学审美转化。① 这特别体现在《世说新语》的《文学》篇中。《文学》篇共104条内容，尤其是第66条至第104条涉及的内容，"近乎今日所谓的'文学'即'纯文学'的内容"②。在《文学》篇里，我们不但看到了文学抒情论的早期意识，还看到了对文章的丽辞艳采等形式美的积极欣赏和追求。例如：

孙子荆除妇服，作诗以示王武子。王曰："未知文生于情，情生于文？览之凄然，增伉俪之重。"③

孙兴公云："潘文烂若披锦，无处不善；陆文若排沙简金，往往见宝。"④

简文称许掾云："玄度五言诗，可谓妙绝时人。"⑤

孙兴公作《天台赋》成，以示范荣期，云："卿试掷地，要作金石声。"范曰："恐子之金石，非宫商中声。"然每至佳句，辄云："应是我辈语。"⑥

孙兴公云："潘文浅而净，陆文深而芜。"⑦

桓玄初并西夏，领荆、江二州、二府、一国。于时始雪，五处俱贺，五版并入。玄在听事上，版至，即答版后，皆粲然成章，不相揉杂。⑧

---

① 参杨清之《〈文心雕龙〉与六朝文化思潮》（修订本），齐鲁书社2014年版，第93—96页。
② 陈引驰：《文学传统与中古道家佛教》，复旦大学出版社2015年版，第17—18页。
③ 〔南朝宋〕刘义庆：《世说新语译注》，张万起、刘尚慈注，中华书局2017年版，第220页。
④ 〔南朝宋〕刘义庆：《世说新语译注》，张万起、刘尚慈注，中华书局2017年版，第229页。
⑤ 〔南朝宋〕刘义庆：《世说新语译注》，张万起、刘尚慈注，中华书局2017年版，第229页。
⑥ 〔南朝宋〕刘义庆：《世说新语译注》，张万起、刘尚慈注，中华书局2017年版，第230页。
⑦ 〔南朝宋〕刘义庆：《世说新语译注》，张万起、刘尚慈注，中华书局2017年版，第232页。
⑧ 〔南朝宋〕刘义庆：《世说新语译注》，张万起、刘尚慈注，中华书局2017年版，第242页。

这种对文学上"粲然成章"的审美好尚，即便在玄士们谈玄论道的文辞中也不例外。例如：

> 支道林、许、谢盛德共集王家。谢顾谓诸人："今日可谓彦会。时既不可留，此集固亦难常，当共言咏，以写其怀。"许便问主人有《庄子》不？正得《渔父》一篇。谢看题，便各使四坐通。支道林先通，作七百许语，叙致精丽，才藻奇拔，众咸称善。于是四坐各言怀毕，谢问曰："卿等尽不？"皆曰："今日之言，少不自竭。"谢后粗难，因自叙其意，作万余语，才峰秀逸，既自难干，加意气拟托，萧然自得，四坐莫不厌心。支谓谢曰："君一往奔诣，故复自佳耳！"①
>
> 支道林初从东出，住东安寺中。王长史宿构精理，并撰其才藻，往与支语，不大当对。王叙致作数百语，自谓是名理奇藻。支徐徐谓曰："身与君别多年，君义言了不长进。"王大惭而退。②
>
> 支道林、许掾诸人共在会稽王斋头，支为法师，许为都讲。支通一义，四坐莫不厌心；许送一难，众人莫不抃舞。但共嗟叹二家之美，不辩其理之所在。③
>
> 王逸少作会稽，初至，支道林在焉。孙兴公谓王曰："支道林拔新领异，胸怀所及乃自佳，卿欲见不？"王本自有一往隽气，殊自轻之。后孙与支共载往王许，王都领域，不与交言。须臾支退。后正值王当行，车已在门，支语王曰："君未可去，贫道与君小语。"因论《庄子·逍遥游》。支作数千言，才藻新奇，花烂映发。王遂披襟解带，留连不能已。④

上述关于"烂若披锦""叙致精丽，才藻奇拔""才峰秀逸""奇藻""才藻新奇，花烂映发"等一类文章美感及其背后的文学才华的肯定性品

---

① 〔南朝宋〕刘义庆：《世说新语译注》，张万起、刘尚慈译注，中华书局2017年版，第189-190页。
② 〔南朝宋〕刘义庆：《世说新语译注》，张万起、刘尚慈译注，中华书局2017年版，第194页。
③ 〔南朝宋〕刘义庆：《世说新语译注》，张万起、刘尚慈译注，中华书局2017年版，第195页。
④ 〔南朝宋〕刘义庆：《世说新语译注》，张万起、刘尚慈译注，中华书局2017年版，第206页。

鉴，无不反映出《文学》篇所记载的名士们对奇采艳藻之美的普遍赏鉴意识。这是"纯文学"意义上的文学美学意识的表征。玄学生活的审美化情调与"纯文学"的意识之间具有内在关联，前者促进了对文学的纯粹审美性的把握，为文学美学自觉意识的兴发与繁荣导夫先路。

因此，魏晋六朝重视文章自身的纯粹美学经营这种态度的产生并非偶然，正是源于魏晋玄学带动下的艺术和文学审美感觉的崛兴，后者也随之被刻上一系列玄学精神的相应印记——"魏晋文学观念重形式、辞采、风格这一鲜明特征与玄学思潮有极为紧密的联系，玄学务虚轻实、贵无轻有的精神表现于文论，则是重形式轻内容，重辞采、风格而轻社会功用"①。这波及文学理论领域，也造就了一系列专门剖析、品鉴文章的形式、辞采、风格等的文论和文学批评话语，它们与过去专注文章的社会政教功用的传统思想相异趣，这实际上可归根于玄学与儒学的异趣，毕竟，"甚至可以说，魏晋六朝的文论即可视为玄学的支脉"②。

职是而论，所谓"文学自觉"，不外乎玄学精神的一种流衍。在深染玄风的魏晋士人精神的带动下，"当时士人重情的风气影响到文学，产生了文学上的'尚情'倾向，当时士人对美的追求也影响到文学，产生了文学上的'唯美'倾向。魏晋南北朝文学注重形式美，修辞上讲究骈对，声韵上讲究平仄，都是这种唯美倾向的表现"③。正是在玄学的刺激下兴起的文学唯美之风，将文章从儒家传统文教和礼乐政序的体系中解放了出来，形成六朝时期文学审美自主性的开端。一如玄学之士自谓独立于礼法之外，士人也声称文学的书写和表达与道德教化无关。以下这一则选自《世说新语》中《文学》篇的段落，颇能见出"纯文学"与传统儒家文学观的异趣：

> 谢公因子弟集聚，问："《毛诗》何句最佳？"遏称曰："昔我往矣，杨柳依依；今我来思，雨雪霏霏。"公曰："'訏谟定命，远猷辰告。'谓此句偏有雅人深致。"④

---

① 李春青：《魏晋清玄》，北京师范大学出版社2009年版，第138页。
② 李春青：《魏晋清玄》，北京师范大学出版社2009年版，第138页。
③ 唐翼明：《魏晋风流》，广东人民出版社2020年版，第52—53页。
④ 〔南朝宋〕刘义庆：《世说新语译注》，张万起、刘尚慈译注，中华书局2017年版，第203页。

作为儒家诗教思想的经典，《毛诗》一贯将诗隶属于厚人伦、美教化的政序治理之下进行意义阐释，而谢安的读法强调"雅人深致"，认为体现治国理政的诗句"最佳"，仍保留着儒家意志。然而，区别于这种政治诗学的传统观念，谢玄在集会上却以纯粹的文学审美目光读《毛诗》，无形中悬置起了儒家的诗教伦理观，将儒家之《诗》经当作纯文学意义上的诗来品味玩赏。这种对《诗》的诗化阅读，可谓开六朝文人以诗解《诗》之先。

在玄学审美精神开启的唯美风尚陶冶下，六朝新兴文学可谓成就斐然。"文学自觉"推动了纯文学的审美繁荣，但这一趋势也伴随文学与王道的政序伦理关怀相松解、相分离，文人作文一旦摆脱了文教的职责担当，便往往在吟咏情性的道路上忽略情志贞正的风雅之旨，在追逐形式美的道路上无视文质彬彬的君子文风，走向浅薄的唯美主义。

一如罗成在诠释《文心雕龙》开头的《原道》篇中"文"的义涵时所说，"'文'是天地、万物、圣人、百姓这一存在链条的媒介……'文之为德也大矣'，中国文明在'道—德—文—教'的整全构造中，师法天地，礼义治国"①。而一旦文章一味地沦为精雕细琢的巧文末作，沉溺于声韵辞藻等的精致构思与游艺玩赏，降落为狭隘的个人化情性书写，那么，作文就渐与裴子野所蔑视的"雕虫"之艺无异，这势必使文章从上述"存在链条"与"整全构造"中脱落出来，逐步遗忘尽善尽美的更高追求，远离修齐治平的宏大事业和境界。

在此，不得不提的是，有人说刘勰的"原道""征圣""宗经"诸说，不外乎装点用的"门面语"，并无实质意思，这种观点早见于纪昀。但是，即便是纪昀，也没有据此就认定《文心雕龙》是一部纯粹的文艺学理论著作或集部之作，在论及《诸子》一篇时，纪昀就坦言刘勰大有自喻其《文心雕龙》为一子书之意，而评《原道》篇时，纪昀还说过刘勰"所见在六朝文士之上"，可谓"截断众流"，明确把刘勰拔出于文人文士的一般萃类。② 更何况，在魏晋南朝时期，儒学思想的底色依然在新潮之下存在着，继承和坚持古典儒家传统文教文道观的人并不乏见，譬如以古为训

---

① 罗成：《"错画"的秩序——〈文心雕龙·原道〉的"自然—历史"阐释及文明论意义》，载《文艺争鸣》2020年第6期。

② 参黄霖编著《文心雕龙汇评》，上海古籍出版社2005年版，第13、65页。

的"保守派"文论就自成一体,因此,我们不能偏偏就预设刘勰的"原道""征圣""宗经"等以古为训之说就仅是"说说而已"。

刘勰对待玄学的态度究竟如何,是一项复杂的"龙学"议题,在此难以展开论述。但是,刘勰对待伴随儒学兴衰的文学新思潮本身,其态度则较为明晰。"刘勰对文学的评价是顺着经学来的,儒学衰了,文学就差。所以三代最好,汉次之,魏晋以后愈来不堪。"① 尽管刘勰一方面积极回应方兴未艾的文学新潮流,但另一方面,他对六朝文病的洞若观火,也促使其反思和检讨这一潮流,并设法加以规范。刘勰倡导原道宗经,一方面是要假借"还宗经诰",对文学过分审美化、唯美化的时流予以纠偏,也对文人抒发情性的任诞不经加以修正,颇有就文学而论文学之意;另一方面,他则意在将文章重新接回到"载道"的圣王文教事业统绪中,通过回溯"道沿圣以垂文,圣因文而明道"②(《原道》)的格局,壮大文章的体用与意义,使文章的雕琢真正由"雕虫"升华为"雕龙"。

不难理解,上述这两方面是相互联系的。毕竟,儒家王道的政序理想是期望缔造一个文质协和、人心中正的生活世界秩序,然则这样一种政序想象会要求流行一种怎样的文章呢?会希望有能力和才干写作文章的智识之人作怎样的文章呢?又会采取何种标准评骘文章的高下优劣并据此做出取舍呢?这种标准会是纯粹美学的标准吗?假如文人作家的文章作品流于满目琳琅的浮艳,耽于放荡无节的滥情,那么这样的文章不就显然与上述理想政序的品质背道而驰吗?这类文章无法与先王圣化关于文质彬彬而持人情性的公序良俗目标相称,遂往往被斥为郑卫之声,甚至遭受罢黜。

可以发现,刘勰在《文心雕龙》中依然秉持着上述类似的文学评价取向,紧随《明诗》篇的《乐府》一篇,就是典型例子,篇中仍然持守文艺上的雅郑之分。《乐府》篇有云"乐本心术,故响浃肌髓,先王慎焉,务塞淫滥",这与儒经《乐记》里的思想是相一致的:先圣王基于端正人的情性的考虑,对审查诗乐的品位非常重视,故杜绝淫滥之声。对声诗的评断,是基于政序与教化的需要。同理,刘勰也批评道:"若夫艳歌婉娈,

---

① 龚鹏程:《文心雕龙讲记》,广西师范大学出版社2021年版,第214页。
② 本书所引《文心雕龙》原文均引自詹锳《文心雕龙义证》,上海古籍出版社1989年版,以下只标明篇名,不再出注。

怨诗诀绝,淫辞在曲,正响焉生!然俗听飞驰,职竞新异,雅咏温恭,必欠伸鱼睨;奇辞切至,则拊髀雀跃,诗声俱郑,自此阶矣。"诸如"艳""淫""俗""竞新异""奇辞"等,刘勰也用过这样的词语评判六朝文学新声的特征与趋尚,但通过回溯《乐府》篇可以发现,刘勰对"艳""淫""新异"和"奇辞"的指摘以及相应对"雅"等文学品质的赏识与称颂,并不是一个简单的文艺学上的审美旨趣问题,实质上还是在延续了先圣王文治观的基础上建立起来的美学评断。

刘勰的文学审美品鉴是受到儒家王道文教关于文的美善想象所影响的。在普遍"以文学自矜"的六朝时代,这一美善想象如欲因时通变,就须向文艺学上的表现形式转换,而后者所引出的文学审美旨趣,则显然不能说是纯粹美学的,而应说是具有政治美学品格的。

进而,对刘勰《文心雕龙》一著,是否仅仅以一般的所谓集部之作的标准就足以衡量其性质?事实上,在"龙学"研究的前辈中,不安于置《文心雕龙》入集部,而强调其为一部子书者,并非没有。刘永济先生即为其中的代表之一。

二、刘永济的《文心雕龙校释》

1948年,天地玄黄,中国正值新旧交替转捩的前夕。在这个政治社会秩序即将发生重组的重大历史时刻,著名的文论思想家刘永济先生首版了他的《文心雕龙》研究力作《文心雕龙校释》。该著迄今都是"龙学"的经典。刘永济《文心雕龙校释》的一个突出的思想特点,是将《文心雕龙》看作一部子书而非集部著作。现代"龙学"界习惯将《文心雕龙》视为文学批评或文艺学的理论著述,而古代目录书也多将《文心雕龙》置于集部,与诗文评同一类,"仅以文士目舍人"①。然而,刘永济却看到了刘勰寄托于其文学观中的"斯文将丧之惧"与"神州陆沉之忧"②——"从文学之浮靡推及当时士大夫风尚之颓废与时政之隳弛,实怀亡国之惧,故其论文必注重作者品格之高下与政治之得失。按其实质,名为一子,允无愧色"③。

---

① 刘永济:《文心雕龙校释:附征引文录》,中华书局2010年版,第22页。
② 刘永济:《文心雕龙校释:附征引文录》,中华书局2010年版,第172页。
③ 刘永济:《文心雕龙校释:附征引文录》前言,中华书局2010年版,第1-2页。

六朝文学之浮靡，与"去圣久远""不述先哲之诰"（《序志》）的风尚密切相关。积极响应六朝文学新风的梁简文帝萧纲在《诫当阳公大心书》中，甚至提出"立身先须谨重，文章且须放荡"的说法。将修身与为文割裂开来，固然与圣王或先哲经诰中传承的文教传统和"身文"观念相远离，而对为文"且须放荡"的鼓励，尤其推动了文人与文品向流荡不经发展。难怪刘永济指斥梁简文帝为南朝"文风之靡"的真正"始作俑者"①。当时的文坛，充斥着"放荡""回邪"而离经乖道的写作，"发乎情而不必其止乎礼义"（纪昀语）的"缘情"文学，耽溺于艳采艳情的"宫体"诗风，竞新骛奇、诡杂失正的南朝文林趣味……凡此种种，一时之间竟致"笔区云谲，文苑波诡"（《体性》）的局面。

在撰于1961—1962年的《论刘勰的本体论及文学观》一文中，刘永济进一步深化了他对刘勰著《文心雕龙》一书之"苦心"的理解——"从刘勰的全书看，他之所以必首先提出文原于道的理论来是有深切的意味的。他眼见国家日趋危亡，世风日趋浇薄，文学日入于浮靡之途，皆由文与道相离所致，而曾无一人觉察，心怀恐惧，思所以挽救之而无权位，故愤而著书"，所以，刘勰的《文心雕龙》虽是专谈文学理论和文学批评，"然而可说是一部救世的经典著作，是一部诸子著述"。②他还写道：

> 那时的国势更衰落，文风更颓靡，而上下习为苟且偷安更甚于齐世，他自己无从发展其才能，不得不辞官而走入空门，披发成和尚以终其身，其情怀抑塞，可以想见。……我校释他的《文心雕龙》时，对此还是认识不够，现在研究他的思想和文学观，方始体会到他的著书的宏识深旨和他的苦心孤诣……③

显然，1960年代初的刘永济继续保持并深化了他在1948年撰《文心雕龙校释》一著时的认识。在他眼里，刘勰是带着对南朝"国家""国势""世风""文风"之焦灼不安而撰著《文心雕龙》的，故救治文学不

---

① 刘永济：《文心雕龙校释：附征引文录》，中华书局2010年版，第162-163页。
② 刘永济：《论刘勰的本体论及文学观》，见《文心雕龙校释：附征引文录》，中华书局2010年版，第189页。
③ 刘永济：《论刘勰的本体论及文学观》，见《文心雕龙校释：附征引文录》，中华书局2010年版，第189页。

过是刘勰反省和纠正南朝国道人心的方式。

　　刘永济在幼年习词，后更就学于词坛名家况周颐。1949 年，刘永济在词集自序云"窃尝合古词人之作观之，其发唱之情虽至夥，要不出乎哀乐，而世之治乱，即因以见"，又云"人之情虽万变，其词虽千殊，要不难由之推见其所遇之世"。① 刘永济自己的词作中也往往注入了他对"所遇之世""世之治乱""世之隆污"的"哀乐"感慨，例如，在 1940 年，面对一个国土沦陷、山河破缺、百姓流离失所之中国，他怀着悲愤写下《临江仙·闻道锦江成渭水》，可谓"以血书之"。该词对蒋介石国民党政府在国家濒危、生灵涂炭之际，犹然过着醉生梦死、淫靡奢侈的日子，极为慨叹，谓其："绮罗兴废外，歌酒死生间。"② 然则，一旦遥想 1948 年刘永济所面对的正是这个腐败颓丧的国民党执政之民国的风雨飘摇之秋，我们也许不难想见他当时的复杂心境。是年出版的《文心雕龙校释》所谓"从文学之浮靡推及当时士大夫风尚之颓废与时政之隳弛"云云，后之所谓"国家日趋危亡，世风日趋浇薄，文学日入于淫靡""国势更衰落，文风更颓靡，而上下习为苟且偷安更甚于齐世"云云，此等颇类感同身受之言，是否也隐约寄托着他对民国弊败的反省与针砭？

　　下文笔者将参看目前所能找到的最早的《文心雕龙校释》版本，即 1962 年版的《文心雕龙校释》③。刘永济在前言里就直示以刘勰著书的时境与其忧患意识："彦和此书亦有匡救时弊之意。吾人读之，不但可觇知齐、梁文弊之全貌，而且可以推见彦和之学术思想。盖我国文学传至齐、梁，浮靡特甚，当时执政者类皆苟安江左，不但不思恢复中原，而且务为淫靡奢汰，其政治之腐败，实已有致亡之势。"④ 刘勰当时所处之齐梁江左，与刘永济所处之民国南京，不但地理位置相近，其风气之淫腻浮靡，政治之濒临败亡，亦不为不相似。

　　譬如刘永济释《时序》篇，谓"梁陈之间，风尚亦略同。梁自简文创为宫体，朝野从流，竞学轻靡"，"叔宝君臣，淫荒无时，游燕倡酬，辞

---

① 刘永济：《诵帚盦词两卷》自序，见《诵帚词集　云巢诗存：附年谱、传略》，中华书局 2010 年版，第 129 – 130 页。
② 刘永济：《诵帚词集　云巢诗存：附年谱、传略》，中华书局 2010 年版，第 57 页。
③ 刘永济：《文心雕龙校释》，中华书局 1962 年版。
④ 刘永济：《文心雕龙校释》前言，中华书局 1962 年版，第 1 – 2 页。

尤侧艳",以至于"江左王气既衰,文运亦成流荡"。① 王道之气衰与文运之流荡是一脉相连的,文风实际上是王道政治命运的侧显。与文学上的靡靡之音相同,梁简文帝的容貌妆饰也脂粉气极重,其仪表柔丽姣好,酷似"妙妇"。② 简文帝的这种癖好实际也跟玄学引领的旨趣有关——玄学精神陶冶下的人物品鉴多崇慕庄子笔下"藐姑仙人"式的风标,这在《世说新语》的《容止》篇多见。③ 刘永济释《程器》篇,又强调刘勰"以文事武备并重"之论,"实亦深中时弊"。盖齐梁士大夫子弟多浮弱体羸,敷粉施黛,不习武德,刚风不振,而文章之淫文佚采,纤秾扬葩,也不外乎当时整个世态风尚之反映。刘永济引《颜氏家训》谓"士习至此,国事尚可问哉?",并视刘勰此论"不特有斯文将丧之感,实怀神州陆沉之忧"。刘永济由此更呼吁当今学者,宜"借古镜今,于世风俗尚,孰是孰非,当知所取舍",似对自身当下所处时世,有所着意。④

刘勰针对南朝文学靡艳奢汰、文人"骨柔"不修武德等病的矫正,体现在他积极引入的一系列与当世时流趣味不尽合的文论主张之中。譬如《程器》篇申述"摛文必在纬军国""文武之术,左右惟宜",又《风骨》篇进之以文章的风力、骨力之议,救赎齐梁文学"肥辞"、"无骨"、文体日衰的偏弊。刘永济释《风骨》篇,就注重刘勰引入"风清骨峻"以纠正"藻采独胜""辞人之赋丽以淫"的通病。⑤ 其释《时序》篇时,则将刘勰积极引进文章风骨气力之说,称作北方风气对南方积习的拯救,其论徐陵、庾信二文学家,便谓"二子虽初渐南土浮靡之风,然自羁留北地,身更乱离,以伤悯之怀,发激越之词,文章体制,已异往时"⑥。刘永济更进一步结合南朝往后的政治命运,议论文学品质在南北方之间的嬗变:

> 迨陈运既歇,隋高崛兴北方,统一南土,炀帝初政,有志敦古,

---

① 刘永济:《文心雕龙校释》,中华书局1962年版,第179页。
② 参刘永济《文心雕龙校释》,中华书局1962年版,第179页。
③ 例如:"何平叔美姿仪,面至白。魏明帝疑其傅粉""潘岳妙有姿容,好神情。……妇人遇之,莫不连手共萦之""王夷甫容貌整丽""潘安仁、夏侯湛并有美容""裴令公有俊容仪……时人以为'玉人'"。参见〔南朝宋〕刘义庆《世说新语译注》,张万起、刘尚慈译注,中华书局2017年版,第611、615、616、618页。
④ 参刘永济《文心雕龙校释》,中华书局1962年版,第189-190页。
⑤ 参刘永济《文心雕龙校释》,中华书局1962年版,第109页。
⑥ 刘永济:《文心雕龙校释》,中华书局1962年版,第179页。

用北人贞刚之风，易南土浮艳之习，文学风气，浸浸乎变新矣。虽末季淫荒，国祚不永，其力已足以结六朝之残局，开李唐之先声，政治转变，及于文学，盖有不期然而然者。论世者合秦隋两代观之，似天特设此奇局，为汉唐拥彗清尘者然，亦可以觇文运升降之所由，非偶尔矣。①

六朝所在，地列南土，南地多积浮靡奢豪之习，积重难返之际，尤待北土质实贞刚之力一扫之，挽救之，扭转轻颓不振之积弊。而伴随政治上北方的崛起与南方的衰落，以及最后自北而南收拾南方之残局，统一全中华，文学上的"北人贞刚之风"也得以更替"南土浮艳之习"，实现转变。隋唐文学力改六朝淫艳文弊，"起八代之衰"，以朴厚之古风取代虚浮之骈文，成就自不待言，而政治上由发源于北方的隋唐政权力量一统南北，实为文风之转变奠定了基础。刘永济在1948年时局之下的上述言论，可能使读者恍惚联想到新旧中国之境迁、南北政权之易势背后的文质交替。发源于内陆、立足于陕北的中国共产党人生活习惯艰苦俭朴，质直有力，纪律贞正，与充斥于国民党执政的民国之都南京的淫腻奢靡之习，适成对比。金陵城脂粉气重，六朝如是，民国犹然。刘永济于1947年乃有词云"重到萧梁亡国地，堪哀"②（《南乡子·古恨未全裁》）。不要忘了，六朝首都建康正是南京。若谓刘永济纵论六朝，而文辞闪烁之间似意涉民国，恐亦未为过。如此看来，刘永济《文心雕龙校释》虽专论《文心雕龙》，但有意无意间似也别有所寄，谓其有古之诸子著书论世之意，亦未必不当。

三、北南方之间的《文心雕龙》

不过，以南北方框架界定刘勰文论之宗旨取向，实大有人在，刘永济绝非孤例。郭绍虞在其《中国文学批评史》一著中，同样采取了基于"南北文学与其文学批评"的文学地理学比较眼光。③郭绍虞首先引述唐李延寿《北史·文苑传序》曰："江左宫商发越，贵于清绮；河朔词义贞

---

① 刘永济：《文心雕龙校释》，中华书局1962年版，第179—180页。
② 刘永济：《诵帚词集 云巢诗存：附年谱、传略》，中华书局2010年版，第102页。
③ 参郭绍虞《中国文学批评史》（上册），商务印书馆2010年版，第188页。

刚,重乎气质。气质则理胜其词,清绮则文过其意。理胜者便于时用,文华者宜于咏歌。此其南北词人得失之大较也。"然后,郭总结道:"江左则重视音律,偏主藻饰;河朔则言尚质朴,体归典制。"①"重视音律"之江左文学的最具代表性者,当然是沈约的声律论以及"永明体"。

郭绍虞分析了南北文学上述差异产生的原因:第一,是地域上之区别所致。江北江南,水土各异,故意制相殊。像刘师培论南北文学之异:"北方之地,土厚水深,民生其间,多尚实际;南方之地,水势浩洋,民生其间,多尚虚无。"②第二,是习俗上之分化所致。"南人骛新,北人笃古,所以北学每存两汉之余风,南人则深受魏晋之影响。"第三,是政治社会之不同所致。"南朝半壁江山,尚能偏安,而北朝则时多战事,不遑宁处。"郭再引李延寿《北史·文苑传序》说明:"中州板荡,戎狄交侵,僭伪相属,生灵涂炭,故文章黜焉。……迫于仓卒,牵于战阵,章奏符檄,则粲然可观;体物缘情,则寂寥于世。"③

对当时的南朝文学,北人实早已有不满之论,乃病其浮靡虚诡,不切经义。郭绍虞广引《周书·王褒庾信传论》《北齐书·文苑传序》《隋书·文学传序》等史书之论,以示北人之学"对于南朝以来之作,每有一种不满意的论调"。④北人注重文章之质实雅正,归本圣典,着目于王道文教之用,而非纯粹审美,至于浮采腴辞,耽于声色,多肉少骨,更为其所斥。郭又博引《晋书·文苑传序》《梁书·文学传序》《陈书·文学传序》《隋书·文学传序》等为佐证,论证北学强调"归之于情而欲复返于雅正""以圣贤之述作为依归""以裨赞王道纲纪人伦为标准"等文学旨趣,这些俨然已近乎后世唐宋人的古文家论调,故郭绍虞说,"此虽不是古文家的论调,而古文家的论调实本于此"。⑤而古文运动的实质就是北人的文学趣味南渐,进而导致北长南消之结果。郭绍虞也提及这与隋唐之时政治上的南北逆转有关系:"后来在政治方面是北力南渐,于是文学之作风与文学批评的思想遂均不免受政治势力之影响,而北优南绌。这在唐

---

① 郭绍虞:《中国文学批评史》(上册),商务印书馆2010年版,第187页。
② 刘师培:《南北学派不同论》,见《清儒得失论》,中国人民大学出版社2004年版,第253页。
③ 郭绍虞:《中国文学批评史》(上册),商务印书馆2010年版,第187页。
④ 参郭绍虞《中国文学批评史》(上册),商务印书馆2010年版,第203—204页。
⑤ 参郭绍虞《中国文学批评史》(上册),商务印书馆2010年版,第204—205页。

代的古文运动,最可看出其关系。"①

郭绍虞也将刘勰的文论思想置于北学的脉络中看待,认为刘勰是在南朝批评界里体现出北学文学主张和风格的代表。因有北学传统的参与,故不能简单地视《文心雕龙》为一部纯文学的集部之作。在当代的《文心雕龙》研究家之中,汪春泓也继承了南北派文学的划分和比较分析框架。汪春泓指出,刘勰的文学观"虽然采取折中南北的立场,但相对而言,表现出较强的北人意识"②。刘勰强调"文章之用"附属于"经典枝条",《文心雕龙》的《序志》篇谓通过文章,"君臣所以炳焕,军国所以昭明",《宗经》篇又云"禀经以制式,酌雅以富言",并凭借"文能宗经",实现文章体格之"六义",挽救诡杂、淫芜等南朝文学症候云云。这些论述确实体现了刘勰的文学理想——"要重新确立北方文学的正统地位,来力挽南土的颓靡文风",毕竟,诡杂淫芜、溺于纯粹文学等所引发的文病,"更多是由南土文学带入文坛"的。③

在刘勰的"原道"论中,自仓颉、伏羲到文武、周孔建构起来的这一个正统的圣人王者人文谱系也首先是由北人创造的成果,"在此辉煌的人文创造中,北方是圣贤的渊薮,南人却不曾预流",同理,提倡文要"宗经",也自然是追摹"经学深湛的北人"传统,而非"轻浮的南人"传统。④而屈骚楚赋便是来自南人的文学,其具有的善于铺衍秾采奇辞的特点也正是南方文学之特点,刘勰在"枢纽"五篇里面关于经与骚两种文的对举中,恰恰已暗示了南北文学之分途,对此刘勰的立论则围绕着"固守其北方人文气象的纯洁性"和"防遏南土文学超据主流的现实针对性":一方面他坚持以"树立北方人文标准"为原则,另一方面他也并不排除,而是酌取渐趋强势的重视文学抒情、新、丽、奇等的南方文学美学思潮。两相综合起来,刘勰采取的路线是"在北方人文传统基础上,允许文学的发展变化",在接纳吸收而非排斥南方文学趣味的同时,坚持"以经学来规范南土文学",即对"不符合其北人审美理想者"加以"规范"。显然,在这一隐括而折中南北的结构里,北方文学传统是居于主导位置的,重视"以文学的北方传统,来高踞南土文坛的中坚地位",即通过以经驭骚,以

---

① 郭绍虞:《中国文学批评史》(上册),商务印书馆2010年版,第188页。
② 汪春泓:《文心雕龙的传播与影响》,学苑出版社2002年版,第50页。
③ 汪春泓:《文心雕龙的传播与影响》,学苑出版社2002年版,第58页。
④ 汪春泓:《文心雕龙的传播与影响》,学苑出版社2002年版,第60页。

北方传统引领和斟酌南方习气，排摒不良的南方文学趣尚。①

这一结构与汪春泓对《序志》篇中的刘勰之梦所做的独特诠释，是相一致的。据《序志》篇载，刘勰曾经"夜梦执丹漆之礼器，随仲尼而南行"，汪春泓认为刘勰随孔子自北向南而行，意味着将北方人文传统带向南方，"教化'蒙昧'的南土"②。汪春泓还分析道，刘勰由于"有着北人学养结构，继承了北学传统，受过深湛的经学熏陶；也具有北人的审美习惯"，因此对于受玄学沾溉的山水诗、南朝流行的"丽以淫"文学，刘勰本质上是不认同的，"刘勰的立意既不赞同谢氏山水诗，更不左袒齐代兴起的尚俗艳情文学思潮"，"故而，具有南方地域特色的文学，于他总显得格格不入"。③

汪春泓的个别话语大概显得偏激了。的确，北方经学传统对刘勰文论思想的影响是深刻显著的，"所撰《文心雕龙》，堪称是经学影响古代文论著作的典型范例"④，"从更深的层次看，对《文心雕龙》理论体系之建构产生根本性影响的因素，是经学"⑤；然而，刘勰毕竟是南朝人，受南学所习染实亦不可能避免，他对南学趣尚也不能说是殊乏兴趣、"于他总显得格格不入"的。譬如透过《文心雕龙》"剖情析采"的文论建构，不难察知刘勰对于祖述屈骚而来的新兴骈文绮采还是善于赏鉴、深具文心的，他对待孕育于南方的新生文学美学本身的创作成就并不抗拒，甚至总体上是对其热情拥抱的。在刘勰眼里，这样一个"文学自觉"、辞华韵富的南方，能说是"蒙昧"的吗？

至于受玄学影响的山水诗派，刘勰在审美与文学品质上的得失评骘与个人好恶姑且不论，但是，如果因为玄学是具有典型南方特色的南学思想，就认为刘勰与之"格格不入"，恐有不当。诚然，南学"尚王辅嗣之玄虚，孔安国之伪撰，杜元凯之臆解"，风格偏于任性蹈虚，自作主张，皮锡瑞所撰之《经学历史》以为南方玄学就不行于北方，"北重经学不杂玄学"⑥，北学之所以"纯正胜南"，盖"由于北人俗尚朴纯，未染清言之

---

① 汪春泓：《文心雕龙的传播与影响》，学苑出版社2002年版，第59、61页。
② 汪春泓：《文心雕龙的传播与影响》，学苑出版社2002年版，第50页。
③ 汪春泓：《文心雕龙的传播与影响》，学苑出版社2002年版，第50页。
④ 吴建民：《经学与古代文论之建构》，南京大学出版社2016年版，第127页。
⑤ 吴建民：《经学与古代文论之建构》，南京大学出版社2016年版，第128页。
⑥ 皮锡瑞：《经学历史》，周予同注释，中华书局1959年版，第170页。

风、浮华之习,故能专宗郑、服,不为伪孔、王、杜所惑"①。而南朝梁武帝纵然力兴经学,但"晚惑释氏,寻遘乱亡"②,故终未能大昌。以上均提示了南学的一些关键特征,即较尚玄虚、清言、任性、浮华,故玄学、释理尤炽于南地,侈靡文学亦盛于南人,后世宋明性理之学和心学等,莫不源乎南学性格。③ 然而,刘勰的《文心雕龙》实并未与玄虚思想相绝缘。例如,《原道》篇出入乎"神理""自然之道",《神思》《养气》《风骨》《隐秀》诸篇灵活糅合庄玄精神④,"神思"论有对禅修观念的承接⑤,书中还有对纬学纬理的酌取化用,等等。而《文心雕龙》中刘勰采用的一些文学批评和理论话语,也明显与魏晋时期玄学用于人物品藻上的概念相通相类,这折射出刘勰的文学精神跟审美化玄学的隐秘关联。⑥ 及至刘勰本人撰著《灭惑论》,晚年终于燔鬓皈佛,尤不能称其与南学特色的玄虚性格是"格格不入"的。

　　事实上,刘勰既植根于北学甚笃,也熏染乎南学颇深。在立足北学而持驭南学的框架里面,刘勰的文论思想一方面框限于征圣宗经,"禋赞王道纲纪",鼓励纬军国而贬虚文,广儒训而抑神教,崇尚贞雅,黜斥讹滥,树立风骨,矫正腴华,但另一方面又富于剖情析采,酌纬通骚,出入乎玄妙神理之道,敷藻于丽辞骈偶之文,可见刘勰显然是正面响应了玩华酌奇、吟咏情性的新生文学美学潮流的。因此,我们难免会遭遇一系列对于刘勰思想的矛盾评论。如在南朝的文学批评界中,刘勰的宗经弘道之说、以古驭今之议,早已"为后世古文家种下根苗"⑦,然其从流骈体文风,品鉴繁辞富藻之文,剖情采,辨声律,虽贵为当时沈约所激赏,却不为后

---

① 皮锡瑞:《经学历史》,周予同注释,中华书局1959年版,第180页。
② 皮锡瑞:《经学历史》,周予同注释,中华书局1959年版,第179页。
③ 参刘师培《南北学派不同论》,见《清儒得失论》,中国人民大学出版社2004年版,第231—240页。
④ 参刘文忠《〈文心雕龙〉的创作论与道家和魏晋玄学的渊源关系》,见中国《文心雕龙》学会编《〈文心雕龙〉与21世纪文论研究国际学术研讨会论文集》,学苑出版社2009年版,第368—382页。
⑤ 参欧阳艳华《征圣立言——〈文心雕龙〉体道思想研究》,上海古籍出版社2015年版,第561—591页。
⑥ 参刘文忠《〈文心雕龙〉的创作论与道家和魏晋玄学的渊源关系》,见中国《文心雕龙》学会编《〈文心雕龙〉与21世纪文论研究国际学术研讨会论文集》,学苑出版社2009年版,第375—378页。
⑦ 郭绍虞:《中国文学批评史》(上册),商务印书馆2010年版,第181页。

代古文家所赞取，故古文家韩愈崛起于唐，而对《文心雕龙》丝毫"不加理会"，实非如郭绍虞所言"自矜创革之功"①，而是刘勰染乎南朝时习的一面，的确又与古文运动存在着凿枘。又如，对刘勰的"原道"之说，通观全书，论者往往强调"他的主导思想固然是传统的儒家思想"②，所原之"道"也于伏羲、尧舜、文武、周公、孔子等儒家圣人王者纵贯下来的道统—文统叙事展开，然而另一方面，亦同样不乏论者论述玄学（"道佛皆称玄学"③）思想广泛出入于《原道》等诸篇章，从而揭示《文心雕龙》对道佛玄学的吸纳、融汇。再如，刘勰的"正纬"说主以宗崇正统经术、罢黜玄虚纬学，然而书中阐发天人交感之议，幽赞神明神理之说，又"深实潜藏着纬的特质"，在"纬学运用"上"显示刘勰文论所蕴强烈纬学色彩"。④

凡此种种，悉见刘勰思想进出乎北南学之间的气质，其一方面始终以北学传统精神为根柢和中心主旨，另一方面又展现出典型的南学思潮倾向，进而在折中南北的过程中，南北学产生了相互影响。在隐括南北、以北驭南的思想结构与动态过程里，刘勰既意欲挽救南学之偏弊，正本清源，同时也自觉地丰富北学之思想，因时通变，通过以北持南、南北互动的方式，刘勰的文学理论出现了多面性和复杂性。这种特点，在《文心雕龙》中最首要地体现在载道宗经的北学传统和"文学自觉"的南学新流之间是如何展开互动的。在将南朝新文学之风推回到强调情志贞正、文质相称、关怀王道等北学宗旨之际，刘勰也注重对经典进行"文学化"的新诠释，认为经典不但成为后世诸文章类别的源头，为文章本身张目，也为骈体文章的创作本身提供文学上的诸种示范原则，甚至连圣人也转化为"圣人式作者"⑤。刘勰这种"文学化解经"打开了六经的独特新生面，丰富了经典的源流变化，延伸了经典的典范性，有助于传统北学脉络下的征圣宗经面向新的"文学自觉"的时代语境的确立。这也是北学预流南学、

---

① 郭绍虞：《中国文学批评史》（上册），商务印书馆2010年版，第122页。
② 刘永济：《文心雕龙校释：附征引文录》，中华书局2010年版，第183页。
③ 刘永济：《文心雕龙校释：附征引文录》，中华书局2010年版，第183页。
④ 邓国光：《〈文心雕龙〉假纬立义初探》，见张少康编《文心雕龙研究》，湖北教育出版社2001年版，第230页。
⑤ 赖欣阳：《"作者"观念之探索与建构——以〈文心雕龙〉为中心的研究》，台湾学生书局2007年版，第203页。

南风熏染北风的化合作用下,发生思想互相影响的结果。

由此,刘勰《序志》篇所载"随仲尼而南行"之梦,就不单是隐喻北方的圣人王道和经训文体传统对南方文化的干预,也象征着北学要走向南方,且在迈进南方的文化语境中,打开了新的一面,丰富了传统思想空间的多样可能性。

本书围绕《文心雕龙》的文本释读主要集中在"枢纽"五篇,聚焦的是有关王道淑世关怀与文学的关系问题。上编由三篇文章组成,分别透过宗经与变骚、古体与新声、儒学与文学之间的关联揭示刘勰对于"文"的思想把握。笔者试图论证,在一个"以文学自矜"的新时代氛围下,刘勰对文学的反思和矫正的努力,是他对六朝时期整体普遍的文化学术风尚与人心趣味予以端正的一个切入口,他关注的是整个"斯文"的命运,而非仅囿于局部的文学范畴本身。这也是他的文学"宗经"论背后超越于纯文学的关切。而且,"宗经"的刘勰与儒家古文派经学的内部思想连带,亦表明刘勰并非一名单纯的文士,笔者将通过分析《正纬》篇,深入剖析这一层经学思想连带的政教性意义。然而,为使"宗经"论能够真正内在介入并回应一个文学化时代的问题和挑战,经典自身也需要相应地进行一种文学化的权变,在"经—权"论的通变结构与阐释策略(甚至伴随"误读")的基础上,经典得以被诠释出全新的文章学的义项,"儒家的道统"也得以"转变成为儒家的文统",获得"一个新的发展"。[①] 就此而论,刘勰的通变观甚至无形中与晚清以降的学人们关于传统中国如何"通古今之变"的思索,形成富有启发性的相互对话。

中编两篇文章考察了政治与文章的关系。通过儒家传统王政观中的王道和文教概念,笔者为把握刘勰的"文—道"观提供了思想视角和脉络。而刘勰对伴随"变乎骚"而产生的文学新风及其偏弊的反思与批判,也与追溯到三代王政至战国所发生的政治衰变有关系,屈骚之"风杂于战国"(《辨骚》)的文学特点实际上也延续到了六朝时文之中。

下编具有散论性质。首篇文章结合《易》经道学思想,分析刘勰《原道》篇中的"道"的复杂性内涵。《原道》篇的"道"论本诸《易》,

---

① 陈思苓:《文心雕龙臆论》,巴蜀书社1988年版,第10、12页。

而《易》"可以统摄三教的学问"①（方以智语）的本质特征，也许正提示了《原道》篇之"道"一方面归属于"裨赞王道纲纪"的儒家之"道"，而另一方面又始终在儒、佛、道三家之间流转这背后的哲学原因。这种框限于儒家之"道"，但又可不囿于儒家之"道"的内在涵通性结构，似乎也暗示着一种可儒可佛或亦儒亦佛的精神人格的可能性，这恰与刘勰本人亦儒亦佛的含混品性相类似。另两篇文章则共同关注了圣人或君子之转化成"圣人式作者"或"君子—文人"的问题，笔者主要将这一问题联系对文人作家的文心教育进行讨论，集中剖析"征乎圣""体乎经"是如何跟文人作家的诸个体体性的表现相综合的，以及圣人及其文章（即经典）对文人作文之用心的影响为何是一种政治美学意义上的影响。

简短的余韵部分将《文心雕龙》的文学关怀引入现当代的文学环境，帮助反思当下文坛的一些现代性症候。毕竟，"圣人不作，雅郑谁分？"②（裴子野《雕虫论》），假如圣王的文教治权发生解体（"去圣"），那么文学品格的流荡也许就是不可避免的了。

四、《文心雕龙》学相关文献述要

《文心雕龙》的版本和相关"龙学"文献自古至今数量繁多，很难梳理。对版本的大体整理，前辈学者已做过专门的详细搜集罗列工作，故不赘述。③兹结合《文心雕龙》的接受史和阐释史，大略概述代表性版本和文献，但不免挂一漏万。现以古代、现代为分期，先述古代的个别相关文献，后述现代"龙学"的代表性作品。现代文献部分又划分为《文心雕龙》注疏校证类、《文心雕龙》思想研究类和"龙学"史类三种，其中，思想研究类包括文章学或文学美学理论方面及儒学或经学相关思想方面两种。

《文心雕龙》的古代接受史可自南朝梁代算起。民国前，历代对《文心雕龙》的关注总体上谈不上多，但每一朝代都尚可采集到或直接或间接涉及《文心雕龙》的文史论说，不过这些论说话语未必会直接提及《文

---

① 杨儒宾：《儒门别传——明末清初〈庄〉〈易〉同流的思想史意义》，见邢益海编《冬炼三时传旧火——港台学人论方以智》，华夏出版社2012年版，第205页。
② 转引自叶朗编《中国历代美学文库》（魏晋南北朝卷下），高等教育出版社2003年版，第333页。
③ 参龚鹏程《文心雕龙讲记》，广西师范大学出版社2021年版，第4—9页。

心雕龙》。譬如，据说韩愈与刘勰的原道宗经文学观渊源颇深，但韩愈发覆文论却不曾言及刘勰和《文心雕龙》。唐代人对拨正八代绮靡文学之衰几有共识，与《文心雕龙》文道观相互发明者实多，代表者除韩愈外，还必须提及刘知几。刘知几可以说是中国历史上第一位《文心雕龙》思想的研究家，其在《史通·自序》中关于《文心雕龙》之为子书性质的一番发论，折射出他对《文心雕龙》的接受方式。

关于宋代对《文心雕龙》的接受状况，从现今所掌握的著录来看，最早的《文心雕龙》注本出现在宋代，《宋史·艺文志》载录曰"辛处信注《文心雕龙》十卷"，但已佚。元代《文心雕龙》的接受情况更为冷淡，据杨明照查证，元代引用《文心雕龙》的文献仅有两家两种，与其后的明清两代相比，都大为落后。

明代是《文心雕龙》校勘训注成绩斐然的阶段。明代"龙学"宗师杨慎的《文心雕龙》批点［明万历三十七年（1609）梅庆生《音注》本内录有］就有作注之意，"可以看作最早而且具有一定规模的《文心雕龙》注"①。而现存第一个《文心雕龙》的正式注本，是梅庆生的《音注》本（现存有万历三十七年刻本），且影响巨大。《音注》本开卷，有谢兆申胪列的明代《文心雕龙》重要研究者30多名，均跟当时的性灵派主流思潮息息相关。谢兆申所列名单中人对《文心雕龙》的阐释主要侧重于刘勰的文术创作论廿五篇，而忽略"枢纽"论和文体论诸篇。明代性灵派这样的纯文学派，着眼于《文心雕龙》之为集部"文学美学"的性质。不过，为反拨性灵派的末流积弊，明人王惟俭所作《文心雕龙训故》（现日本京都大学藏有明刊本）有意一反时流之道，但其影响范围不及梅庆生《音注》。王惟俭《文心雕龙训故》的重心已向"枢纽"论和文体论回转，对"文之枢纽"部分的注解比梅庆生《音注》要详尽，对文体论注释之绵密、倾心程度亦明显超过《音注》。王惟俭《文心雕龙训故》的思想由清代富有淑世卫道襟怀的钱谦益的《文心雕龙》论说所继承。

性灵派（尤其是曹学佺）的《文心雕龙》论说影响了清人王渔阳、黄叔琳的《文心雕龙》学。王渔阳没有关于《文心雕龙》的专书，黄叔琳则作有《文心雕龙辑注》（《四库全书》本）。《文心雕龙辑注》汲取明人的校注成果，在《文心雕龙》校注上有所进展，不过其直接因袭《文心雕龙训

---

① 汪春泓：《文心雕龙的传播和影响》，学苑出版社2002年版，第75页。

故》的地方甚多，且黄叔琳几乎毫不提及王惟俭，似有剽窃之嫌，此为不足。黄叔琳的《文心雕龙辑注》虽影响广远，但在纪昀看来仍错漏不少，而清代一个不可不提的《文心雕龙》研究成果代表，便是纪昀的《文心雕龙》评本［有据道光十三年（1833）两广节署刊本影印的影印本，即《纪晓岚评文心雕龙》，江苏广陵古籍刻印社1998年版］。纪评建立在黄叔琳《文心雕龙辑注》成果的基础上，内容由评《文心雕龙》原书和评论黄叔琳《文心雕龙辑注》两部分组成。纪评对《文心雕龙》文学思想之阐发不乏精辟深隽之处，不少见解能发刘勰文心之微。而清代郝懿行除有自己的校笺本外，其对《文心雕龙辑注》的评述也是在黄叔琳成果基础上的一个推进，修正了《文心雕龙辑注》的缺漏。上述关于《文心雕龙》的相关古本古籍，笔者所依据的是今人黄霖编著的《文心雕龙汇评》（上海古籍出版社2005年版）以及中国文心雕龙学会与全国高校古籍整理委员会合作编辑的《〈文心雕龙〉资料丛书》（学苑出版社2004年版）等。

受清代朴学学风的带动，清代骈文出现了复兴现象，这也促使了清代骈文家对《文心雕龙》进行关注，譬如孙梅、阮元等。相应地，清代古文家也开展了对《文心雕龙》的批评，以对抗骈文家文论。总体上说，明清两代对《文心雕龙》的兴趣呈现了一定的增长，不过，对《文心雕龙》文学思想的阐发，还说不上深刻，是较为肤浅的。关于《文心雕龙》在古代被接受和被阐释的状况，有各种看法。杨明照先生认为《文心雕龙》在古代是颇有影响的，他在耙梳其古代接受史和阐释史上用工最勤；[①] 但当代学者龚鹏程先生却认为，杨明照先生的耙梳反倒进一步确认了《文心雕龙》在古代的被接受和被阐释状况是索然的，即便是明清时代，也多是关注《文心雕龙》一书的文采，对其思想义理上的探讨是比较贫乏或浅薄的。[②]

晚清民初的桐城古文派与"《选》学"骈文派的论战，亦不约而同地以《文心雕龙》作为各自的理论资源，两派文论的主张针锋相对，且一者侧重《文心雕龙》的文道观，一者倾向创作论。现代"龙学"的开山祖师黄侃所著的《文心雕龙札记》（吴方点校，中国人民大学出版社2009年版）就是在这一论战背景下产生的。《文心雕龙札记》源起于黄侃当年在北京大学讲授《文心雕龙》课程，被牟世金称为现代"龙学"的开山之

---

① 参杨明照《文心雕龙校注拾遗》附录，上海古籍出版社1982年版。
② 参龚鹏程《文心雕龙讲记》，广西师范大学出版社2021年版，第1—35页。

作,它标志着对《文心雕龙》的研究开始成为一门独立的学科,即"龙学"。《文心雕龙札记》属于"《选》学"派的作品,"《选》学"派文论家以《文选》的骈文为典范,倡导骈体文的写作,注重文章的章句、对偶、丽辞、用典、声律等特征,故《文心雕龙札记》的内容也多向《文心雕龙》的文术创作论倾斜。桐城派文学家倡导古文写作,反对骈体文,伸张正统"文以载道"的思想。迥异于桐城文论旨趣,《文心雕龙札记》开卷解读《原道》篇,就引用韩非老庄、佛玄之学释"道",解"原道"之"道"为"自然之道",认为"与后世言文以载道者截然不同"①,以求摧破桐城古文派的"文以载道"说,对《原道》之"道"加以去儒家化的处理。而有趣的是,纵然两派文论立场针锋相对,却都不约而同地借助刘勰的《文心雕龙》作为支持自家文论的理论武器,各取所需。不过,随着现代文学运动的新呼声涌起,不论是桐城派抑或"《选》学"派,均一并被视为落后的旧文学,遂成为所谓"桐城遗老,选学妖孽"。

进入现代,《文心雕龙》的注疏校证研究工作更取得质的飞跃。范文澜的《文心雕龙注》(人民文学出版社 1958 年版)②就是一座里程碑,后世的注释纵使后出转精,仍深受益于范文澜《文心雕龙注》本。其后,又涌现了刘永济的《文心雕龙校释》(1948 年正中书局出版,1962 年中华书局重印)、杨明照的《文心雕龙校注》(上海古典文学出版社 1958 年版)、王利器的《文心雕龙校证》(上海古籍出版社 1980 年版)、詹锳的《文心雕龙义证》(上海古籍出版社 1989 年版)、陆侃如与牟世金合著的《文心雕龙译注》(齐鲁书社 1995 年版)、吴林伯的《〈文心雕龙〉义疏》(武汉大学出版社 2002 年版)等代表作。

在校证注解的基础上,"龙学"前辈又精益求精,增补不辍。如杨明照在《文心雕龙校注》后又添《文心雕龙校注拾遗》(上海古籍出版社 1982 年版)、《增订文心雕龙校注》(中华书局 2000 年版)和《文心雕龙校注拾遗补正》(江苏古籍出版社 2001 年版)。还有后人直接就前辈的原作进行修正者,如王更生针对范文澜《文心雕龙注》所作的《文心雕龙范注驳正》(台湾华正书局 1979 年版)。这些成果使《文心雕龙》的校注

---

① 黄侃:《文心雕龙札记》,吴方点校,中国人民大学出版社 2009 年版,第 3 页。
② 范《文心雕龙注》脱胎于 1925 年天津新懋印书馆印行的范文澜《文心雕龙讲疏》,此后,经作者多次修订。1929 年北平文化学社版改为《文心雕龙注》。1936 年开明书店版又作增修。1958 年的人民文学版是再经校订整理的。

义疏不断深化、精化,沾溉后学,善莫大焉。

训故义疏校证最终都是为了深入研究《文心雕龙》的内在思想理论服务的。关于《文心雕龙》文论思想的研究文献,有侧重文学美学论类与侧重宗经载道论类。侧重文学美学思想的成果甚丰(尤其在20世纪80年代"美学潮"的推动下),代表作有王运熙的《文心雕龙探索》(上海古籍出版社1986年版)、王元化的《文心雕龙创作论》(上海古籍出版社1979年版)、詹瑛的《〈文心雕龙〉的风格学》(人民文学出版社1982年版)、缪俊杰的《文心雕龙美学》(文化艺术出版社1987年版)、易中天的《〈文心雕龙〉美学思想论稿》(上海文艺出版社1988年版)、牟世金的《文心雕龙研究》(人民文学出版社1995年版)、寇效信的《文心雕龙美学范畴研究》(陕西人民出版社1997年版)等。以上诸家主要将《文心雕龙》划定在文章学或文学美学理论著作的范围,① 与明清性灵派、神韵派文论家读法一脉相连。另外,值得一提的成果,还有关于《文心雕龙》作家论思想的发明,代表作有简良如的《〈文心雕龙〉研究——个体智术之人文图象》(台湾大学出版中心2008年版)和《〈文心雕龙〉之作为思想体系》(中国社会科学出版社2011年版),台湾"龙学"界赖欣阳的《"作者"观念之探索与建构——以〈文心雕龙〉为中心的研究》(台湾学生书局2007年版),等等。总体上说,文学美学方向的传统研究一般具有两个代表性特点:一是聚焦在《文心雕龙》的文术创作论,对"枢纽"论,尤其是文体论基本论之甚轻,与之相关联,在一些中国古典文论或美学选本中,对《文心雕龙》的篇章选取都是围绕下篇的文术论,对上篇则选取极少,或象征性选取"枢纽"论中的《原道》篇,或仅选择文体论中的《明诗》篇,而选取《明诗》篇也主要是因为诗被视为纯文学的代表和源头;二是以现代主体主义的抒情论眼光看《文心雕龙》,将《文心雕龙》纳入中国抒情传统对待,故注重凸显其风格论、情性论、作家论等内容。

而突出《文心雕龙》文论的宗经尊圣襟抱,也存在一些代表者。譬如刘永济的《文心雕龙校释》(但此著严格来说不算思想研究类,而属校勘

---

① 王运熙《文心雕龙探索》1978年版中,明确将《文心雕龙》定性为"一部文学理论书籍""一部写作指导或文学作法"。牟世金是在作为集书的《文心雕龙》之上立说,跟刘永济和王更生在子书性质上立说相迥异,他曾指出"刘勰的文学理论集中在创作论部分,其理论体系在这部分表现得更为完整和细致"。参戚良德《〈文心雕龙〉的功臣——牟世金先生与"龙学"》,见《〈文心雕龙〉与当代文艺学》,中央编译出版社2012年版,第197-216页。

注释类),邓国光的《〈文心雕龙〉文理研究——以孔子、屈原为枢纽轴心的要义》(上海古籍出版社 2012 年版),但邓著仅围绕"枢纽"五篇进行绎旨。台湾"龙学"界长期偏重文章学或文艺美学的研究,但近二三十年来也渐出现注意挖掘《文心雕龙》的经学文学怀抱者,代表作有王更生的《文心雕龙研究》(重修增订本)(文史哲出版社 1979 年版)、蔡宗阳的《刘勰文心雕龙与经学》(文史哲出版社 2007 年版)等。1995 年,王更生率代表团赴北京参加《文心雕龙》国际学术研讨会时,所提交的论文便以《刘勰是什么家》为题,以提醒人们注意对刘勰儒士身位的长久短视,并提议加以重新审视。王更生往后的"龙学"研究工作仍不离此。相比起文章学或文学美学思想论类,这方面的研究成果比较少,但或许可以说晚近这些年开始增多,一些较新近的重要研究著述有戚良德编的《儒学视野中的〈文心雕龙〉》(上海古籍出版社 2014 年版)和龚鹏程的《文心雕龙讲记》(广西师范大学出版社 2021 年版)。戚良德重视发掘清代刘咸炘的《文心雕龙阐说》和刘勰的文体论思想,也是出于端正《文心雕龙》之为儒家子书而非纯文论的目的。①

台湾"龙学"界在王更生首倡后,一定程度上出现了儒学视野下"龙学"的"转向",据牟世金的看法,其原因之一"就是为了发展民族文学"②。关于台湾"龙学"研究史的研究文献,可参看牟世金《台湾文心雕龙研究鸟瞰》、刘渼《台湾近五十年代"文心雕龙学"研究》(台北万卷楼 2001 年版)。

"龙学"研究史论著,则有张文勋的《文心雕龙研究史》(云南大学出版社 2000 年版),张少康、汪春泓、陈允锋、陶礼天合著的《文心雕龙研究史》(北京大学出版社 2001 年版)和汪春泓的《文心雕龙的传播和影响》(学苑出版社 2002 年版),还可参考李平等人所著的《〈文心雕龙〉研究史论》(黄山书社 2009 年版)。汪春泓的"龙学"史论《文心雕龙的传播和影响》仅关注古代"龙学"研究史,而张少康等人的《文心雕龙研究史》跟李平的《〈文心雕龙〉研究史论》一样,虽有一部分古代"龙学"史研究,但大部分篇幅还是集中在现代"龙学"史研究上。

---

① 参戚良德《一部尘封百年的"龙学"开山之作——评近代国学大师刘咸炘的〈文心雕龙阐说〉》,见〔南朝梁〕刘勰《文心雕龙》,〔清〕黄叔琳辑注,〔清〕纪昀评,李详补注,刘咸炘阐说,戚良德辑校,上海古籍出版社 2015 年版,第 311—336 页。

② 牟世金:《台湾文心雕龙研究鸟瞰》,山东大学出版社 1985 年版,第 104 页。

综上所述，历代对《文心雕龙》的接受与阐释大体可分为文章学或文学美学理论（所谓集书性质）研究以及儒学或经学思想（所谓子书性质）研究两种趋向，前者多着眼于文术创作论，而忽视"枢纽"论、文体论，后者则多着眼于"枢纽"论，并在此基础上立定刘勰文论根柢。《文心雕龙》的思想极具包容性，后世不论是卫道的古文派抑或发扬纯文学的新体派，都能在《文心雕龙》中饮河果腹，吸取支援自身理论思想的资源。因此，《文心雕龙》在文学思想史上才呈现出上述正统与新变、儒家子书与集部文评两种面相，而我们不宜以偏概全，或过高评价、突出其中一面，所以，即便是专门围绕儒学或经学进行阐论，也不能忘记《文心雕龙》在文章学或文艺学理论史上的思想贡献与经典地位。

至于本书的写作，则选用了詹锳先生的《文心雕龙义证》为研究底本。詹锳三卷本《文心雕龙义证》建基于作者对《文心雕龙》众多版本的叙录、校勘、考证等多年积累上，又广泛吸收了前人的校疏和研究成果，遂具汇校集注的性质，是"《文心雕龙》校注史上的集大成之作"①。

---

① 李平：《〈文心雕龙〉研究史论》，黄山书社2009年版，第257页。

上编：正变之间

在经学与文学之间

——重读刘勰辨骚论和宗经论

也许受国内近年来的古典学热和经学热所沾溉,《文心雕龙》研究界也逐渐出现了"儒学转向"① 的倾向。所谓"儒学转向",意味着更加重视和关注《文心雕龙》一书包含的儒家经典文教观和文以载道的思想内涵,而非仅仅满足于古代目录书置《文心雕龙》入集部、"以其书与宋明诗话为类"②、"以文士目舍人"③ 的一般意见。这与王更生、刘永济等前辈强调《文心雕龙》乃"文评中的子书,子书中的文评"④ "其自许将羽

---

① 相关研究成果可参看戚良德编《儒学视野中的〈文心雕龙〉》,上海古籍出版社 2014 年版;戚良德《〈文心雕龙〉与中国文论》,中国书籍出版社 2017 年版;孙兴义主编《中国〈文心雕龙〉学会第十三次年会论文集》,云南大学出版社 2017 年版。当然,过去也并非没有由经学视角阐释《文心雕龙》文论体系者,其中,台湾"龙学"界似更重视《文心雕龙》的经学思想渊源,代表作如蔡宗阳《刘勰文心雕龙与经学》,文史哲出版社 2007 年版。

② 刘永济:《文心雕龙校释:附征引文录》,中华书局 2010 年版,第 175 页。

③ 刘永济:《文心雕龙校释:附征引文录》,中华书局 2010 年版,第 22 页。类似观点早在前人的论说中就出现了,如晚清刘咸炘关于《文心雕龙·诸子》的阐说:"彦和此篇,意笼百家,体实一子。故寄怀金石,欲振颓风。后世列诸诗文评,与宋、明杂说为伍,非其意也。"参戚良德《〈文心雕龙〉文本阐释的开山之作——评刘咸炘的〈文心雕龙阐说〉》,见《〈文心雕龙〉与中国文论》,中国书籍出版社 2017 年版,第 178 页。

④ 王更生:《文心雕龙导读》,华正书局 2004 年版,第 13 页。

翼经典，于经注家外，别立一帜，专论文章，其意义殆已超出诗文评之上而成为一家之言"①等精神取向相一致。"《文心雕龙》是文论，因而文艺学的研究是必须的，也是重要的，但我们却往往忽略了刘勰'论文'的出发点，尤其是刘勰所论之'文'在儒学中的地位和作用。"②毕竟，"刘勰的初衷是要对孔门四教之一端——'文教'进行研究。所以，《文心雕龙》不仅是一部文学理论，更是一部儒家人文修养和文章写作的教科书，必须明确，这里的文章写作既包括今天所谓'文学创作'，更包括政治、经济、文化以及日常生活中所有的文字工作"③。

假若刘勰意义上"文"的范围是如此广泛，那么，刘勰文论所针对的就不应仅囿限于所谓"文学创作"一隅，而应囊括所有领域中的"文"。于是，刘勰的宗经思想也似不该仅着眼于用经来矫正南朝时期"文学创作"上的讹、浅等弊病，其著书立意实或具有超出文章学批评或集部之学的范畴，而指向"包括政治、经济、文化以及日常生活中"整体的"文"的关怀。借此，我们有必要重新审视日本学人冈村繁曾经提出的疑问，即"（刘勰宗经）真实意图是否真的在于'矫讹翻浅，还宗经诰'？是否别有实际原因？"④这样的疑问恐怕并不是无中生有。

一、"儒林"与"文苑"

刘勰，字彦和，一生经历宋、齐、梁三代。根据《梁书·刘勰传》的记载，刘勰早年便"笃志好学"，其父见背后，在定林寺"依沙门僧祐，与之居处"⑤，主要工作是帮助僧祐编定佛经。在此期间，刘勰博观群书，"积十余年，遂博通经论"⑥。而刘勰晚年也确实遁入空门，燔鬓自誓，因此"龙学"界便有说法认为，刘勰所著《文心雕龙》里阐述的"道"论即主以佛道。

---

① 刘永济：《文心雕龙校释：附征引文录》前言，中华书局2010年版，第1页。
② 戚良德：《〈文心雕龙〉的文章观念与儒学视野》，见《〈文心雕龙〉与中国文论》，中国书籍出版社2017年版，第48—49页。
③ 戚良德：《〈文心雕龙〉的文章观念与儒学视野》，见《〈文心雕龙〉与中国文论》，中国书籍出版社2017年版，第49页。
④〔日〕冈村繁：《冈村繁全集三：汉魏六朝的思想和文学》，陆晓光译，上海古籍出版社2002年版，第587页。
⑤〔唐〕姚思廉：《梁书》第五十卷《刘勰传》，中华书局2000年版，第493页。
⑥〔唐〕姚思廉：《梁书》第五十卷《刘勰传》，中华书局2000年版，第493页。

刘勰自天监初年介入官场，先后曾官至奉朝请、中军记室、车骑仓曹参军、太末县令，除职仁威南康王记室后，又官至东宫舍人，授昭明太子文学，最后还兼步兵校尉。从中可见，刘勰任官尝涉军职军务，《文心雕龙》中《序志》一篇谈论经典文章有"军国所以昭明"一语，《程器》篇亦有"摛文必在纬军国"一语，其中"军国"一词的使用，多少应跟刘勰为官时的军务生涯有关系。①

上任奉朝请之前，刘勰曾夜梦孔子，其时"齿在逾立"，年过三十。得梦之启发，刘勰遂自命"素王"孔子之"素臣"，舍弃注经事业后，始选择"论文"事业作为赓继往圣、"敷赞圣旨"的方式，于是搦翰著述《文心雕龙》。《文心雕龙》既成于齐末，一时"未为时流所称"，但刘勰自重其书，决定负书自荐于沈约车前。当时盛极一时的大文学家沈约阅毕此著，啧啧称赏，以为"深得文理"，"常陈诸几案"。②

《刘勰传》里写道："勰撰《文心雕龙》五十篇，论古今文体，引而次之。其序曰：'夫文心者，言为文之用心也。……'"③《文心雕龙》的立论立足在"为文之用心"，即"文心"之上。所谓"文心"，在六朝时期主要是指文人作文之用心。刘勰撰著《文心雕龙》的目的之一，是试图针砭、矫正当时文人群体过分爱奇好丽之趣尚，而刘勰正身处这种风气方兴未艾之时。那么，此种文人风尚具体是如何衍成的呢？就此有必要做一番简要的文学史梳理。

首先，"文人"这一流品作为文章雕琢之士，其产生必须从汉代的辞赋家说起。辞赋在西汉便流行，那时候已涌现出一批杰出的辞赋家如司马相如、贾谊、邹阳、枚皋等。诗辞赋文章数量夥颐，以致《汉志》特辟诗赋一略，诗赋略就是建安以后目录书中集部之前身。诗赋文章与《诗》有一定渊源，本来或可置列于六艺略《诗》略之下，但是诗赋文章的量已相当巨大，因而再放进《诗》略里已不合适了。④ 这姑且可看作诗赋文章始冲出经学藩篱的开端。《汉志》著录的词赋家有 66 家，作品 771 篇；又杂赋有 12 家，作品 233 篇。《史记》《汉书》里有经学儒者的《儒林传》，尚无文章家的《文苑传》，但文章家及其辞赋文章的可观数量，表明这一

---

① 参刘凌《古代文化视野中的文心雕龙》，吉林大学出版社 2010 年版，第 40－42 页。
② 〔唐〕姚思廉：《梁书》第五十卷《刘勰传》，中华书局 2000 年版，第 494－495 页。
③ 〔唐〕姚思廉：《梁书》第五十卷《刘勰传》，中华书局 2000 年版，第 493 页。
④ 参林久贵、周春健《中国学术史研究》，崇文书局 2008 年版，第 93 页。

群体已达一定的规模。不过，与经学家群落相比，彼时的文章家不受重视、"俳优蓄之"①（《汉书·严助传》），自觉的文人群落仍未真正产生。

东汉时期已经出现"文章"此一概念，范晔《后汉书》便始为东汉文章家专立一《文苑传》，以后历代史书中往往都专门立有《文苑传》。范晔的《文苑传》尚且显得简要，述载文人事迹也比较粗疏，但从《晋书》开始，《文苑传》的写作变得丰富起来，记录文人言行也更详细了，甚至逐渐跟《儒林传》的写法相近，史臣也往往在传中加上可观的序言或赞语，而且也从正面评价文人文事，从而显得更像是史书的一部分，这些特点在《后汉书》里还是缺乏的。②

无论如何，《文苑传》与《儒林传》分途，表示文学和文章家的地位得到进一步的独立和明确，一个属于文人自身的群落专门冠以"文苑"之名被予以正视。"文人"这一流品开始得到正式认可。此后，文人的地位在正史中立稳脚跟，得以跟儒者分庭抗礼。

"文苑"与"儒林"的分殊对举，也意味着某种文道两分。事实上，文章自身独立的审美价值意识的开启，有赖于文章首先从经学的围范中脱离出来。牟世金便从汉魏六朝时文道分离的角度来考察文章自觉意识的形成史。③ 汉魏之际，世积乱离，儒家经学文明式微，汉末以来"天下分崩，人怀苟且，纲纪既衰，儒道尤甚"④，梁代官方诏告总结前代文化风气时，也有言"魏晋浮荡，儒教沦歇，风节罔树，抑此之由"⑤。"近者魏武好法术，而天下贵刑名；魏文慕通达，而天下贱守节。其后纲维不摄，而虚无放诞之论盈于朝野，使天下无复清议。"⑥ "虚无放诞之论盈于朝野""浮荡"的风气，一方面意指玄学之兴，另一方面也不免助长浮文放流，文过乎质，故"魏代以来，群文滋长，倍于往者"⑦，并非偶然。"自

---

① 〔东汉〕班固：《汉书》第六十四卷上《严助传》，〔唐〕颜师古注，中华书局 2000 年版，第 2097 页。
② 参胡旭编《历代文苑传笺证》，凤凰出版社 2012 年版。
③ 参牟世金《从文与道的关系看儒家思想在古代文学发展中的作用》一文中"汉魏六朝期间文与道的斗争"一节，见《雕龙集》，中国社会科学出版社 1983 年版，第 23 – 28 页。
④ 〔西晋〕陈寿：《三国志·魏书》第十三卷《王肃传》注引鱼豢《魏略》，〔南朝宋〕裴松之注，中华书局 1959 年版，第 420 页。
⑤ 刘汝霖：《东晋南北朝学术编年》，华东师范大学出版社 2009 年版，第 252 页。
⑥ 〔唐〕房玄龄：《晋书》第四十七卷《傅玄传》引傅玄疏，中华书局 2000 年版，第 869 页。
⑦ 〔东晋〕葛洪：《抱朴子外篇校笺》（下册），杨明照校笺，中华书局 1997 年版，第 660 页。

曹氏膺命，主爱雕虫，家弃章句，人重异术"①，伴随文学（"雕虫"）与经术（"章句"）的分道扬镳，"魏晋南北朝时期的文学，就是这样开始的"："家弃章句"，"就是当时文士，普遍抛弃经学而从事文学"，"文学一旦脱离儒学的羁縻，就如脱缰之马，自由驰骋起来，为我国文学史揭开了新的一页"。因此，文学美学经营的渐次繁盛，除"主爱雕虫"的原因外，"主要还是'世积乱离'的现实和'家弃章句'的思想风气"的结果。② 故荀子云："乱世之征……其文章匿而采。"③ 儒道经学的衰微，自然使文道合一的传统结构发生了动摇，文得以从道的藩篱中脱颖而出，有机会雕琢自身独立的美感。于是，在汉代已积淀一定规模的"文苑"，借此机势，迅速发展，文苑词林得以进一步壮大，直至衍成该时期所谓"文学的自觉"。晋代产生了最早的一部总集，即挚虞的《文章流别集》，而文章家别集数量滋长的趋势更是鲜明：

《隋书·经籍志》所载各朝别集，西汉只有近三十家，东汉增至七十余家，三国六十余家（其中魏国四十余家），晋代骤增至近三百八十家，宋齐短祚，二代共八十八年，但也有二百余家之多。④

对魏晋南北朝时期集部卷帙之浩繁，钱穆评价说："堪与史部相埒。以四百年计，每年平均当出一部到三部集，亦可谓每年出一位乃至三位专集作家。此即长治久安之世，前如汉，后如唐，亦难有此盛。"⑤ 这一文坛盛状从钟嵘《诗品序》、沈约《宋书·谢灵运传论》、魏征《隋志》等的相关记载、著录中亦不难见出。可以想见，刘勰所处年代已是个文章相当盛行的年代，"至家家有制，人人有集"⑥（萧绎《金楼子·立言上》），

---

① 〔南朝梁〕沈约：《宋书》第五十五卷《臧焘徐广傅隆列传》，中华书局 2000 年版，第 1023 页。
② 牟世金：《雕龙集》，中国社会科学出版社 1983 年版，第 26 页。
③ 〔清〕王先谦：《荀子集解》（下册），沈啸寰、王星贤整理，中华书局 2013 年版，第 455 页。
④ 王运熙：《文心雕龙探索》，上海古籍出版社 1986 年版，第 27 页。
⑤ 钱穆：《略论魏晋南北朝学术文化与当时门第之关系》，见《中国学术思想史论丛》（第三集），东大图书有限公司 1977 年版，第 147 页。
⑥ 叶朗编：《中国历代美学文库》（魏晋南北朝卷下），高等教育出版社 2003 年版，第 384 页。

而文章家自然也登堂入室，炙手可热。梁元帝萧绎《金楼子·立言下》描述曹植、陆机为"文士"，称其"不以儒者命家"[1]，至于陈代文士如岑之敬"雅有词笔，不为醇儒"[2]（《陈书·岑之敬传》），可知文与儒之区隔已见。而文苑繁华，难免进一步使儒林旁落，以至于文章家群体甚至形成排斥圣贤文化地位之势。

如陈柱在《中国散文史》所引李谔上隋帝书云："江左齐梁，其弊弥甚。贵贱贤愚，唯务吟咏；遂复遗理存异，寻虚逐微，竞一韵之奇，争一字之巧。连篇累牍，不出月露之形；积案盈箱，唯是风云之状。世俗以此相高，朝廷据兹擢士。禄利之路既开；爱尚之情愈笃。于是闾里童昏，贵游总角，未窥六义，先制五言。至如羲皇舜禹之典，伊傅周孔之说，不复关心，何尝入耳？以傲诞为清虚，以缘情为勋绩，指儒素为古拙，用诗赋为君子。故文笔日繁，其政日乱，良由弃大圣之轨模，构无用以为用也。"[3]

陈柱将"自西晋至南北朝"这一"骈文诗赋极盛时代"，称为"为文学而文学之极盛时代"。[4] 当彼之时，"竞一韵之奇，争一字之巧"的文士群体，甚至可凭借自家文才得到朝廷"擢士"，攫取"禄利"，而"六义""儒素"悉数摈落，君子之义也为诗赋词章之家所淆。故《南齐书·王承传》载"时膏腴贵游，咸以文学相尚，罕以经术为业"[5]，裴子野则谓之"摈落六艺""淫文破典"[6]（《雕虫论》），刘勰直称之为"去圣"。

唯有在文道一体的体制松动以后，雕镂文章文辞自身之独立美感的自觉意识才有可能萌生出来。随后，注重钻营文章本身的形式之美的骈体文学，注重考究声韵、对仗、情采、吟咏之美的诗赋文学等，也应运而生。然文章一旦去道太远，雕琢过甚，亦难免沦为巧文末作，绮丽以淫。累于

---

[1] 叶朗编：《中国历代美学文库》（魏晋南北朝卷下），高等教育出版社2003年版，第397页。
[2] 胡旭编：《历代文苑传笺证》（先唐文苑传笺证），凤凰出版社2012年版，第488页。
[3] 陈柱：《中国散文史》（民国沪上初版书·复制版），生活·读书·新知三联书店2014年版，第191-192页。
[4] 陈柱：《中国散文史》（民国沪上初版书·复制版），生活·读书·新知三联书店2014年版，第165页。
[5] 〔唐〕姚思廉：《梁书》第四十一卷《王承传》，中华书局2000年版，第407页。
[6] 叶朗编：《中国历代美学文库》（魏晋南北朝卷下），高等教育出版社2003年版，第334页。

浮艳，小言破道，自会造成文章失却自身之尽善大美。刘勰当时面对的文章之得失局面，大概正如此。

《文心雕龙》通过倡导"原道""征圣""宗经"的教诲，复"大圣之轨模"，力求重振儒家正统文论之主旨①，其关隘就在端正辞人的"文心"，把辞人们的心性根柢从"爱奇""竞淫"中转回到圣王经典之上，以容受经典的陶甄——"矫讹翻浅，还宗经诰"（《通变》篇）。不过，"载道""原道"只是刘勰文论主旨的一个方面，它的另一个方面在"枢纽"五篇中的《正纬》《辨骚》中得到引申。此二篇紧接《宗经》篇，标以"纬""骚"两种"文体"，显然是接续并针对《宗经》篇所标的"经"而论。从"经"到"纬"及"骚"，标识着文章体格的演变，这种演变用近人的话说，指示着所谓"文学的自觉"。其实，刘勰原则上认同这种历史演变，他认可"通变"的准则，从《文心雕龙》文术论部分的"剖情析采"来看，刘勰热烈拥抱并呼应这种文风演化，作文要讲究"玩华""酌奇"（《辨骚》），这在刘勰眼里也是作家出色的修辞技艺的表现。所以，"文道合一"和"剖情析采"在刘勰那里是可以并列统一的。于是刘勰文论体系便相应地呈现出两种不同的面相：一者符合儒家正统文论观念，一者适应"文艺自觉"后的文章新风；一者属于"古"，一者属于"今"；一者继承了北方文学的传统，一者则响应南方文学的传统；② 一者能助后世的"古文运动"（如唐宋八大家、韩柳）张目，一者又能为后世的"纯文学"派（如明清性灵派）提供理论资源；一者吸引清代的桐城古文派引之为同道，一者却对清代的"《选》学"派产生思想影响。③

二、《辨骚》篇绎旨：对新变文学成就的双重态度

"体乎经"符合刘勰的宗古观，"变乎骚"则代表其通变观，刘勰以

---

① 有关《文心雕龙》的文论立场跟儒教学说关系的问题，在历时长久的争论中已面目复杂，笔者在此无暇纠缠这一问题，谨表示认从"龙学"界主流观点，即认为《文心雕龙》的文论倾向还是宗儒家的。亦可参看杨明照《从〈文心雕龙〉〈原道〉〈序志〉两篇看刘勰的思想》，见《杨明照论文心雕龙》，上海科技文献出版社2008年版，第51－66页。

② 运用南北派文学分析框架来阐述刘勰文论中折中"宗经"与"变骚"二者，可参汪春泓《文心雕龙的传播与影响》，学苑出版社2002年版，尤其第20－62、150－166页。

③ 参汪春泓《文心雕龙的传播与影响》，学苑出版社2002年版，第390－415页。

"骚"作为文学新尚的代表,① 文术论"剖情析采",在理论的线索上便因"变骚"而开启。王更生在《刘勰的文学三原论》里把"道"视为文学共原,"经"则为中国文学自原,而"屈骚"则成了中国文学的变原。② 不过,代表文变转折的当然不仅有"骚",也包括"纬","《正纬》的重要意义,便在这'事丰奇伟,辞富膏腴'的肯定上。这便在宗经的主张里,开了一个不小的缺口,通向重视文学特征的广阔天地"③。"纬"同样构成对"经"的突破,"开了一个不小的缺口"。当然,如依辞赋新文学的情采状貌,光有"纬"之变仍不足够支持这一"缺口"的深远开启,还进一步需要"变乎骚"加以顺承推进,毕竟"纬书只提供了事之奇与文采之富的借鉴,而诗赋等文学式样所最需要的风情气骨,奇文壮采,还有待于楚辞来作为榜样"④。

明万历十四年(1586)冯绍祖校刊本的《楚辞笺注》里,附录刘勰《辨骚》篇和节录《诠赋》《声律》《比兴》《物色》诸篇,《辨骚》和"剖情析采"的文术论诸篇一同引录,并非巧合。"正是由于在他的'文之枢纽'里有了这一面(笔者按:即'变乎骚'一面),才会有后面文术论中的《丽辞》《声律》《事类》《夸饰》等篇……才会有《神思》《风骨》《情采》《物色》中许许多多的充分反映出文学特质的论述。"⑤ "剖情析采"是响应"文学自觉"时代的文论成果,但在刘勰看来,没有"变乎骚",就没有"剖情析采",而脱离"体乎经",也无法正确理解刘勰的"变乎骚"。"骚"之变是针对"经"之正而言的。经骚关系揭明了刘勰在新旧文学之间的操持,也表明了刘勰在古今文体之间进行了怎样的通变。

本节通过阐释《辨骚》篇大旨,首先意图揭明刘勰对新变文学本身的辞采成就持有正反两种态度。"变乎骚"的枢纽意义表明《辨骚》篇正着眼于文章变新之问题,刘勰对文变的基本观点可以从中得到彰显。

---

① 亦参王国维《屈子文学之精神》,见《王国维集》(第一册),周锡山编校,中国社会科学出版社2008年版,第27—30页。
② 参王更生《刘勰的文学三原论》,见《文心雕龙管窥》,文史哲出版社2007年版,第102页。
③ 罗宗强:《魏晋南北朝文学思想史》,中华书局1996年版,第279页。
④ 罗宗强:《魏晋南北朝文学思想史》,中华书局1996年版,第279页。
⑤ 罗宗强:《魏晋南北朝文学思想史》,中华书局1996年版,第281页。

就屈原本人而言，其文章固然染乎战国之风，其如《辨骚》篇所说"异乎经典""杂于战国"的文风特点确然从属战国文士之诡俗，但就其"同于风雅""宪于三代"而论，与战国时期其余诸子文士相比，在"去圣未远"方面（《诸子》）似又能成为诸子文士的"表率"。① 屈原文章里包含的悲三代王道之忧叹，意便入乎孔经：

> 离，别也；骚，愁也；经，经也；言己放逐离别，中心愁思，犹依道经，以风谏君也。故上述唐、虞、三后之制，下序桀、纣、羿、浇之败，冀君觉悟，反于正道而还己也。②（王逸《离骚经序》）

屈原也尝做过楚王官，辅佐怀王政事，"仕于怀王，为三闾大夫。……入则与王图议政事"③ （王逸《离骚经序》）。在《辨骚》篇所论骚赋之"雅颂博徒""取镕经意""同于风雅"者，正是汇归于屈原对王道兴替的关怀，其"典诰之体""规讽之旨""比兴之义""忠怨之辞"，并无一离开彰明王制道义或者闵王道之阙的"经意"，这是"犹依道经"的表现——"刘勰置屈原于孔子的道义承传之中，一部《离骚》犹如《春秋》，正面则陈述'王道'大义，而事实却是乱臣贼子的祸殃史"④。

以经典义理为基础对屈骚进行释义和褒贬，早已兴于汉代，贾谊、刘安、扬雄、史迁、班固、王逸等莫不持经释骚，尤其是王逸，甚至运用汉代经学的方法来为《楚辞》作章句，上所引《离骚经序》，即径称《离骚》为经，可见其推崇。汉代尊骚一方面含有对辞赋文学价值的肯定，直与经齐，另一方面也部分含有以经书对辞赋文学予以范导的意向。总之，刘勰从经出发审视骚，实其来有自。

然而，毕竟屈原尚有一重"异乎经典"的战国之风，就是说，他既有意入孔经之处，也有意悖孔经之处。这当然也是整个战国风气下文学的特

---

① 参邓国光《〈文心雕龙〉文理研究》，上海古籍出版社2012年版，第244－249页。
② 叶朗编：《中国历代美学文库》（秦汉卷），高等教育出版社2003年版，第494页。
③ 叶朗编：《中国历代美学文库》（秦汉卷），高等教育出版社2003年版，第494页。
④ 邓国光按《辨骚》篇指示，对"典诰之体""规讽之旨""比兴之义""忠怨之辞"四例加以精细绎读，爬梳骚赋里闵王道的"经意"极为细密，但视屈原为与"先圣"孔子相配的"后圣"，则显夸张。参邓国光《〈文心雕龙〉文理研究》，上海古籍出版社2012年版，第225－243页。毕竟屈骚犹有一重"异乎经典"的战国之风。立起屈原作"表率"，系出于"经—权"结构的建立，但正如经与权不同等，孔子与屈原、经与骚地位也不可能同等。

点。《诸子》篇说战国诸子"去圣未远",犹能"述道""入道","枝条五经",但诸子对于经典却同时有"纯粹者入矩"和"踳驳者出规"的差别,也就相当于屈赋有"同于风雅"处,又有"异乎经典"处。屈子"风杂于战国",自然也有战代文学的特征,其"诡异之辞""谲怪之谈""狷狭之志""荒淫之意"四事"异乎经典",其中刘勰语气间的批评之意,不难发现。因此,屈骚既有符合文道合一之处,也不免有引向"文道异化"之处。①

在《辨骚》篇中对屈赋"同于风雅"与"异乎经典"的两面性进行举例分析后,刘勰总结道:

> 故论其典诰则如彼,语其夸诞则如此,固知《楚辞》者,体宪于三代,而风杂于战国,乃雅颂之博徒,而词赋之英杰也。观其骨髓所树,肌肤所附,虽取镕经意,亦自铸伟辞。

这是刘勰评价屈原文章的基本结论。围绕评骘屈子作品的大辩论从汉武帝时已开始,各家臧否纷繁不一,足见屈原文章复杂,不好评价,需仰赖真正眼尖的大文论家。②刘勰介入这场大辩论,所作《辨骚》甚至堪称文论史上第一篇全面详备的"楚辞论"(牟世金语)。

《辨骚》篇该段评论承接关于屈赋之"同于风雅"和"异乎经典"的分辨,所谓"论其典诰则如彼",是指"同于风雅"的部分,而"语其夸诞则如此",则指"异乎经典"的部分。紧接着,刘勰以"固知《楚辞》者"引出的八句总论,均是围绕"体宪于三代,而风杂于战国"展开的进一步论析。正由于三代之体和战国之风相杂糅,屈赋成了"雅颂之博徒","博徒"的原意是指博戏之徒,引申为不肖之人,谓屈赋是"雅颂之博徒",就是将屈赋比作三代雅颂传统不理想的继承者,是掺杂了战国文风的继承者,是发生了蜕变的。照这样看来,在刘勰心目中,屈赋的位置是逊于雅颂的,"博徒"一词甚至被龚鹏程认为是表达了刘勰对屈赋的鄙夷。但是,战国之风毕竟又盛产夸饰之辞、奇伟之采,屈赋吸收了这种

---

① 参邓国光《〈文心雕龙〉文理研究》,上海古籍出版社 2012 年版,第 247 页。
② 关于刘勰介入起自汉武帝时期的屈原作品大辩论,可参蒋祖怡《文心雕龙论丛》,上海古籍出版社 1985 年版,第 84—87 页。

战国文风并加以恢宏发展，以至于被崇为"词赋之英杰"。从而，屈原之蜕变为"雅颂之博徒"，是因为"风杂于战国"，而隆之为"词赋之英杰"，也是因为"风杂于战国"。

最后，"观其骨鲠所树，肌肤所附，虽取镕经意，亦自铸伟辞"，同样在上下文中形成了两组对举："取镕经意"回应着"同于风雅""体宪于三代"，而"自铸伟辞"则对位于"风杂于战国""词赋之英杰"。但是，"骨鲠所树"与"肌肤所附"又分别所指为何？要弄明白这里的"骨鲠"和"肌肤"，我们应该立即引述《附会》篇的句子：

> 夫才童学文，宜正体制，必以情志为神明，事义为骨髓，辞采为肌肤，宫商为声气。

文章的基本体制也如同一个人的结构，由骨骼、皮肤等组成。对参《附会》篇，那么《辨骚》篇所说的"骨鲠"和"肌肤"，意思就顿时明确："骨鲠"也就是"骨髓"，是指文章的"事义"、事理，"肌肤"则指文章外在的"辞采"。于是"骨鲠所树"作为"雅颂之博徒""体宪于三代"的表征，便是说屈原的文章在"事义"上符合三代经典之训，而"肌肤所附"作为"辞赋之英杰""风杂于战国"的表征，则是说屈原的赋在"辞采"上是战国"愿而采"之文风下的杰作伟构。所以，末了所说"取镕经意"显然就是呼应"事义"上的"骨鲠所树"，而"自铸伟辞"则呼应了"辞采"上的"肌肤所附"。

屈原奇文的"辞采"成就无疑是基于对经典的某种出离（"异乎经典"）才取得的——"是惟楚国多才，灵均特起。赋继孙卿之后，词开宋玉之先。隐耀深华，惊采绝艳。故圣经贤传，六艺于此分途。文苑词林，万世咸归围范矣"[1]（阮元《四六丛话后序》）。刘勰正面评价了这种"异乎经典"的文变，《通变》篇就彰明了刘勰对变的融通态度。但是，"异乎经典"之文变，同时也可能隐含背离经典或彻底"去圣"的危险，以至于在"辞采"方面能开出"衣被词人，非一代也"（《辨骚》）的文学新风之同时，却也招致郑卫之病。故后人才有《楚辞》不入正统之论——"较之于《诗》，则其言甚长，其思甚幻，其文甚丽，其旨甚明，凭心而

---

[1] 〔清〕孙梅：《四六丛话》，李金松校点，人民文学出版社2010年版，第2页。

言，不遵矩度。故后儒之服膺诗教者，或訾而绌之"①。

诚然，在丽辞华采方面，屈原作为辞赋英杰，其作品无疑属战国文风之下的伟铸，后世的辞人文章多祖袭屈赋的这一面。故《辨骚》篇写道"枚贾追风以入丽，扬马沿波而得奇"。沈约在《谢灵运传论》里也说："屈平、宋玉，导清源于前，贾谊、相如，振芳尘于后。"② 裴子野《雕虫论》亦谓"悱恻芬芳，楚骚为之祖。靡漫容与，相如扣其音"③。

刘勰高度评价了屈原的赋在奇辞华采上的成就，认为屈原是辞赋创作上的大宗师。然而，虽然刘勰没有用"讹滥"一词形容过屈赋（他只用来形容"近代辞人"），但是，后世辞赋之绮丽华采既然客观上由屈骚导其先路，那么其"讹滥"文风之根端难道就与屈骚没有干系？或在刘勰看来，"骚"之所以需要"辨"，正取决于在"变乎骚"开启的文变过程中，文学所经历的得失：

> 《辨骚》者，辨骚之以继《诗》而起，然体慢于三代，而风雅于战国……纪昀言："词赋之源出于骚，浮艳之根亦出于骚。"辨字极分明。④

"词赋之源出于骚"——词赋本身标志着一个新的文学时代，它呈现出文章在辞采经营上的丰硕成就，那么作为"词赋之源"的屈骚，其开启的就是一个新的文学发展阶段；但是，这种新变毕竟也埋伏着"出规"乎经典的"浮艳之根"，"浮艳之根亦出于骚"，说的正是屈骚文风也可合乎逻辑地衍生出"讹滥""浮艳"的文章趣尚。故刘永济认为："《辨骚》者，骚辞接轨风雅，追迹经典，则亦师圣宗经之文也。然而后世浮诡之作，常托依之矣。浮诡足以违道，故必严辨其同异；同异辨，则屈赋之长与后世文家之短，不难自明。"⑤ 纵使屈赋之长和后世浮诡辞人之短存在

---

① 鲁迅：《汉文学史纲要》，人民文学出版社1973年版，第4页。
② 叶朗编：《中国历代美学文库》（魏晋南北朝卷上），高等教育出版社2003年版，第479页。
③ 叶朗编：《中国历代美学文库》（魏晋南北朝卷下），高等教育出版社2003年版，第333页。
④ 钱基博：《文心雕龙校读记 读庄子天下篇疏记》，上海古籍出版社2011年版，第11页。
⑤ 刘永济：《文心雕龙校释：附征引文录》，中华书局2010年版，第11页。

区别，但是后世浮诡辞人既然往往依托屈骚文学而生，也便证明将后世浮靡、浮诡文学之根追溯到屈骚文学不是无理据的。这在唐人反绮靡文学的论调中绝不乏见，如"初唐四杰"之一的王勃于《上吏部裴侍郎启》中便声称：

> 自微言既绝，斯文不振，屈宋导浇源于前，枚马扬淫风于后。①

李华在《赠礼部尚书清河考公崔沔集序》里也认为，屈赋文学的发展本就基于对六经的某种摆脱（即"异乎经典"），这种摆脱确有变而失正、流而不返之虞：

> 屈平宋玉，哀而伤，靡而不返，《六经》之道遁矣。②

唐人批判绮靡文学，正准备"起八代之衰"，对屈赋的评价难免受社会时风左右，但揭示屈宋文学的得失，与后人所见有相通之处，自有所据。李华所称"靡而不返"，即相当于纪昀所说为后世华文备好"浮艳之根"。"浮艳之根"波及后代辞人，便不免衍成独孤及所称"扬、马言大而迂，屈、宋词侈而怨，沿其流者，或文质交丧、雅郑相夺"的文病。在议论刘勰对屈赋到底抱持怎样一种态度这一"龙学"老问题时，王运熙细加察辨，指出刘勰对屈骚壮采伟辞的成就固然"评价甚高"，"肯定《楚辞》的艺术成就有高过《诗经》之处"③，但是，对屈赋里衍及后世文人"丽以淫"的"浮艳之根"，刘勰也会置以批评：

> "及《离骚》代兴，触类而长，物貌难尽，故重沓舒状，于是嵯峨之类聚，葳蕤之群积矣。及长卿之徒，诡势瑰声，模山范水，字必鱼贯，所谓诗人丽则而约言，辞人丽淫而繁句也。"这里"丽淫而繁句"固然是直接批评汉赋，但认为《楚辞》在这方面起了不良的先

---

① 叶朗编：《中国历代美学文库》（隋唐五代卷上），高等教育出版社2003年版，第213页。
② 〔清〕董诰等：《全唐文》第三一五卷，中华书局1983年版，第3196页。
③ 王运熙：《释"楚艳汉侈，流弊不还"》，见日本九州大学中国文学会主编《〈文心雕龙〉国际学术研讨会论文集》，文史哲出版社1992年版，第52页。

导作用，语意之间也是颇为明显的。①

可见，刘勰对待屈骚绮丽的辞章成就，实是抱有褒和贬的双重态度。此种双重态度不仅体现在刘勰对屈赋的评价里，也体现在他对泽被于屈赋的后世辞章的评价里。在《刘勰对汉魏六朝骈体文学的评价》一文中，王运熙梳理了刘勰对汉魏六朝重要辞赋家（扬马、班张、潘陆、颜谢）的评论，其所议实与评价屈原楚骚一致：既对他们丽辞华采的骈体成就予以肯定，一如另文所言——"对《楚辞》以后文学创作的发展和新变，他也持同样态度，有所肯定而不是笼统抹煞"②；但又分辨出其中偏离"丽词雅义"（《诠赋》）、产生侧艳过淫的部分，因而有肯定也有批判。③ 实际上，《辨骚》篇"凭轼以倚雅颂，悬辔以驭楚篇"二句，相近于《序志》篇"按辔文雅之场，环络藻绘之府"和《夸饰》篇"酌诗书之旷旨，翦扬马之甚泰"之句，将这些类似的语句并置对照，可发现其内在的逻辑和取向是差不多的。"凭轼以倚雅颂，悬辔以驭楚篇"，意指凭据雅颂诗书对屈骚的丽藻艳辞施以控驭，既然有待控驭，就表示单靠屈骚本身是不足以自持的，然则，倘若任由屈赋文风按照自身的审美逻辑，不受控制地去发展、流衍，那么就有可能流而不返，去"扬马之甚泰"就是一步之遥，直至衍成过甚过泰的淫滥之辞，引出浮艳之末流。这也反过来印证了，屈骚文学内在具备浮艳流俗之根端或端倪，从而屈骚"楚篇"才必须受到控引驾驭，不可放任自流，毫无限制，它自身并不足以成为典范和楷则。

所以，对待"楚篇"的文学成果，刘勰在肯定之余，也警惕其引出"讹滥"，方法就是汲取经典的规范性，使"楚篇"始终接受经典的雅正。"辨骚"辨明"骚"的文章得失，最终是要提出"凭轼以倚雅颂，悬辔以驭楚篇"的教诲，刘勰"主张把学习《诗经》和学习《楚辞》结合起来，以《诗经》的贞实文风为基点，吸取《楚辞》的奇华艺术"④。这就是何

---

① 王运熙：《刘勰为何把〈辨骚〉列入"文之枢纽"?》，见《当代学者自选文库：王运熙卷》，安徽教育出版社1998年版，第296页。
② 王运熙：《释"楚艳汉侈，流弊不还"》，见日本九州大学中国文学会主编《〈文心雕龙〉国际学术研讨会论文集》，文史哲出版社1992年版，第52页。
③ 参王运熙《刘勰对汉魏六朝骈体文学的评价》，见《当代学者自选文库：王运熙卷》，安徽教育出版社1998年版，第330－336页。
④ 王运熙：《释"楚艳汉侈，流弊不还"》，见日本九州大学中国文学会主编《〈文心雕龙〉国际学术研讨会论文集》，文史哲出版社1992年版，第52页。

以刘勰更偏尚东汉辞赋的原因：虽然刘勰对两汉辞赋总体上均持褒贬参半的态度，但相较之下，他对东汉辞赋更为认同，因东汉辞赋受重古文经学之风的影响，辞赋家如班固、张衡等，作文能兼备古雅与丽采，其"雅澹""懿采""兼雅""雅有懿采"的特征符合刘勰的审美标准，自不似西汉辞赋家如司马长卿那样的文华而少实。① 刘勰标榜的"雅丽"文章可参东汉辞赋为例，这也自动反驳了那种认为倚雅驭骚的主张势必导出"诗必孔丘之旨归，赋乃儒家之义疏"的错误观点。②

三、重审文学宗经论

《辨骚》篇里说，"凭轼以倚雅颂，悬辔以驭楚篇，酌奇而不失其贞，玩华而不坠其实"，四语所示，表明刘勰心目中"经"与"骚"的正确关系是以经驭骚，即通过汲取经典里的"贞""实"来驾驭屈骚引出的"奇""华"辞风。"经"在刘勰那里代表的无疑是文章里的"正统"，那么屈骚代表的则是文章里的"变统"，所以刘勰有"变乎骚"的提法。"骚"变代表着崇尚华辞奇采的文章经营意识，前文说过，刘勰拥护这种新变，因而"变统"是"正统"的一种合理的变化。但是，这一新变如若得不到正确的控引，则会发展出"浮艳"文章，此时便属于乖背"正统"了。屈骚既已为后世浮艳文学埋下伏根，那么，当《辨骚》篇说"中巧者猎其艳辞"，便是影射了后世的"中巧者"们继承、延伸了屈骚中的"浮艳之根"，这一类文章可称为"异统"。③ 刘勰虽拥护"变乎骚"的"变统"，但亦显然批判"变而失正"的"异统"。要保持新变或使"变统"不至流于"异统"，就必须设法驾驭、控制住文章的新变，去甚去泰，刘勰认为要"凭轼以倚雅颂，悬辔以驭楚篇"，即要援用经典来挽住新变，以使其不至堕为"浮艳"，从而把持住"酌奇而不失其贞，玩华而不坠其实"的古今折中。由此来看，刘勰建构的文道合一是落脚在汲取经典的典范来塑造文章的贞正、"贞""实"上的，即以经驭骚。

---

① 参王运熙《刘勰对东汉文学的评价》，见曹顺庆编《文心同雕集》，成都出版社1990年版，第153-172页；釜谷武志《刘勰论东汉文学》，见中国文心雕龙学会编《文心雕龙研究》（第二辑），北京大学出版社1996年版，第187-197页。

② 此种观点可参马宏山《文心雕龙散论》，新疆人民出版社1982年版，第55页。

③ 此处"正统""变统""异统"的区分，是借用清儒熊赐履《学统》一书里的分法，可参〔清〕熊赐履《学统》，徐公喜、郭翠丽点校，凤凰出版社2011年版。

不过，刘勰对屈赋文学引出的奇艳讹滥新风持批判态度，也许并不尽然出于矫正文坛和文学弊病的考虑而已。到底"奇""艳""淫""讹"等文学上的症候，在刘勰的意义上是否纯然只是文学之事？我们不妨参考《史传》一篇解之。该篇辨析的是史学撰作之得失，指出史学的正统在于正经，尤其是《春秋》经，因此史学应以《春秋》为模范，这是其宗经观在史论思想上的呈现。与此相平行的，是《史传》篇对当时历史撰述"俗皆爱奇""时同多诡"等弊病的批评，此种"爱奇""好怪"之风，如同谶纬一样，有离经乖道、助长"失正"歪风的危险。然而，这种辨明"居正"与"奇""诡""回邪"的态度和原则，当然不独反映在刘勰的史论观点上，"更主要的是，且不论子学史学，还是经学文学，反'春驳之类'的内容，刘勰都是坚决反对的。在《正纬》篇，他批评了纬书乱经的现象，主张'芟夷谲诡'。在《辩骚》篇，他对于《离骚》'异乎经典'的内容，诸如'诡异之辞''谲怪之谈'等，也是完全予以否定的"①。纬书里"事丰奇诡，辞富膏腴"（《正纬》）的特征同样也是屈赋"惊采绝艳"或"广声貌"（《诠赋》）的文辞特征，《正纬》说纬书中充满"羲农轩皞之源，《山渎》《钟律》之要，白鱼赤乌之符，黄银紫玉之瑞"一类神诞叙事，而这在楚骚里"夸诞"的"诡异之辞""谲怪之谈"中也同样不乏。纬书和骚赋在汉魏六朝的文人群体之中流行，均为俗尚所甚好，辞人多喜酌取其奇辞华采。挚虞的《文章流别论》称纬谶"纵横有义，反复成章"②，班固的《离骚序》谓骚赋"其文弘博丽雅，为辞赋宗"，自然为当时爱奇好丽的文人俗尚所乐取，"后世莫不斟酌其英华，则象其从容"③。难怪乎"汉魏六朝的文学作品所征引的纬书有七十余种之多，征引纬书的文学作品多达数百条……更多的是在创作中单纯采用其词语藻饰"④。牟世金也留意到谶纬与六朝文学创作的密切联系，大量作品

---

① 羊列荣：《〈文心雕龙·史传〉与魏晋南北朝"正史"观》，见孙兴义主编《中国〈文心雕龙〉学会第十三次年会论文集》，云南大学出版社2017年版，第137页。
② 叶朗编：《中国历代美学文库》（魏晋南北朝卷上），高等教育出版社2003年版，第188页。
③ 叶朗编：《中国历代美学文库》（秦汉卷），高等教育出版社2003年版，第452页。
④ 杨蓉蓉：《论"酌乎纬"》，见中国《文心雕龙》学会编《文心雕龙研究》（第七辑），河北大学出版社2007年版，第346页。清代汪师韩《文选理学权舆》根据李善《文选注》，总计当时作者使用谶纬达78种，参吴林伯《〈文心雕龙〉义疏》，武汉大学出版社2002年版，第58页。

在词句上袭用、化用谶纬，甚至连取数纬之说。① 对于这些"长浮诡之习，扬爱奇之风"（刘永济语）的纬书谶语趋之若鹜至此，足可折射出汉魏六朝当时的文化风气与人们心性趣味之好尚如何。

事实上，"'爱奇'的趣味或者'奇''正'的关系，并不只适用于史学，正如他所批评的虚诞舂驳的思想内容在经、史、子、集各领域都存在一样。也就是说，刘勰触及的是学术的普遍性问题"②。对待这一存在于其时文化学术整体的普遍性问题，刘勰采取了统一的主张和态度。的确，在《文心雕龙》里，刘勰所理解的"文"本就是相当宽泛的，其所持之泛文论思想使他的文论所涵盖的范围，实遍及经史子集、百家杂语等所有的"文"，确为"体大虑周"，如《序志》篇所述，刘勰志在"弥纶群言"，此颇有史迁"厥协六经异传，整齐百家杂语"的用志。所异不外乎，刘勰回应的是集部文章制作盛兴之时代，所需"整齐""厥协"者，首在集部中之群言。也就是说，刘勰文论的出发点是集部之学，但其涵盖面和最终关涉的目标却是面向经、史、子、集之群言。也正因为刘勰"触及的是学术的普遍性问题"，其所关怀者涉及经、史、子、集各领域的"文"及其共同存在的问题，所以自然使得刘勰文论的思想视野实际要大于集部之学或所谓文学批评、文章学本身，他对讹滥、侈艳等文学病症的针砭，与其说仅仅着眼于矫正当时的文学、文人和"文苑"，不如说是试图矫正六朝时期整个文化学术普遍风尚的一部分。

一些观点认为，刘勰树立经书为六朝当世文章的本源，包括将文类论和诸如"情采""丽辞""声律"等文术论均溯回到经典的源头中，目的不外乎是让经典为新的骈体文学"张目"，"以经书为旗帜拥护和支持骈体文学"。③ 或以为刘勰宗经论"不是儒家的五经论，而是文家的五经论"，"只是为了论文或为文而征圣宗经"。④ 这种观点固然洞察到身在"文学自觉"时代的刘勰因时制宜地将经典文学化，利用经典推尊新骈体文学的用心，但问题在于，它也无形中将刘勰的宗经论收缩到文学一途，

---

① 参牟世金《文心雕龙研究》，人民文学出版社1999年版，第192－194页。
② 羊列荣：《〈文心雕龙·史传〉与魏晋南北朝"正史"观》，见孙兴义主编《中国〈文心雕龙〉学会第十三次年会论文集》，云南大学出版社2017年版，第138页。
③ 王运熙：《刘勰对汉魏六朝骈体文学的评价》，见《当代学者自选文库：王运熙卷》，安徽教育出版社1998年版，第337页。
④ 牟世金：《文心雕龙研究》，人民文学出版社1999年版，第178、136页。

使经仅仅成为面向文学而言的典范,而宗经论背后面对"经、史、子、集各领域"以及"学术的普遍性问题"的理论视野也被缩小了;但是,经本身在差一点就成为经学家的刘勰那里(《序志》自谓其原希图以注经、解经方式"敷赞圣旨",后考虑到"马郑诸儒,宏之已精;就有深解,未足立家"而放弃)似不仅关乎文学,而是代表着群言之正宗,是"道沿圣以垂文"(《原道》)的结晶,牵涉到整理列朝列代普遍文化学术的思想根源。经本来就是周全的,不同于偏于一隅的术,经承载的是整全性的文明之道("文以载道"),所谓"参物序,制人纪""极文章之骨髓"(《宗经》),"圣人的经文成为后世一切文明、文化的原典,成为教化百姓并且用之不竭的思想源泉"。① 刘勰以原道、征圣、宗经为根本原则回应六朝时期文化学术风尚的普遍性问题,是合乎古人对经书传统的整全性理解的。因此,刘勰的文学宗经观就非单纯局限于就文学论文学,而是将文学放置在一个整全性的文明、文化关怀下来看待:

> 当文蜕变成书写活动时,文化的问题就转换成了语言或辞的问题,修身、治国、平天下的主题便从中逃逸。所以,对古之文与今之文的分别,其深意仍是在眷顾那个文—化的(礼乐)生活境域,这个境域是上下通达的王道政治的依托维系。②

对六朝时代的古人而言,尚不存在现代意义上对经与史、经与文等在分科上的明晰划分,经持有其整全性的文化统绪,而史部独立、"文学自觉"也不必代表经与史、经与文就彼此区隔。学者羊列荣对刘勰史学宗经观的反思颇发人深省:

> 在王俭之前,晋代荀勖的《中经新簿》、李充的《晋元帝书目》等都已经将史部独立出来……魏晋玄学独盛,而南朝则有经学中兴的趋势,刘勰的史学"宗经"观是对此趋势的呼应,同样,王俭以史部附于《春秋》,也可以看作对经史关系的重新确认,不能简单地视之

---

① 陶礼天:《论〈文心雕龙〉的经典批评模式》,见孙兴义主编《中国〈文心雕龙〉学会第十三次年会论文集》,云南大学出版社2017年版,第312页。
② 陈赟:《中庸的思想》,生活·读书·新知三联书店2007年版,第84页。

为目录学或者"历史独立论"上的退步。……其实,史学的独立,史学在目录学上的独立,以及史学脱离经学而独立,这是三个不同的问题,不能混着说。近人所谓"文学独立"论,好像也存在同样的问题。目录学上的经史分离,并不等于思想观念上的经史分离。恰恰是因为目录学上的经史分离,具有保守立场的学者反而更强调史学与经学的关系,强调史学渊源的正统性。①

所谓"文学独立"论"也存在同样的问题",即意在提醒我们注意,文学独立、文学在目录学上独立和文学脱离于经而独立(即思想观念上的经与文分离),是不可混为一谈的。六朝诞生"文学自觉"并不等同于经与文分离这样的思想观念已顺理成章,如刘勰这样宗奉古文经学的具有保守立场的学者便强调文学与经典正统的关联。一方面,刘勰积极鼓励骈体文学之丽辞、情采等审美品质的发展;另一方面,他又坚持以经义为准,"崇尚蕴含孝悌仁义思想,具有教化正俗,济世致用功能的著作,铺展成为《文心雕龙》衡文的伦理美学,否则间杂诡术,虚诞迂怪,将导致弃正采邪,学者误入歧途"②。后一方面决定了刘勰对"丽词雅义"文学的肯定评价,也决定其对文人创作中过分的奇诡靡艳主以批评论调。那种六朝时期"文章且须放荡"③(梁简文帝萧纲《诫当阳公大心书》)的风气不仅关乎文学文章之事,实也关乎整个文化学术风尚的侧显,而刘勰对文学之雅、文体之正的强调也非单纯着目于端正文学和文人作家,而是对整个学术文教风向加以严肃对待的结果。如刘永济先生所论,"彦和之作此书,既以子书自许,凡子书皆有其对于时政、世风之批评,皆可见作者本人之学术思想,故彦和此书亦有匡救时弊之意"④,"不特有斯文将丧之惧,实怀神州陆沉之忧矣"⑤;又云"彦和从文学之浮靡推及当时士大夫风尚之颓废与时政之隳弛,实怀亡国之惧,故其论文必注重作者品格之高下与政

---

① 羊列荣:《〈文心雕龙·史传〉与魏晋南北朝"正史"观》,见孙兴义主编《中国〈文心雕龙〉学会第十三次年会论文集》,云南大学出版社2017年版,第130-131页。
② 方元珍:《纪评〈文心雕龙·诸子〉平议》,见孙兴义主编《中国〈文心雕龙〉学会第十三次年会论文集》,云南大学出版社2017年版,第149页。
③ 叶朗编:《中国历代美学文库》(魏晋南北朝卷下),高等教育出版社2003年版,第376页。
④ 刘永济:《文心雕龙校释:附征引文录》前言,中华书局2010年版,第1页。
⑤ 刘永济:《文心雕龙校释:附征引文录》,中华书局2010年版,第172页。

治之得失。按其实质,名为一子,允无愧色"①。文学之独立并不代表"文学之浮靡"现象仅事关"文学",它实际也是整个"士大夫风尚""世风"和"斯文"命运的反映。特别在刘勰所身处的文学盛行之时代语境中,文学尤能集中显示整体文化学术的普遍趣味,而对"文学之浮靡"的端正,也相应地成为端正"士大夫风尚"或"世风""斯文"的首要立足点。唐人刘知几在《史通·自叙》中,将《文心雕龙》位列于扬雄《法言》、王充《论衡》、应劭《风俗通》、刘劭《人物志》、陆景《典语》之间,一视为伤时救世之子书。而参照唐代韩愈的古文运动,其论起文章而意归"原道",也就庶几不难理解以"文评"阑入"子书"的可能。② 由此角度看,冈村繁所谓"(刘勰宗经)真实意图是否真的在于'矫讹翻浅,还宗经诰'?是否别有实际原因?"的提问,以及"半是道德,半是文学,两相参合粘附"③ 的评议,才能得到更准确深入的理解。

四、余论

《文心雕龙》研究的"儒学转向"或"经学转向"涉及如何阅读《文心雕龙》、如何把握刘勰"文心"的问题。在出版于2004年的《文心雕龙导读》中,王更生承认"目前由国内到国外,整个学术界人士",对《文心雕龙》的研究"有了突破性的发现",但同时他也批评了长期以来简单地将《文心雕龙》视为"文学评论"或"文学批评"的不足:

> 不幸的是大家太拘牵西洋习用的名词,乱向《文心雕龙》贴标签。说它是中国最具系统的一部"文学评论"专著,刘勰是"中国古典文论专家"。可是,我们经过反复揣摩,用力愈久,愈觉得《文

---

① 刘永济:《文心雕龙校释:附征引文录》前言,中华书局2010年版,第1-2页。
② 钱基博在《韩愈志》(陈慧校订,华夏出版社2010年版)"古文渊源录"一章发明韩愈古文派文论,也博征彦和《文心雕龙》。清人刘开在《书文心雕龙后》中也指出:"自韩退之崛起于唐,学者宗法其言,而是书几为所掩。然彦和之生,先于昌黎,而其论乃能相合,是其见已卓于古人,但其体未脱夫时习耳。夫墨子锦衣适荆,无损其俭;子路鼎食于楚,岂足为奢。夫文亦取其是而已,奚得以其俳而弃其重哉。然则昌黎为汉以后散体之杰出,彦和为晋以下骈体之大宗。各树其长,各穷其力,宝光精气,终不能掩也。"(杨明照:《文心雕龙校注拾遗》附录《品评》,上海古籍出版社1982年版,第442页。)
③ [日]冈村繁:《冈村繁全集三:汉魏六朝的思想和文学》,上海古籍出版社2002年版,第571页。

心雕龙》自有它独特的面目。因为我国往昔对作品多谈"品鉴",无所谓"批评",这种西方习见的名词,用到我国传统的著作上,总觉得有点不对劲。即令是勉强借用,而《文心雕龙》亦决非"文学评论"或"文学批评",这种单纯的意义所能范围。①

戚良德在《〈文心雕龙〉的文章观念与儒学视野》一文中,也总结了"现代龙学的百年历程":

> 我们可以清晰地看到,儒学角度的《文心雕龙》研究一是从未得到真正的重视和开展,二是越来越受到忽视,因而关于《文心雕龙》的一些根本问题也就没有得到很好的说明和阐发;在很多问题的研究中,我们不是离刘勰及其《文心雕龙》越来越近,而是越走越远了。②

他分析造成这种现象的原因:

> 文艺学的主要或者唯一视角可能是根源所在。把《文心雕龙》当成一部文艺学著作或者一部中国古代的文学概论,使得我们的《文心雕龙》研究离刘勰写作这部书的初衷越来越远,从而我们对这部书的认识也就越来越走样了。《文心雕龙》是"论文"之作,因而它当然是一部"文论",但问题是,刘勰心目中的"文论"与我们从西方引进的"文艺学"或"文学概论"不是一回事。正因如此,当我们以现代文艺学或文学概论的视角去观察、研究《文心雕龙》之时,我们一方面背离了刘勰写作这部书的初衷,也就抓不住《文心雕龙》的理论中心和实际,另一方面也就很难看到这部书的理论价值和意义,或

---

① 王更生:《文心雕龙导读》,华正书局2004年版,第10-11页。类似观点还有:"决不能把他和一个普通的文学批评家相提并论的"(第11页),"《诸子》不正是他'隐然自寓'吗?试问,像他这部'标心千古,送怀千载'的《文心雕龙》,又哪里是纯粹的文学评论范围得了呢?"(第12页),"刘勰撇开汉儒名物训诂的'注经'工作,来和墨论文。究其目的,是想从文学创作和批评方面发挥积极救世的作用。所以刘勰既非纯粹文学批评家,《文心雕龙》更不是一本纯粹文学批评的专门著作了"(第13页)。

② 戚良德:《〈文心雕龙〉的文章观念与儒学视野》,见《〈文心雕龙〉与中国文论》,中国书籍出版社2017年版,第45-46页。

者说我们对这部书的理论价值和意义的阐发只能是文艺学或文学概论的，因而是不全面的、有很大局限的。这样最终的结果就是，尽管《文心雕龙》的文艺学研究取得了大量和重要的成果，但《文心雕龙》这部书既难以成为文艺学的主流，而在其他的意义上也同样得不到应有的重视和地位。①

"儒学转向"或"经学转向"的日渐自觉或将有助于纠正上述所谓以现代西方文艺学为"主要或者唯一视角"看待《文心雕龙》的偏颇。但是，值得强调的是，所谓的"儒学转向"，并不等同于否定《文心雕龙》文论具有集部之学的品质，轻视刘勰的文论家身份，这种顾此失彼的读法亦不可取。所谓"文评中的子书，子书中的文评"，兼顾的是儒家子书和集部文评的两种面相，因此其性质不必是单一的。"儒学转向"的真正可贵之处与其说是在于对"龙学"研究焦点的转移，毋宁说是在更全面展现《文心雕龙》一著的文论面目之时，重新发现古人在道与艺、经与文之间的融通性态度。

关于刘勰在文论家身份之外的更多面相，笔者接下来还将尝试通过解析《正纬》篇来提供一个角度，以探讨《文心雕龙》打开方式的多种可能。

---

① 戚良德：《〈文心雕龙〉的文章观念与儒学视野》，见《〈文心雕龙〉与中国文论》，中国书籍出版社2017年版，第46页。

"《文心雕龙》学"介入古今之争的可能性

——从王国维《屈子文学之精神》[①] 说起

王国维《屈子文学之精神》一文关注屈原文学如何革新传统北方派文学，但更深层的关怀，却在中国传统文明制度如何应付清末以来的革变难关上——探究古典文学的文论著述织入了关于文明古今守变的大问题的思索。《文心雕龙》这部古代文论经典，其实也处理着六朝时期传统文明与文学的守变问题，其《辨骚》篇也从屈原的文学新变入手，回应新旧文学之争，其观点与王国维可谓相得益彰。那么，"龙学"研究是否有可能作为一种方法，而通达更开阔的文明问题视野之中？刘永济的《文心雕龙校释》可视为这方面的一个例子。传统文明如何在新的历史时势中持旧开新？学人们如何通过探察历史上曾有的文明制度之革变先例，从中寻得借鉴和启发？《文心雕龙》研究或许能满足此类理论寄托。

一、《屈子文学之精神》的怀抱何在？

晚清民初的大学问家王国维，其思想和精神情怀被铭刻上特殊的历史

[①] 王国维：《屈子文学之精神》，见《王国维集》（第一册），周锡山编校，中国社会科学出版社2008年版，第27-30页。本篇凡引该文仅随文附注页码，不再出注。

时代品质。晚清以降，中国的传统文明正面临西洋现代性的文明制度风物的广泛冲击，王国维介乎此"三千年未有之大变局"，其学术关怀所在，固然离不开这一时代境遇。传统文明如何渡过这一剧烈的革变关头，如何在与现代西方文明的交遇中转化出"旧邦新命""国故新知"的新格局，始终是王国维心中念念不忘的大问题。

王国维自觉地将西方的现代学术思维与现代文明精神融入中国传统学术的勘查研究之中，致力于开创传统学问的现代化形态。譬如，借助西方美学的主客体理念分析，重构中国的传统诗学理论；在他著名的《红楼梦评论》中亦渗透着西方悲剧美学理论和悲观论哲学的色调；他创作的词糅合了西方哲学形上学的沉思性质，从而融创出新型的"形上词"写作，创建这种在旧的文体体制内融入新的观念、新的思想的"形上词"，其成就可以说远远超越了首倡"新文学"概念的梁启超以及写作了《尝试集》的胡适。可见，王国维即便在从事传统学术系统中的"集部"之学，内心仍惦念着传统文化如何完成新机开创的历史难题。无疑，把握古今文化之争的基本背景是把握王国维学术意识的关键线索。

近代中国的主流学术范式在西方文明的搅扰下，经历了从"经学"向"史学"的重大转捩，史学开始积极取代经学，① 史学意识的强化导致知识界相应地产生了一批史学知识学人群体和史学知识话语建构，其中"古史辨"派最为声名远扬。王国维也不出潮流之右，亦积极从事中国古代文明的史学研究，但其旨趣显然与"古史辨"派大相径庭。傅斯年、胡适等人严格按照西方现代史学和考古学原则进行考察，奉守"价值中立"的客观性尺度，典型地符合"赛先生"的实证科学主义精神。而王国维的史学研究作品，比较有名的比如其《殷周制度论》，表面看去与实证的史学科学研究相类似，其中将古代中国文明机体划分为殷周二元的研究分析方法，表面上亦跟"古史辨"派将一元化的文明统一体系进行多元分解的研究方法相吻合，但实质上，《殷周制度论》对形成于周代的政教上的"大经大法"，仍然推尊至极，并称之为"至治"之法，其经学式的情怀溢于言表，其情形更像是在新式史学话语的基础上持守传统的尊奉"大经大法"的经学式怀抱。

再者，《殷周制度论》一开篇，便给人极强烈的时代感，暴露了王国

---

① 参王汎森《近代中国的史家与史学》，复旦大学出版社2010年版，第51、79-80页。

维更深层次的问题关怀，这一深层次的问题关怀，自然与他魂牵梦绕的传统中国文明在近现代如何进行通变的大问题息息相关。《殷周制度论》关注殷周之际文化制度风物的交替嬗变，开篇便写道："中国政治与文化之变革，莫剧于殷、周之际。"① 而王国维审辨殷周制度之"变革"，乃意在"因应西方政教制度的挑战"②。传统中国被迫在近代以降经历的古今文明争执中谋求通变，这一"变"该如何进行、如何过渡、如何承转，这样的问题是王国维学术的"源问题"，在此一根本问题意向的主导下，王国维的史学研究关切历史上的迁变现象，就不会将其作纯粹的客观科学看待，关注殷周之际政治文化的交替必然更深地牵涉到对传统中国文明在时代革变关头的困局与命运的沉思。在看似与时局无关的史学研究中，王国维实际上也不能摆脱他的"源问题"意识。

照此就不难理解，在看似与时局无甚关联的文学或"集部"之学的研究中，也同样贯串着对上述"源问题"的思考。倘若对主导王国维学术的基本"源问题"未有察觉，便容易将他的一些文学研究著述当作纯文学研究看待，如此，读者便未能理解他在文学问题背后所寄托的更宏大的文明问题，从而错过王国维高远精微之用心。《屈子文学之精神》一文并不长，但显然也在文学问题上倾注了对古今文明交变、争持的思索。毕竟，屈原文学在中国文学史上有着特殊的位置和意义，它代表着文学的真正发端，故梁启超谓"中国文学家的老祖宗，必推屈原"，"从前并不是没有文学，但没有文学的专家"，"欲求表现个性的作品，头一位就要研究屈原"。③ 因此，屈原文学的产生，其本身就表征着一个前后转捩与突变的历史时刻。

《屈子文学之精神》从文学史上评价屈原文学的特殊性。首先，对于文学史的分析，王国维沿用了南北分殊的分析框架，指出"吾国之文学，亦不外发表二种之思想"（第27页），此"二种之思想"便是北方学派的文学思想与南方学派的文学思想。屈原乃"南人而学北方之学者"（第29页），故南方之学与北方之学都汇集于屈原一身，屈原兼负南北派之学，其文学创作亦汇集南方文学精神与北方文学精神于一体。在屈原那里，南

---

① 王国维：《殷周制度论》，见《王国维集》（第四册），周锡山编校，中国社会科学出版社2008年版，第124页。
② 刘小枫：《儒教与民族国家》，华夏出版社2007年版，第110页。
③ 梁启超：《梁启超古典文学论著》，上海书店2013年版，第261页。

北精神呈现出某种融构。然而,南北精神的差异,在王国维看来,实可深入"家族、国家及社会中之生活"(第28页),可包含、引申到关于文明社会制度之态度:

> 我国春秋以前,道德政治上之思想,可分之为二派:一帝王派,一非帝王派。前者称道尧、舜、禹、汤、文、武,后者则称其学出于上古之隐君子,或托之于上古之帝王。前者近古学派,后者远古学派也。前者贵族派,后者平民派也。前者入世派,后者遁世派也。前者热性派,后者冷性派也。前者国家派,后者个人派也。前者大成于孔子、墨子,而后者大成于老子。故前者北方派,后者南方派也。此二派者,其主义常相反对,而不能相调和。(第27页)

由于南方学派信奉的"主义"属非帝王的、平民的与个人的"主义",故"南方学派之思想,本与当时封建贵族之制度不能相容"(第29页),而北方学派之思想,则与此封建贵族的旧制度相容。所以,原则上北方学派常称道圣王,而南方学派不好称道圣王。再者,南北学派的思想关系到对文明社会之沿革、守变的态度,王国维写道:"北方派之理想,置于当日之社会中,南方派之理想,则树于当日之社会外。易言以明之,北方派之理想,在改作旧社会;南方派之理想,在创造新社会。"(第28页)关于社会制度之革变、沿守的问题于此又再出现。这意味着在对南北思想的差异与融汇的思考中,王国维大概同样注入了对"旧邦新命"的通变、正变问题的关切。事实上,在对南北思想差异的描述中,王国维使用的诸如"贵族派""平民派""国家派""个人派""帝王派""非帝王派"一类措辞,本不属传统学问里的事物,而都是在接受西方文化启蒙后才产生和意识到的概念,这种事物与概念的对举充满了当时中西古今文明政制之争的色彩,显然,王国维探讨的虽是春秋以前的"道德政治上之思想",但问题意向早已接通近代中国的历史场境。从这一问题意向出发,讨论屈原及其文学创作中的南北思想交融问题,便交织着传统道德政治文明的进退守变问题,不难被进一步引向古今新旧文明事物与概念的交互融汇问题。

屈原文学在文学发展史上占有创变开新的地位,"彼之丰富之想象力,实与庄、列为近。《天问》《远游》凿空之谈,求女谬悠之语,庄语之不足，而继之以谐，于是思想之游戏，更为自由矣。变《三百篇》之体，而为长句，变短什而为长篇，于是感情之发表，更为宛转矣。此皆古代北方文学之所未有，而其端自屈子开之"（第29页）。对屈原文学新变的描述（比如"自由"），令人不禁联想起近代新派文学的文论主张；而在《宋元戏曲考》中，王国维将《楚辞》看作与元剧一样，是在我国文学中"于新文体中自由使用新言语"[①] 的，这样的表述使得《楚辞》跟近代兴起的"新文学"概念相靠拢了。王国维对屈原文学新变的思考，看来也渗透了对近代新旧文学的思考，总之，是在借考察古代的文学新变来思量眼下所遭逢的文学新变事件。

屈原固然是以南方精神的注入促成了北方古代文学的新变，但是其文学人格的胸襟与根柢仍是北方的，是由北方文学的性格襟抱来驱运、驾驭此南方文学精神的注入："然所以驱使想象而成此大文学者，实由其北方之朊挚的性格"（第29页），"其中之想象的原质，亦须有朊挚之感情，为之素地，而后此原质乃显"（第30页）。可见，在屈原及其文学作品之中，南北精神的融构以以北驭南为主，即北方精神驱使南方精神，南方精神在北方精神的素地与根柢中开发新机，而屈原文学促成的北方传统文学之变，是在持守传统中实现的新变，因此，我们不难发现，屈原文学里虽有个人精神想象的自由发表，但也仍然在推宗圣王（"犹称重华、汤、禹"的贵族派、帝王派）、心怀国政（"其于国家既同累世之休戚"的国家派），与"当时封建贵族之制度"相容，深怀北方之感情与心志。由此不难察觉，通过展现屈原文学的南北通变与融和，王国维试图展现出中国传统道德政治文明机体进行持旧开新的一种方式和可能性。如此看来，王国维的文学论述中果然包含着关怀文明新旧立法的大问题。

屈原在古代文学史上占有革旧开新的特殊地位，这关涉到北方传统文学精神在面对南方文学精神的注入时如何自我持守与自我转化。处于文学史迁变阶段的这一特殊性，致使屈原文学受到王国维的特别关注，这与他关注殷周之际的文化制度之迁变有着一致的动机。对历史上某些曾有的迁变事件进行考察（例如审辨秦汉、隋唐的制度嬗变），是基于对近代中国遭遇的中西古今新旧之革变的回应，所以，在这一时期的文明史、制度史

[①] 王国维：《宋元戏曲考》，见《王国维集》（第三册），周锡山编校，中国社会科学出版社2008年版，第82页。

的史学研究中，有一种尤其关注历史上外来文明建制入华，与华土本有的传统文明建制相交遇、相碰撞的史学研究趣味，如审辨佛教、基督教、伊斯兰教来华时的历史境况（陈寅恪、汤用彤、陈垣等），这一类史学都非"古史辨"式客观实证的史学，而是别有一番文明怀抱在，因为历史上的这些外来文明形式与传统文明建制相碰撞的迁变关头，与近代中国在西洋外来文明制度的冲撞下所不得不面对的迁变境遇是近似的。对历史上"变"的先例的思考，乃是为了寻求启迪与借鉴，回应眼下遭逢"变"的紧迫时刻。

无独有偶，与王国维对屈原文学的评价与处理方式相类似者，于我国文论史上可以追溯到南朝刘勰的《文心雕龙》。刘勰同样身逢正统儒教文明的历史变动，这主要体现在学人群体对"文"的理解出现了分化与裂变：传统学人普遍积极担待起儒家政教文明的淑世关怀，学人为"文"就自然不离"文明"之"文"的抱负，但在汉魏六朝政世动荡的时期，儒家政教体系趋于式微，文道两分的格局随之出现，"文"乘机开始走上自身独立发展、展现自身独立价值品质的道路，于是所谓"文学自觉"便应运而生。① "文"从"文明"之"文"摆脱出来而向纯文章学意义上的"文"转变，知识精英相应地从担负"文明"的为"文"向敷衍辞藻、经营音韵的纯文章学之"文"的写作转型。刘勰著述《文心雕龙》，既响应亦试图端正这一文变事件，他设法在传统文明之"文"的含义中转建出一种文章学意义上之"文"，并同时兼顾融汇两种意义的"文"。在《辨骚》篇中，刘勰明确以屈骚文学为新变文学的代表，所谓"变乎骚"（《序志》）的说法，直以屈赋为开启文变的关隘。与王国维相同，刘勰对于开启新变的屈骚文学，也是坚持要以传统文学来加以驾驭、驱使（即《辨骚》所说"凭轼以倚雅颂，悬辔以驭楚篇"），其实就相当于以北方代表的经学文学传统为本体与根柢（"本乎道""体乎经"）来驱使南方代表的新变文学潮流，南北和合，以北驭南。"龙学"前辈汪春泓恰恰就从南北文学精神的分殊与融汇这一分析框架出发，从文学史上评价刘勰对文学新变所做出的南北结合、以北驭南的规导与立法，② 这无意中使《文心雕

---

① 参牟世金《从文与道的关系看儒家思想在古代文学发展中的作用》，见《雕龙集》，人民文学出版社1999年版，第23—28页。
② 参汪春泓《文心雕龙的传播与影响》，学苑出版社2002年版，第20—62、150—166页。

龙》对屈骚新变文学的整体态度跟王国维的《屈子文学之精神》更显得不谋而合。

二、在王国维与刘永济之间看《文心雕龙》的文学正变观

王国维关注屈子文学,关注其作为文学新变的转折点,也关注北方文学精神传统在其中如何沿革嬗变,王国维对屈原新变文学的基本观点与刘勰《文心雕龙》中《辨骚》篇的态度无疑是可以互相对照的。进而,引申《文心雕龙》的文学正变观,有可能进一步接通王国维对文变的关注,从而就像探讨文变问题可以交织上王国维对近代中国的文明沿革守变之问题的思量一样,探讨《文心雕龙》的文变论也可以把《文心雕龙》学转接进古今文明之争中沿革守变的问题域。《屈子文学之精神》提示了《辨骚》篇乃至《文心雕龙》本身可获得一个超逾文学理论的观照,这能为《文心雕龙》学拓展出一个更开阔的研究视野。实际上,《文心雕龙》学的老前辈刘永济,便携带这一文明关怀来介入《文心雕龙》的研究,这为刘永济先生的"龙学"披上独特的色调。

在王国维与刘永济之间,存在一个能桥接起二人的重要媒介,此媒介就是《学衡》。《学衡》是近代主张文化保守论之学人群体的思想重镇,以此更形成一个号称"《学衡》派"的学人阵营,与主张激进西化的学人群体构成针锋相对之势。《学衡》一度对追随西方现代思想启蒙的胡适口诛笔伐,以至于被胡适讥为"学骂"。近代的中国知识界百家争鸣,其中,"《学衡》派"则是以民族传统文明为本位、关怀传统文明之承旧开新的一批"文化保守主义"学人。当时王国维与刘永济均在《学衡》上发表过文章,与《学衡》"文化保守主义"的立场宗旨颇有亲缘关系,甚至可以说刘永济当年就是一个"《学衡》派"①。而刘永济献功于《文心雕龙》研究,是否也把这种"文化保守主义"的文明关怀也带入到对"龙学"的研究中呢?一如王国维也将这一关怀与问题意向带入《屈子文学之精神》《宋元戏曲考》这类文学研究的撰述之中?

刘永济《文心雕龙校释》一著初由正中书局梓于1948年,中华书局于1962年重印。1948年在时间上离1920年代的《学衡》《湘君》往迹已

---

① 陈文新、江俊伟:《刘永济评传》,湖北人民出版社2017年版,第58－85页。

属遥远,但是,其"文化保守主义"的学术襟抱及关切,却未必随年岁而消逝。《文心雕龙校释》专发刘勰承托儒教文明正统之儒士用心,极为深切著明,在刘的解释下,写作《文心雕龙》的刘勰俨然成为一名志在保守儒教文明道统的儒士。刘对《文心雕龙》一书性质的界定,以抉发刘勰这一儒士"文心"为准的,尽力突出其儒家"子书"的性质。《文心雕龙》虽貌为集书,但在著书立意上,根据《序志》篇,"则其自许将羽翼经典,于经注家外,别立一帜,专论文章,其意义殆已超出诗文评之上而成为一家之言,与诸子著书之意相同矣","彦和之作此书,既以子书自许,凡子书皆有其对于时政、世风之批评,皆可见作者本人之学术思想,故彦和此书亦有匡救时弊之意"①,其释《程器》篇更称刘勰"不特有斯文将丧之惧,实怀神州陆沉之忧"②。"彦和从文学之浮靡推及当时士大夫风尚之颓废与时政之隳弛,实怀亡国之惧,故其论文必注重作者品格之高下与政治之得失。按其实质,名为一子,允无愧色。"③ 上引"陆沉"一词,自晚清民初以降,就被赋予了特殊的忧惧心理色彩,与亡国灭种、道统沦丧之近现代中国危机分不开。④ 刘永济使用"陆沉"一词是否也隐然寄托着清季民初以来的中国之忧?无论如何,刘永济对《文心雕龙》的理解,显然已超逾纯文论的或文章学的局限,而直视其为一部儒家"子书":

> (彦和)眼见国家日趋危亡,世风日趋浇薄,文学日入于浮靡之途,皆由文与道相离所致,而曾无一人觉察,心怀恐惧,思所以挽救之而无权位,故愤而著书。所以他这部书虽则是专谈文学理论,虽则是总结以往文学的经验,虽则是评骘以往作家的优劣,然而可说是一部救世的经典著作,是一部诸子著述。⑤

刘永济指出,刘勰慨惧于正统儒教文化机体遭遇"文与道相离"的文

---

① 刘永济:《文心雕龙校释:附征引文录》前言,中华书局2010年版,第1页。
② 刘永济:《文心雕龙校释:附征引文录》,中华书局2010年版,第172页。
③ 刘永济:《文心雕龙校释:附征引文录》前言,中华书局2010年版,第1—2页。
④ 参单正平《晚清民族主义与文学转型》,中国大百科全书出版社2020年版,第107—136页。
⑤ 刘永济:《论刘勰的本体论及文学观》,见《文心雕龙校释:附征引文录》,中华书局2010年版,第189页。

明危机，其所谓"救世"之作，系指刘勰对国家文明体统之残缺的"恐惧"，遂思保守之、"挽救之"。可见刘勰著书的关怀所在不囿于"文学"，而实在于"文明"。

刘永济强调《文心雕龙》"以子书自许"①，并为古代目录书竟置《文心雕龙》入集部、"以其书与宋明诗话为类"②、"仅以文士目舍人"③ 的做法抱不平。刘永济意欲把《文心雕龙》从集书提格为子书。日后，王更生为台湾"龙学"研究界注入儒家视野，可谓与前人刘永济相得益彰。

在《文心雕龙校释》中，刘永济的"文化保守主义"怀抱显然有迹可循：这一怀抱从近代以降因袭而来，具有时代历史的烙印。对刘勰文论所含尊道心志的把握，似也有意无意寄托了刘永济本人类似的慨惧与襟怀，其感慨之深，自非虚发，非纯为客观论理之说，若非对儒家文明之道统同怀关切者，实不能表此般同情与共鸣。

王国维当然不是治"龙学"的，但就文论取向上仍然可与刘永济进行有意义的比照。刘与王同在各自的文论研究中流露出近代学人"文化保守主义"的精神操守，但就具体的关切点而言，二人又有不同。王国维透过对屈原文学精神的论析，主要着眼于文学史上的革变，进而从革变上鉴戒传统文明制度精神的通变问题；而刘永济的"龙学"研究则着眼于守正，从守正上关切文明道统遭变之际的持守问题，对文道一体的统绪加以强调。无论是从守正一端抑或侧重从通变一端发论，刘永济和王国维都是立足于"文化保守"的精神基础，前者是在变势中强调不失正，后者是在持正中思考如何面对革变，虽关注点不一，然其"文化保守"的原则是同一的。

至于刘勰《辨骚》篇本身，则实兼有两重意涵：一方面确实保持着"翼圣宗经"的文论主导，认为应当视尊道宗经为本，以驾驭骚变文学；但另一方面又高度评价屈骚文学取得的文学新成就，并积极拥抱屈骚文学所引领的新变时流。因此，刘勰本来的态度是在守正与通变之间来评论屈骚文学，而并非仅执一端。刘与王的两种关注点实则均为刘勰所兼顾，将《辨骚》表达的文学正变观置于刘永济《文心雕龙校释》与王国维《屈子

---

① 刘永济：《文心雕龙校释：附征引文录》前言，中华书局 2010 年版，第 1 页。
② 刘永济：《文心雕龙校释：附征引文录》，中华书局 2010 年版，第 175 页。
③ 刘永济：《文心雕龙校释》，中华书局 2010 年版，第 22 页。

文学之精神》之间的"文化保守主义"场域中进行对话，《文心雕龙》学便也无形中被置入近代传统文明正变问题的场域中，就刘、王的例子来看，介入"龙学"并同时为古今文明正变的思考提供契机、启示与借鉴，绝不是不可能的。

三、刘勰的文学"经—权"通变论及其启示

借治古学来寄托今人更远大迫切的文明立法关怀，在晚清以降的近代中国学术中可以说是一道广泛的景观。在治古之经学、子学、史学乃至文学里，都可以满足这一类深邃的寄托。对传统文明如何在新的历史时势中行经权正变、持旧开新之遥思，可以通过追踪、察看历史上曾有的文化社会制度之权变先例，而寻得借鉴和启发，这有助于矫正对"变"抱有的不恰当的期望。刘勰《文心雕龙》所处理的便是文学史上影响深远的文变转捩，它关系到一种新的"文"之观念的兴起，即"文学自觉"，这一文变必然对传统的"文"的理解造成撼动。刘勰是如何审理这一场文变事件的？其在正变之间如何操持？这一切的答案都可与上述的远大寄托重叠。

刘勰在文学古今正变之间具体是如何操持的？

刘勰在《时序》篇里对待文章变化本身的态度是肯定的，《通变》篇赞语明确说"文律运周，日新其业"，意即文章风格变化是必然之事，不变反倒是不妙的，因为"变则可久"，要有变化，文章气数才不致穷尽。故而应当积极回应文章变化的趋势，"趋时必果，乘机无怯"。对"变"本身，刘勰表示认可，他绝不是顽固保守的复古论者。关键在于，应该如何理解"变"。"离本"的"变"或"竞今疏古"的"变"是否可取？《通变》篇论述道：

> 名理有常，体必资于故实。通变无方，数必酌于新声。故能骋无穷之路，饮不竭之源。然绠短者衔渴，足疲者辍涂。非文理之数尽，乃通变之术疏耳。

单从"变"的角度看，法古也是必需的。世代交移，文章迁变固然可以"骋无穷之路"，但新变并非无源之水、无本之木，其前提是取资于"不竭之源"，否则底子单薄，就像"绠短者"无法持续有水喝，"足疲者"不得不中道而废，反倒失却变的内在支持。所有的变都必须以本源的

积淀作为深厚的根基,从中索取源源不断的养分。这是"通变之术"。文章的本源在经典里,文章之变也理当饮源于经典。《宗经》篇称经书"根柢盘深",能"穷高以树表,极远以启疆",自可滋养后世文章变化长远的"无穷之路"(《宗经》篇称"泰山遍雨,河润千里")。

将这种新变收拢到经书源流的框架之中,也是对新变之误入歧途进行规整的方式。站在变的立场上看,如果变而离本,则难免导致文章发生"风昧气衰"的蜕变,新变之所以入于"讹",便是离本而变的结果,"'新'而不'雅','新'而失正,'新'得过了分,便是'讹'"①。变而失雅、失正就是堕入迷途,以致舍本逐末、有文无质——"新学之锐,则逐奇而失正,势流不反,则文体遂弊"(《定势》)。要变而不失正途,就得务必保持"正末归本"(《宗经》),归宗于本源,所以《通变》篇说"矫讹翻浅,还宗经诰",只有宗于经诰的新变,才不致成为衰变。

法古才能有源有本地在正途上进行新变,新而不失雅、变而不失正,端赖于在宗于经诰本源的前提下,用雅正制御新变,可见在这正变、雅俗之间,其主从关系是颇为明确的:刘勰固然认可了俗尚所好之文章新声,但绝非将传统的文章之雅与新近的文章之俗平等看齐、用作互补,而始终是用雅制俗、以经驭骚——"凭轼以倚雅颂,悬辔以驭楚篇"。也就是说,不同于六朝时候人们往往将《诗》《骚》并提,几乎平等视为"文学的源头和学习的榜样"②,刘勰把楚骚的地位看得低于经:

> (他)把《楚辞》的地位,定位在《诗经》与汉赋之间,所谓"博徒",就是博弈之徒,汉宣帝曾引《论语·阳货》"不有博弈者乎?为之犹贤乎已"。认为创作或诵读辞赋比玩博弈高一等。刘勰可能受此启发,认为楚辞比起被尊为经典的《诗经》,当然要次一等。这也是汉儒的看法。班固《两都赋序》云:"赋者古诗之流也。"又说:"抑亦古诗之亚也。"把赋当作《诗经》之流亚,与刘勰把《楚

---

① 朱自清:《诗言志辨》,广西师范大学出版社 2004 年版,第 134—135 页。
② 王承斌:《刘勰之〈楚辞〉观》,见《〈文心雕龙〉散论》,国家图书馆 2010 年版,第 145—146 页。

辞》视为"雅颂之博徒",其含义是相似的。①

在刘勰看来,《诗经》与《楚辞》的源流主次关系应是显然的。王运熙在对比刘勰与钟嵘二人的文论观时,也指出钟嵘首经而次骚的观念与刘勰相仿:

> 钟嵘最推崇上品中的曹植、陆机、谢灵运三位诗人,都是源出"国风";对源出《楚辞》的张华、鲍照、谢朓等诗人,则较多不满之词,都置于中品。《诗品序》中更讥笑当代"轻薄之徒",不肯好好向源出"国风"的曹植、刘桢学习,而专门师法鲍照和谢朓。这种议论跟刘勰宗经、辨骚的宗旨是很相近的。②

因此,在"宗经"和"变骚"之间,刘勰"凭轼以倚雅颂,悬辔以驭楚篇"(即以经驭骚)的主旨,是与他以经为源头、骚为流亚的看法相关联的。

然而,要基于经典的文章精神来规范文学新尚,就必然迫使对经典文章进行适当的变通,如此,传统文章才有可能"当代化",进而在新的时代条件下得以与新变文章建立联系,进而为之正本。这关乎在用雅驭俗的原理下,如何建构宗经精神的通变结构("经—权"结构)的问题。有经便会有权,经权之辨一方面说明经在必要的情况下必须接受变通,如此才能继续维系并继而延伸自身,以求参与、诠释、规导新的情况;而另一方面,权也不是要伤经或动摇经的尊位,"权者何?反于经然后有善者也"(《公羊传》),可见权是终须"反于经"的。刘勰《辨骚》篇立屈骚为新变的代表,"经"通过打开缺口容纳"骚"来展开其权变,从而得以向文章学方向上之"文"、向文章学本身转接,以此涵摄、收编"骚"所代表之文变,于是"经—权"结构便也成了"经—骚"结构。

"变骚"所带来的变化是开始注重文章"综缉辞采""错比文华"

---

① 刘文忠:《汉代赋学与〈文心雕龙〉的渊源关系》,见日本福冈大学文心雕龙国际学术研讨编委会主编《日本福冈大学〈文心雕龙〉国际学术研讨会论文集》,文史哲出版社2007年版,第183页。
② 王运熙:《刘勰为何把〈辨骚〉列入"文之枢纽"?》,见《当代学者自选文库:王运熙卷》,安徽教育出版社1998年版,第297页。

(《文选序》)的"艺术性"面相。经书虽是文章的"基型、基线",但"文学本身是含有艺术性的,在某些因素之下,文学发展到以其艺术性为主时,便会脱离文化的基型、基线"①,也就是脱离经书这一"不竭之源"。在新的时代下,文章毕竟已拥有自身独立的美感价值,那么传统的经书文章应如何涵摄新变后的文章俗尚?刘勰为从经书源头中为文章"艺术性"的面相张目,往往不惜穿凿附会,将"剖情析采"的文术论也溯本到经书之"含文"面相上去,以致附会、夸大经书的"艺术性"。然而,所谓"附会""夸大",如果换一个角度看待,或许便不再是一种"错失"或"误读",而是对宗经的某种策略性"通变"。即使经书本身的文章质地实际偏于质朴,但经过适当的变通,经书也可以向后世的文章靠拢,重要的不是经书本身如何,而是经典之为经典,是因为它具备无限的可能性,包括朝向后世文章新变的方向解释自身的可能性。循沿此种可能性延展,"经"一方面打开了缺口、开启了"骚变"之路,另一方面又反过来收编、涵摄"变骚"之"文",以使正变相安,源流有序。师圣尊经(君子)与文章雕琢(文人)本是两种不同的心性诉求,而通变的意义,就在于正确接通两种诉求:君子当然也可以投身于、移情于文人所从事的美文丽章的制作,一个拥有内在美质的君子,也需要拥有各种外表形象的美饰,从而才叫彬彬君子,卓尔出众,交之令人赏心悦目。刘勰作《文心雕龙》无疑拓展和丰富了经典及君子身文的蕴涵。

> 铅黛所以饰容,而盼倩生于淑姿;文采所以饰言,而辩丽本于情性。(《情采》)
> 设模以位理,拟地以置心,心定而后结音,理正而后摛藻;使文不灭质,博不溺心,正采耀乎朱蓝,间色屏于红紫,乃可谓雕琢其章,彬彬君子矣。(《情采》)

《情采》篇的以上教诲固然有文章学上的意义,但是,也必须注意到其中被附于君子身文的意义。文质相济、雅俗相宜的文章学道理,以君子身文的意义为背景。"盼倩淑姿"一语,典出《卫风·硕人》,而《论语·八佾》记述孔子与子夏说诗取义,交流君子之礼,亦演此语。"彬彬君

---

① 徐复观:《中国文学精神》,上海书店2004年版,第197—199页。

子"一语,出《论语·雍也》,为孔子授以君子修身之道。《情采》篇本言作文敷章,却取典君子修身,可见文章纵使雕琢,仍不出君子身文围范。只是在新的环境中"文"的意义改变了,"文"意味着文人写作文章以及写作藻韵丰盈的文章,于是乎,"文质彬彬"的意义也随之扩展、改变,故刘勰称"雕琢其章,彬彬君子"。可以看到,文章学意义上的文质相济正是从君子身文上取得义源,反过来看,君子修身的身文也朝着文章写作的方向转生出文章学的意义。基于"文质彬彬,然后君子"的原理,系意指"文质彬彬"的信念经过权变和转换,可在保证原先君子文质观的前提下,从"文"的一端来踵事增华,照样能涵摄"骚变"以降的文章新风。二者殊途而同归。君子可与道,亦当可与权。在文人作家的文学时代里,君子尊圣宗经,但也能朝着文人作家身位的方向权变,君子作为君子仍然可以跟文人一道从事文章的精思妙构。君子与纯文士和而不同。

"经—权"("经—骚")结构的建立与展开,让刘勰在文学的正变源流之间操持融通。在"宗经"的前提下,"经"得以向着文章学取义上之"文"转通,借此,刘勰才得以放手沿着文章新变之流,去进行"论文叙笔"和"剖情析采"。对于刘勰的"变乎骚","正是由于在他的'文之枢纽'里有了这一面,才会有后面文术论中的《丽辞》《声律》《事类》《夸饰》等篇,甚至可以说,才会有《神思》《风骨》《情采》《物色》中许许多多的充分反映出文学特质的论述"①,但是,"变乎骚"始终内在于上述"经—骚"的互动结构中,并未可独独目之为诸文术新论张目,否则,"透不进这一层,斤斤于新变,是谓买椟还珠"②。

四、结语

刘勰关于文学正变的经权论,对于如何看待传统文化的经权正变富有积极的启发,而怎样开发和引申此种启发,却是个超越一般意义上的"龙学"与文论的课题。重要的是,"龙学"研究无疑拥有织入此一课题的内在可能,获取一种超越文学理论的介入方式,在这方面,刘永济、王更生等实已导夫先路,他们带着对民族传统文明的关怀切入,使刘勰文论的文明视域得到彰显,并将它带入论者眼下的文明问题语境中。这不失为对

---

① 罗宗强:《魏晋南北朝文学思想史》,中华书局1996年版,第281页。
② 邓国光:《〈文心雕龙〉文理研究》,上海古籍出版社2012年版,第243页。

"龙学"的一种合理扩展。

晚清以降的"旧邦新命""新生转进"的文明难题迄今尚悬而未决。诚然，刘勰六朝时所面对的"去圣"局面完全不能与王国维所面对的危机局面同日而语，后者面对的是整个传统政教文明体制在西方现代启蒙理念的冲击下变得岌岌可危的情况，所受的触动要沉重得多。20世纪中国新式启蒙知识分子往往好以现代的眼光描述和重释中国传统与历史，其中，对刘勰所处六朝时期的文学新变潮流，发明了"文学自觉"的概念加以称述，这一概念明显渗透着启蒙精神的气息。但是，这一概念却有意无意地为六朝文学新变转折赋予了意想不到的"现代"含义，从而，审视六朝文学新变就跟王国维审视文学之"骚"变一样，也具有了寄托现当代关怀的可能。考量刘勰如何应对"文学自觉"，其意义便也能超越古代文学史本身了。

刘勰的儒士身位

早有"龙学"前辈指出,刘勰的思想使其从属于古文经学家。《文心雕龙》中的《正纬》篇也有助于确认刘勰之属古文经学家。《正纬》表明了刘勰对纬书的排拒,这一态度往往为历史上的古文经学家所共有。但历史上围绕谶纬的争执,并不只是单纯反映今古文之争,还反映着不同儒士群体间对官方政教法权的争夺。《正纬》同样表达出刘勰自视与其中攻纬书的一派儒士为同道,这迫使我们有必要重新评估刘勰"正纬"背后的儒士身位。历史上各个不同时代,学人们对刘勰的儒士身位抱有不同的态度,或重视之,或忽视之,后者伴随强调刘勰的另一重身位,即作为文论家或文士的身位。正确看待刘勰文论,就应当不仅留意刘勰之为文士的身位,同时也当注意刘勰之为儒士的身位。

一、引言

对于六朝文风讹滥之病,刘勰在《序志》篇明示其原因在于"去圣久远",因而救治的方案就是征圣宗经,文、道合一。本来,文学的独立发展以文人个体的自主表达和文章自身的美感追求为前提,除非文、道相分,否则,文、道合一的结构难免会使得"文"以及文人自身的价值伸展受到抑制。反之,当"文"的自觉意识产生后,正统的文、道合一关系就有遭受解体的危险,魏晋六朝时代"文学自觉"引致的重大文变事件就是文与道的两分。面对这一新变局面之末流所带来的文风时病,刘勰采取的救治方法是重新弥合文和道或文和经，以道救文、以经补文，故《通变》篇云："矫讹翻浅，还宗经诰。"就像罗根泽先生所说，"为矫正当时的'淫艳'的风气，所以提倡原道的文学"，"刘勰所以'原道''征圣''宗经'的原因，是在矫正当时文学的艳侈流弊"，① 也就是说，"原道的文学"是为了救赎当时淫艳文风之弊的"方法"。

然而，刘勰似乎远非仅仅满足于就文学上的问题提出以经补文的方法。酌取经典的养分与雅正规范，以求文章雅俗相宜，这固然完全可以在文章学的理路上讨论。不可否认，一方面，《文心雕龙》确把经书引导向文章学，在文章学意义上强调经的文体典范性；但另一方面，刘勰又另有将文章引导回经书，甚至引导回经书所载述的传统圣王文明上的意图。《文心雕龙》一开卷的《原道》篇，就首先从古远开始追溯，铺展开宏大的传统圣王文明建构和谱系，打造出一幅儒家"文统"般的景观。② 如果仅如牟世金《文心雕龙研究》的观点所以为的那样，刘勰单从文章家视角"宗经"，亦即"宗经"并非宗儒家的经，而是宗文家的经，刘勰"宗经"论"不是儒家的五经论，而是文家的五经论"，"既非为了从政治国或传道立德而征圣宗经，只是为了论文或为文而征圣宗经"，③ 那么他完全不必以构建儒家"文统"式的气魄和高度落笔。"文统"建构的背后，贯穿着一种"道统"意识，后者在文学上表现出来，就衍生出"文统"。清代王渔阳在使用《文心雕龙》上追随明代性灵派文论家，明显偏重"剖情析采"的下篇文术论，其论"宗经"也是在文章家眼界下的"宗经"，相应地，他也忽视《文心雕龙》开卷的"枢纽"论，回避了"枢纽"论中强调的文章"道统"和政教意义。所以，假如单纯按文章家的方式"宗经"，实则大可不必正面汲取经的政教意义和"道"的传统，"文学化"的经就已敷用。反倒是与王渔阳在文论取向上相反的大文学家钱谦益，同时谨遵经的传统政教义蕴论文，故其论《文心雕龙》之"宗经"也相应地充分重视由"枢纽"论出发。

假若刘勰在文章之外别有一番文明（"文以明道"）的怀抱，其关怀视野就势必超出一般文论家的论文眼界。刘勰不惜"唐突而牵强"，也要

---

① 罗根泽：《中国文学批评史》（上册），商务印书馆2015年版，第265、266–267页。
② 参陈桐生《从中华文化发展史观到"文之枢纽"》，见中国《文心雕龙》学会编《文心雕龙研究》（第七辑），河北大学出版社2007年版，第120–126页。
③ 牟世金：《文心雕龙研究》，人民文学出版社1999年版，第178、136页。

"将五经视为各种文体起源",甚至通过发挥五经极为有限的"含文"(《宗经》)面相,也要"特意从'五经'中寻求诗文艺术美的渊源"。①如果刘勰仅被治疗文坛症候之思所激发,选择"宗经"以"矫讹翻浅",那么,这是否足够解释其不惜冒穿凿附会经典之患,"唐突而牵强"地专门"改造"经典本身?"改造"经典又与回应一个"文"的新兴时代而提出"文统"式的构建有着怎样的联系?后者一再引人回想起冈村繁的疑窦:"(刘勰宗经)真实意图是否真的在于'矫讹翻浅,还宗经诰'?是否别有实际原因?"②

二、刘勰"高贵的谎言"?

关于刘勰将经建构为后世文章的典范范式,一般的解释都侧重强调刘勰对经予以文学化,例如,对《诗》经的文学化阅读将《诗》变成了诗,即《诗》的诗化。经的文学化或说化经为文,其目的在于以经为文学本身张目,就此而论,刘勰的宗经也成了文学意义上的宗经。

然而,余开亮、贾瑞鹏在《刘勰对山水诗的创造性误读与中古诗学的转向》一文中,却论证了刘勰诗学中包含着另一重将诗引归回《诗》的意旨。

文章探讨的是《诗》经与后世所谓山水诗在刘勰那里的关系问题。作者首先分析了刘勰故意混淆《诗》经中通过比德、比兴建立的心物关系与后世山水诗中的情景交融美学。前者内在于将景物进行道德政教性比附和贞正心志的儒家"诗言志"的诗教传统中,后者则"在主客、心物关系的处理上已然是一种较为纯粹的审美关系"了,二者的区别是明显的。刘勰混淆二者是通过"误读"《诗》经描写景物的诗句来实现的,即首先对《诗》中初具情景交融美感的少数句子予以美学化引申,进而跟山水诗心物交融的美学品质相连接,使后者得以被人为嫁接到《诗》经诗学传统的延伸脉络中,为山水诗的心物交融美学确立起溯源于《诗》经的源头。这种"直接勾连并意图在儒家诗学脉络上直接生发出山水诗"的做法,是"诗学史误判",早在清代,王士禛在其《双江唱和集序》中就说明了诗

---

① [日] 冈村繁:《冈村繁全集三:汉魏六朝的思想和文学》,陆晓光译,上海古籍出版社2002年版,第587页。

② [日] 冈村繁:《冈村繁全集三:汉魏六朝的思想和文学》,陆晓光译,上海古籍出版社2002年版,第587页。

三百篇与山水诗原就了无干系："诗三百篇于兴观群怨之旨，下逮鸟兽草木之名，无弗备矣。独无刻画山水者；间一有之，亦不过数篇，篇不过数语，如汉之广矣、终南何有之类而止。"① 然而，刘勰在诗三百篇中"逆向式"地"误读"出审美性的山水诗句，使诗与《诗》互相融通起来，互相走向对方，却是为了达到用《诗》为诗张目和让诗规范于《诗》的双重目的：一方面，"这种误读的嫁接却给山水诗情景交融美学法则的确立带来了权威性"，这种权威性的确立是由被建构为山水诗源头的《诗》经所赋予的，毕竟《诗》中"确实存在着心物交融手法的运用，使得刘勰的'宗经'并非无迹可寻"；另一方面，借助《诗》的"经典性"，"刘勰情景交融美学的提出可获得主流诗学的保障，而更有利于山水诗中恢复情志的重要性……将山水诗的发展重新纳入了一条与传统主流诗学，尤其是与情志抒发宗旨相一致的正路"。也就是说，刘勰的诗学不但对《诗》经予以山水诗化的美学阐释，继而借《诗》经的主流权威地位为诗的美学法则"带来了权威性"，而且，也将诗归宗到正统《诗》学"诗言志"的诗教传统的延伸脉络中，将诗重新纳入情志贞正的"正路"上。显然，刘勰的诗学设计蕴含着两个方向上的演化运动：一方面，正如王钟陵所说，"在刘勰把儒家经典视为一切文体之源泉，包容了一切文章作法的时候，他也就把质朴的远古典籍当代化了"；而另一方面，刘勰事实上"更像是把当代的东西典籍化了"，"当诗学发生新变后，刘勰倾向于为这种新变找到'宗经'传统，以确保其处于儒家诗学体系的解释范围之内"。

因此，单单看到经的文学化（典籍的"当代化"）是不足够的，也要看到文的归经化（当代的"典籍化"）。如果说，前者使经得以参与当代，并为当代文学张目和提供文法先例，那么，后者则侧重使当代文学重新归于儒家正统文教体系的解释范围里，溯回主流以明道、征圣等为旨归的"儒家文艺理论的基本底色"上。② 刘勰对赋比兴的新诠就是很好的例子。一方面，刘勰的赋比兴论"创新"了传统的观点，"把赋比兴的研究推向了一个新的阶段"，这是因为刘勰将赋比兴往文学美学的观念予以转化；"另一方面又把比兴与政治讽刺联系起来，认为比兴应该'蓄愤''斥言''托讽'，

---

① 杨明照：《文心雕龙校注拾遗》附录《引证》，上海古籍出版社1982年版，第605页。
② 参余开亮、贾瑞鹏《刘勰对山水诗的创造性误读与中古诗学的转向》，载《南京大学学报》2020年第4期。

强调比兴方法的讽刺功能和教化作用，不难看出经学影响的痕迹"。①

只不过，无论是化经为文，还是引文归经，经与文双向互动的成立，均首先受制于作为正统的经本身是否具备与后世文学文章相对接的品质与条件，它牵涉到古代的经是否会于"文学自觉"的当代已过时。文要"明道"，就要"宗经"，而证明经在一个属于"文"的新时代语境里仍然是可"宗"的，则不能单凭其与"道"的联系，如果经书脱离于当下时流，不能回应"文学自觉"产生以后时代的主流趣味，甚至被排除在这一时代精神之外，那么，经的"权威性"必然会受到损失，难以行远。经必须预流到这个时代中，与这个时代进行正面对话，这就要求经的"文学化"。故不单化经为文需要经的"文学化"，引文归经也同样需要。罗根泽在《中国文学批评史》中称，"欲使宗经说有更好的根据，所以谓各体的文学都源出于经"②。当然，在刘勰那里，不只是文学各体源出于经，文学的各种为文法则也均祖本于经，经构成文学的典范样式，这些都亟待经的"文学化"建构。

不过，很显然，古代的经的文辞本身的确不具有真正的文学美学性要素，否则就无所谓"误读"或"误判"了。

新体文学之新是相对于经典文体而言的。新体文学的发展歧出于经典范围，《典论·论文》的"四科八体"、《文赋》"诗缘情""赋体物"等说，均别出于经典。刘勰时代的文士们普遍趋尚新变，所谓"直举胸情，非傍诗史"③，自觉疏离诗史等古体。沈约精研声律的文学趣味就参与了新变潮流，"齐永明中，文士王融、谢朓、沈约，文章始用四声，以为新变，至是转拘声韵，弥尚丽靡，复逾往时"④（《梁书·庾肩吾传》）。"永明体"新风在梁代继续发挥影响，人们奉"近世谢朓、沈约之诗"为"文章之冠冕，述作之楷模"⑤（萧纲《与湘东王书》），纷然崇慕新体，"弥患凡旧"⑥（萧子显《南齐书·文学列传》）。如《梁书·徐摛传》载

---

① 吴建民：《经学与古代文论之建构》，南京大学出版社2016年版，第136页。
② 罗根泽：《中国文学批评史》（上册），商务印书馆2015年版，第266页。
③ 〔南朝梁〕沈约：《宋书》第六十九卷《谢灵运传》，中华书局2000年版，第1177页。
④ 胡旭编：《历代文苑传笺证》（先唐文苑传笺证），凤凰出版社2012年版，第342页。
⑤ 胡旭编：《历代文苑传笺证》（先唐文苑传笺证），凤凰出版社2012年版，第344页。
⑥ 胡旭编：《历代文苑传笺证》（先唐文苑传笺证），凤凰出版社2012年版，第317页。

徐摛"属文好为新变,不拘旧体"①,"宫体"就是由徐摛所创。《梁书·王僧孺传》载王僧孺"其文丽逸。多用新事,人所未见者,世重其富"②。梁简文帝积极倡导文学新观念,明言作文当与经典修身教诲分割开来,章太炎《论式》则评价说"简文变古,志在桑中"③,称其为"桑中",盖因新体文学一反经典的朴实品质,追求声色之丽靡繁缛,跟经典文字质地相别。简文帝在著名的《与湘东王书》中更写道:"(文章)既殊比兴,正背风骚。若夫六典三礼,所施则有地;吉凶嘉宾,用之则有所。未闻吟咏情性,反拟《内则》之篇;操笔写志,更摹《酒诰》之作;迟迟春日,翻学《归藏》;湛湛江水,遂同《大传》。"④萧帝重新解释了"言志"或说"写志"的含义,使其与吟咏情性相混同,更将《诗》经里的"春日迟迟"等诗句放在诗歌美学视角下阅读,以诗解《诗》,但其将吟咏情性的诗文创作和尊经摹典剥离开来,视为两回事,则是明确的。刘勰学生昭明太子萧统所编的《文选》,也明确把经子史一类古体排除在外,认同文章独立于经籍的新观念,这种分类是符合时人的文学观的,毕竟经子诸史文体质朴,而萧统追随流行的新体文风,宗尚萧子范在《求撰昭明太子集表》中所说的"缘情体物,繁弦缛锦,纵横艳思,笼盖辞林"的文采之美,⑤他所撰的《文选序》承认"踵其事而增华,变其本而加厉。物既有之,文亦宜然"⑥。萧统从"变本加厉"的逻辑来理解新变文学及其特征的产生,认为后者已改变了源初的"本",与"本"自难同日而语了。

的确,严格说来,刘勰对古经书诸"含文"面相煞有介事的文章学转化与发挥,难脱穿凿附会之嫌。本来,经是经,文是文,新变文学的独立发展必须于经典有所脱离,对此冈村繁便指出,文章体式及其艺术法则原独立于五经传统,其发展与过去无关,刘勰溯本五经的做法无疑"牵强附会"。⑦刘勰对经的文学重构实有穿凿夸大的成分,譬如,《宗经》将后世各种文章类型一一对应回五经各源头,无论如何也显得穿凿牵强,难以自

---

① 〔唐〕姚思廉:《梁书》第三十卷《徐摛传》,中华书局 2000 年版,第 307 页。
② 〔唐〕姚思廉:《梁书》第三十三卷《王僧孺传》,中华书局 2000 年版,第 328 页。
③ 叶朗编:《中国历代美学文库》(近代卷下),高等教育出版社 2003 年版,第 196 页。
④ 胡旭编:《历代文苑传笺证》(先唐文苑传笺证),凤凰出版社 2012 年版,第 342—343 页。
⑤ 参汪春泓《文心雕龙的传播与影响》,学苑出版社 2002 年版,第 137 页。
⑥ 〔南朝梁〕萧统:《昭明文选》,中州古籍出版社 1990 年版,第 1 页。
⑦ 参〔日〕冈村繁《〈文心雕龙〉中的五经和文章美》,见日本九州大学中国文学会主编《〈文心雕龙〉国际学术研讨会论文集》,学苑出版社 2009 年版,第 11—36 页。

圆。又如，声律之巧，经所本无，沈约《报陆厥书》倡五声时，明说"若斯之妙，而圣人不尚。何邪？此盖曲折声韵之巧，无当于训义，非圣哲立言之所急也"①（《南齐书·陆厥传》），然刘勰《声律》一篇却溯之于经。又《情采》开篇说"圣贤书辞，总成文章，非采而何？"，《序志》篇甚至称"古来文章，以雕缛成体"，但老实说，经书的文辞质地显然是以质朴为主，并没有后世骈体文章那种文采，自然也难说能为之"张目"。《丽辞》篇列举了经书中的骈偶文句，但其数量在经书里毕竟占很少数，且于文辞美感上更非自觉，与后世骈赋文章中的丽辞不可相提并论。蔡宗阳认为经书"运用很多对偶""《丽辞》与经典有非常密切的关系"②，貌似过分夸张了。且经书的言辞之所以"杂于偶语韵文"，实也是出于实用的目的，在口耳相传的时代"以便记诵"而已，③当然跟文学审美性的经营根本不是一回事。王运熙也指出：

    经书中固然含有运用骈字偶句、成语故事的成分，但毕竟占少数，经书中的排比句，同后世的骈偶文字也还有区别，刘勰在这里显然把经书中的骈偶、用典成分夸大了。从实际情况看，经书中的语言绝大部分是单词奇句，骈字偶句只占很少数，还是后来唐宋古文家所提倡的古文，符合经书文辞的面貌。刘勰强调经书的骈偶、用典成分，认为经书是骈体文学的祖宗，其目的是为骈体文学张目，以儒家经书为旗帜来拥护和支持骈体文学。④

  经书要"为骈体文学张目"，当然不只是为了"拥护和支持骈体文学"，因为刘勰的"宗经"还要求用经书作为骈文等文章写作的范例指导，为新兴文学示范文质彬彬的正确写法，以纠正末流的文学弊病。《宗经》篇指出文能宗经，文章可达到"六义"的好处，亦即情深不诡、风清不杂、事信不诞、义直不回、体约不芜、文丽不淫。但是，仍然有论者

---

① 胡旭编：《历代文苑传笺证》（先唐文苑传笺证），凤凰出版社2012年版，第291页。
② 蔡宗阳：《从〈文心雕龙〉全书架构论刘勰的宗经观》，见《文心雕龙探赜》，文史哲出版社2001年版，第9页。
③ 参钱基博《近百年湖南学风 骈文通义》，上海古籍出版社2012年版，第106页。
④ 王运熙：《刘勰对汉魏六朝骈体文学的评价》，见《当代学者自选文库：王运熙卷》，安徽教育出版社1998年版，第337页。

怀疑刘勰在这两者间建立起来的联系,如罗根泽便用怀疑的口吻写道:"宗经真能如此吗?这我不敢说……"①

上述对经的重构或"重写"固然是成问题的,它建立在一系列"误读""牵强附会""夸大"的基础上。龚鹏程在《六经皆文》里指出,刘勰对儒家经书的文学性转换缺少具体阐扬,远不如明清时人能落实到对经书进行细部的文学批评上。②《文心雕龙》对经之"含文"不是没有细部的文术论分析之处,但诚然很有限,往往点到辄止。这固然可视作文学性意识初起的缘故,但是,后世对经书(也包括传、子、史诸书)加以文学性细部批评,主要是从古人作文运思的谋篇布局、遣词造句、笔法意脉等方面分析,没有(也不需要)强从古文中读出骈体文学的特质。经是散行古体,却被塑造为骈体文的"祖宗",显然是缺乏说服力的。上述刘勰文学性"解经"的做法之牵强穿凿,已毋庸置疑,问题是他对经书的故意夸大甚至"误读"到底用意何在。王运熙的意思是,刘勰的用意是要以儒家经书来"为骈体文学张目",为达此目的,刘勰必须对经书的外在面相加以变通与转换,对之做出某种"新解",人为强调它的文学性,甚而不惜对经之"含文"痕迹进行有意的"附会"与"夸大",以此证明经典同样能适应新的骈体文学时代,能够成为"拥护和支持骈体文学"的"旗帜",甚至作为骈体文学的"祖宗"和指导范例。

但是,一如前文所论述,刘勰的文论思想不单强调经典的文学化,即化经为文,以求让经为文章张目,服务于当代的文,为当代的文提供"拥护"和示范,而且,也强调引文归经,以图让当代文章接纳经典精神的范导,将其推回到典籍传统中"为学、修身与从政"的政教关怀脉络里。赖欣阳便论及刘勰文论中的这种双重性:

> 他对作者的期望是从儒经传统中衍生出来的……刘勰的圣人式作者之理想来自儒经传统,然而他并非将之铺陈于对儒经的诠释中,要求人们要上契于道,要通晓圣人,当圣人的"述者";而是连结到文章写作活动,认为这种写作活动也是圣人制作的流衍。所以寄望于写作者能溯源于儒经,不要受到当时观念的拘泥,以为务于为文就不同

---

① 罗根泽:《中国文学批评史》(上册),商务印书馆2015年版,第266页。
② 参龚鹏程《六经皆文》,学生书局2008年版,第8—9、66—111页。

于为学、修身与从政。……然而在针对实际写作过程和批评进行讨论之时，刘勰以文学为本位的立场是很鲜明的。他讲"运思"、讲"养气"、讲"役才"都立说于儒经之外，只有针对"情"、"志"讲"课学"、讲"习染"等还保持与儒经连系而论。所以他是持文章传统的作者观来立论的……是在文学批评的范畴中思考立论的。①

"儒经传统"与"文章传统"的交织并举，表明刘勰并不单方面站在文章学的范畴上立论，其另一方面也站在儒经"为学、修身与从政"的传统观念上立论。因此，所见仅限于刘勰的文家眼光是不足够的，还要正视刘勰继承"儒经传统"的儒家眼光。不过，赖欣阳似乎过于仓促地将刘勰论文术等剥离于"儒经之外"，毕竟，经通过文学化，已介入了文章学本身的建构脉络中，被形塑为为文敷章的原型和尺度而为文章本身提供"正名"和范导。② 经学与文论的密切纠缠使对于《文心雕龙》文论，"只有立足于经学立场，才能对本书理论中各方面的思想原理及其生成渊源、基本特点等有清晰、透彻、深入的认识"③。

也就是说，刘勰的"宗经"观包含了两层考虑："一是从文体范本角度看……'五经'作为'文章奥府''群言之祖'，为后世各种文体确立了良好的写作范例"，这是在文章学意义上的"宗经"；"二是从文之使命的角度看，'本乎道'的文以'明道'为基本使命，而文要完成'明道'之使命，就必须以圣人之文即'经'为宗"，这是在"文以明道"和文章关怀"为学、修身与从政"意义上的"宗经"。④ 因此，刘勰的"宗经"观既包括文家视角下的"宗经"，也包括儒家视角下的"宗经"，经在当代的典范性是双重的，即经是文人作家"务于为文"上的文章学典范，为文章自身"张目"和"确立了良好的写作范例"，同时也构成文人作家在"文之为德"上要求自己的典范——"不要受到当时观念的拘泥，以为务于为文就不同于为学、修身与从政"。刘勰将儒经传统中的圣人延展为

---

① 赖欣阳：《"作者"观念之探索与建构——以〈文心雕龙〉为中心的研究》，台湾学生书局2007年版，第203-204页。
② 经学如何参与到《文心雕龙》有关文学创作论、作品论、作家论、意象论等论述中，可参见吴建民《经学与古代文论之建构》，南京大学出版社2016年版，第129-143页。
③ 吴建民：《经学与古代文论之建构》，南京大学出版社2016年版，第128页。
④ 吴建民：《经学与古代文论之建构》，南京大学出版社2016年版，第128-129页。

"圣人式作者之理想",使之"连结到文章写作活动","认为这种写作活动也是圣人制作的流衍":一旦圣人或君子也从事文章写作,那么"务于为文"就并非"不同于为学、修身与从政",这样的写作者必然在保持着儒经传统的襟抱底蕴与政教关怀的同时,又参与到文学的范畴中,循文式文术之规律,结合"文学本位"运思、役才,参与文艺写作,继而在"志于道,据于德"的基础上与"游于艺"相综合。圣人君子尊经,也可以行权变,在一个文人作家的时代里,圣贤可以向文人作家的方向"流衍",其"制作"也可向"写作"的方向"流衍",在这一连续的源流脉络之中,文人作家时代的到来并不必然代表圣贤的退场。

刘勰试图在一个文苑业已独立、文人与儒者明确分途且分庭抗礼的文学时代中,设法在"文"与"儒"[①]、"文学"与"文明"、"文章传统"与"儒经传统"之间塑造起"圣人式作者之理想",作为一种"理想",它奠定了文章作者的最高神圣范式,该范式在拥护和支撑新兴文学写作本身的同时,也为端正和引导文人作家及其文章作品的文学写作品质与文教文明关怀树立了楷模。这就是建构经典身兼"文明"和"文学"、圣人身兼"圣王"和"作者"双重禀赋的意义所在:它在圣人元典的神圣原型得以顺应和范例"文学自觉"的新变时流而不致过时(典籍的当代化)的基础上,将文人文章保持在圣人元典的文道传统规范的绵延范围内(当代的典籍化)。然则,将圣人转化为"圣人式作者",将圣贤制作流衍为文章写作,就不得不谋求由"经"的传统蕴涵与文辞转生出"文"的全新义项——经典本身在"通古今之变"的张力间,始终具有进行再阐释的弹性——尽管这种转换经书的操作不免"唐突而牵强""附会"与"夸大"。但"误读"最终是一种对儒经"通变"的阐释学策略,因此,"误读"大概就是刘勰的"高贵的谎言"。[②]

事实上,刘勰原本之所以选择撰著文论,也是经历了由经学家的关怀

[①] 刘勰综合"文"与"儒"的做法在文学思想史上并非孤例,于前有东汉王充的"文儒"概念,于后有中唐韩柳的古文运动。韩愈的古文观就可上溯至王充的"文儒"观,也提倡儒者与文人的结合:守道的儒者以文章写作为载道之器,作文的文士以经义为追求。"文儒"既区别于一般钻研经学考据训诂的儒生经生,又迥异于一般雕镂辞章藻绘的文人作家。"文儒"引导儒生向文人文章转移,也吸引文人向经生经义靠拢,进而促成二者的融合。可参龚鹏程《六经皆文》,学生书局 2008 年版,第 27—64 页。

[②] 参向珂《晚清的一场经学战争》,见许志远编《脆弱的新政:明治维新与清末新政比较》,贵州人民出版社 2018 年版,第 125—138 页。

转向文论的变化：根据《序志》篇自述，刘勰"敷赞圣旨"一开始的选择是注经，即计划采取经学家治经的方式"敷赞圣旨"，后来自忖在经学上将鲜有建树，才决意另辟蹊径，转向论文，但《文心雕龙》仍吸收了治经学的方法治文学，① 且其背后也许仍由原先经学家的尊经态度所主导，只是尊经或"敷赞圣旨"的方式进路改变了。难怪古往今来都有人认为《文心雕龙》一书呈现出对一部集部之书性质的超逾，直至成了一部儒家的"子书"。

三、由《正纬》看刘勰的儒士身位

其实关于刘勰与经学或儒学派别的思想连带，"龙学"前辈早已有专门阐论，他们主要从不同角度议论刘勰思想之属古文经学派，例如提及刘勰在《序志》篇中对同属古文经学的大师马融、郑玄表示钦敬（"马郑诸儒，宏之已精"），或者爬梳出《文心雕龙》行文中对经典的古文经书版本比今文经书版本有多得多的采纳和认同，等等。② 杨明照的《从〈文心雕龙〉〈原道〉〈序志〉两篇看刘勰的思想》一文中胪列六大理由，论证刘勰与古文经学派的密切关系：

（1）《毛诗大序》的一些说法，书中多所运用（例多不具列）；

（2）《伪古文尚书》（当时还不知其为伪）的某些辞句，往往为其遣辞所祖（例多不具列）；

（3）古文经学家一般不为章句之学，《论说》篇"通人恶烦，羞学章句"的"通人"，就是指的古文经学而言。在他所举"要约明畅"的四个范例中，如毛苌、孔安国、郑玄都是两汉的古文经学大师；

（4）《史传》篇对于《左传》极力推崇；

（5）《诗经》的《毛传》《郑笺》，书中多本之为说（例多不具列）；

（6）古文经学家的旧说，间或采用，如《宗经》篇"皇世《三坟》，帝代《五典》"两句，系用贾逵说，《书记》篇"绕朝赠士会以策"句，也是用的服虔说。只此六端，就大可看出刘勰所受古文经学

---

① 例如广泛运用于《文心雕龙》各篇中的"原始以表末"的方法论和体例，就与汉代经学家法有关。

② 参羊列荣《〈文心雕龙〉与五经》，见戚良德编《儒学视野中的〈文心雕龙〉》，上海古籍出版社2014年版，第242—246页。

派的影响是很深的。①

台湾现代"龙学"界颇重视发挥《文心雕龙》的经学渊源以及刘勰之为儒士（而非纯粹"文士"）的身位背景，其中尤以王更生为代表。在1995年，王更生更亲自率团参加在北京举行的《文心雕龙》国际学术研讨会，专以"刘勰是什么家"为议题，对刘勰的儒士身位进行深入阐明，以提起人们注意对刘勰儒士身位的长久短视，并提议要加以重新评价，王更生往后的"龙学"研究工作仍不离此，继续对相关问题进行钻研，可见王更生对刘勰的儒士身位极为看重。王更生在其著作中也提到，刘勰排列五经的次序总是首进之以《易》经，这符合古文经学家们的习惯做法。②而除了上述论据以外，《正纬》篇对于确认刘勰思想与古文经学家的密切关联的作用也是不可忽视的。

根据《正纬》篇，刘勰蔑弃纬书是因为其"无益经典"，而最终认同纬书则是因为其"有助文章"，清人王鸣盛以为刘勰对纬书的取舍主要基于一个"文士"的立场：

> 余谓挚刘皆文人，故其言如此。纬虽无益于经，康成所注，皆有益者，学者宜研究之。③（王鸣盛《蛾术编·说录二》）

这个说法颇有问题。《正纬》篇末基于"有助文章"而认可纬书，主张对纬书"采其雕蔚"，或姑且可谓立诸"文人"观点，但刘勰批判纬书部分的议论却未必尽然。

刘勰正纬是站在宗经的立场上，认为纬学之盛引起"乖道谬典"（《正纬》），对五经之正典地位造成了破坏："盖正纬者，恐其诬圣而乱经

---

① 杨明照：《从〈文心雕龙〉〈原道〉〈序志〉两篇看刘勰的思想》，见《杨明照论文心雕龙》，上海科学技术文献出版社2008年版，第65页。对上述所举"六端"，更详细的分析可参羊列荣《〈文心雕龙〉与五经》，见戚良德编《儒学视野中的〈文心雕龙〉》，上海古籍出版社2014年版，第238–249页。羊列荣认为刘勰因顺郑玄开辟融通今古之潮流，其文论不辨古今，涵通兼采，在经学上持"通脱的态度"（第249页）。诚然，《文心雕龙》既取古文家说，亦采今文家说，但不能据此就以为刘勰放弃了基本的古文经学立场。毕竟即使郑玄融通古今，总体也是在古文经学立场上的，不然便无法解释他与今文学家何休的论争关系。

② 参王更生《文心雕龙研究》（重修增订），文史哲出版社1979年版，第299–302页。

③ 杨明照：《文心雕龙校注拾遗》附录《品评》，上海古籍出版社1982年版，第463页。

也。诬圣,则圣有不可征;乱经,则经有不可宗。二者足以伤道。"①《正纬》虽篇幅短小,却堪称一部考辨精详、论判入里的纬学研究著述,纬学研究大家钟肇鹏甚至认为其能与今人同类的纬学研究力作相媲美。②《正纬》绝大篇幅的内容俨然是精短的"纬学论略",跟文论家论文已无多大关系。刘勰之"正纬"是"宗经"的合理推衍。如若"宗经"仅是文论家的"宗经",则"正纬"也当是文论家的"正纬"。可是,刘勰如仅以文论家眼光"正纬""酌纬",实不必花费绝大笔墨将《正纬》写成一篇精深的"谶纬论略",且刘勰深入纬学的程度也已明显超逾一般文士的怀抱与识见。

纬书兴于西汉哀平时,对纬书的攻伐则自东汉尤多,以其历经王莽、刘秀鼓吹,纬学风气盛极一时,攻纬书的儒士亦随之活跃起来,相为抗衡。对纬书的官方禁令在魏时就有,禁谶诏告斥之曰"非经国之典",声称"一皆焚之",③ 但直到隋朝,纬谶作为官学之外的"异端"才正式遭焚禁,遂致散亡。随后,"纬学"曾一度成为影响王朝政治及儒生群体的暗流而长期存在。刘勰的《文心雕龙》成书于南朝齐季,其时官学对纬书的态度仍反复,但《文心雕龙》中的《正纬》篇已明确表达排纬立场,与前代的攻纬书家们一脉相承。《文心雕龙》是一部论述文章写作的文论著作,后世目录家径直将其列于集部,与诗文评齐同一类,甚至与《花间集》等为伍,那么,却又为何会跟儒士群体内部围绕纬书掀起的争执扯上干系?

纬书在汉代起引发的争执,实是儒士群体内部围绕政教话语法权上的争执。自汉以来,纬谶和五经之间的地位消长,乃关乎争夺国教正典权位与王官学话语权位的纷争。纬谶学在其最兴隆的东汉之际,作为汉代显学,甚至一度占有"国教"之学的地位,属政制话语上的显论,"王莽好符命,光武以图谶兴,遂盛行于世"(《隋书·经籍志·纬类序》)。在王朝高层的力推之下,"风化所靡,学者比肩"(《正纬》),纬书大兴,纬学据位于官方的意识形态,刘勰也提到当时"沛献集纬以通经,曹褒撰谶以定礼"(《正纬》),这说明纬学其时具备压倒性的优势,已加入国家官方的政教仪礼建制之中,用以"通经""定礼"了。而对纬书加以挞伐的儒士则持有另一种政教建制构想,他们主张明确五经的国家法典地位,故力

---

① 刘永济:《文心雕龙校释:附徵引文录》,中华书局2010年版,第11页。
② 参钟肇鹏为姜忠奎《纬史论微》(黄曙辉、印晓峰点校,上海书店2005年版)所撰序言。
③ 刘汝霖:《东晋南北朝学术编年》,华东师范大学出版社2009年版,第252页。

辟纬谶，认为其妄诞。无论是支援纬书抑或攻击纬书，儒生集团内部的分歧本质都是政治性的，实际上是政教理念形式上的纷争。

及至魏晋南朝，纬谶之风纵使已有所减弱，但显然是禁而未绝，甚至历代开国君王在受禅时，犹纷纷大量援用纬谶作为自己政权确立的合法性的依据，魏代曹丕、宋武帝刘裕、晋恭帝、篡位的萧道成、受禅的梁武帝萧衍、齐和帝等，概莫能外，其中熟稔于纬谶之术的儒家学者或士大夫官僚则积极发挥了重要作用。① 可见谶纬当时仍然活跃在官方高层的政教系统中。"这不仅是因为政权的更替过于频繁，篡位者需要利用谶纬作为其禅代之合法依据；也因为有人迷信此道，使得以这种方式制造出的舆论因被接受而发挥其预期的作用"，"这些现象表明，东汉以来狂热于谶纬的非理性思潮在南朝并没有完全消歇，尤其是在齐梁时期似有复兴之势"。② 因此，在这样的政治文化语境下，《正纬》篇浓墨剖判谶纬所触及和牵涉的问题不会仅限于所谓的文学领域。

一般说来，古文经学家多反谶纬，而今文经学家多好谶纬。③ 对于纬书的态度实际进一步在政教理念和立场上将儒士群体划分开了不同的两派。纬书家好假准圣人身位、代发孔子"微言"，垂青于纬书的一派儒士则喜借纬书原理影响政教秩序的建制，他们主要通过引申或转换出经典中的"微言"来迁就当下现实的问题状况，其重改制论，乃出于齐儒"定位于历史未然的王道之治"的政教理念，故倾向于"后王"；而判纬书为虚伪、为妖妄的另一派儒士，他们以持守"历史已然的王道之治"为任，乃出于鲁儒的政教理念，故倾向于"先王"，重循蹈、发挥经典本身载述的古老义理以规导当下问题。④ 两派儒生之争自然属于"两大派儒教士的

---

① 参杨清之《〈文心雕龙〉与六朝文化思潮》（修订本），齐鲁书社2014年版，第225—227页。

② 杨清之：《〈文心雕龙〉与六朝文化思潮》（修订本），齐鲁书社2014年版，第227—228页。

③ 今文经学与谶纬关系密切，周予同早有阐论，亦可参钟肇鹏《谶纬论略》（辽宁教育出版社1991年版）中的相关论述。西汉今文经学大家董仲舒所作《春秋繁露》，清儒凌曙作注便博引谶纬，参〔西汉〕董仲舒《春秋繁露》（内部发行），〔清〕凌曙注，中华书局1975年版。晚清大儒廖平亦称"董子《繁露》为纬书之祖"。参廖平《经话乙编》，见李耀仙主编《廖平学术论著选集》（一），巴蜀书社1989年版，第529页。

④ 参刘小枫《纬书与左派儒教士》，见《儒教与民族国家》，华夏出版社2007年版，第45页。

政制理念及其制度安排的思想之争"①。也就是说，集中在经纬之辩、谶纬真伪之辩上的文献学争端本质上是儒生群体之内关于政制理念与制度设计争论的侧显。这是理解古代中国思想史上的经纬之辩、谶纬真伪之辩所不可脱离的文化政治语境，更不消说在纬的影响力继汉代绵延下来、"宋武禁而未绝，梁世又复推崇"②的社会历史环境底下。立足于这一背景和语境，刘勰专立《正纬》一篇主动介入经纬之辩、谶纬真伪之辩，实质上也涉入一场儒生集团内部关于政制及文教建制的持久政治性论争，看来刘勰在这里关心的事情远非纯粹文学之事那么简单。

刘勰在《正纬》篇中列举了四个证明，论证"纬"之为虚妄伪作，与经义不配，为攻纬书家一派的儒士提供学理上强而有力的支撑。他首先概括了哀平以来，尤其是光武后纬谶大为上下学者所趋的局面，紧接着便举出四位批判纬书的代表性儒士，刘勰与这些前贤们深有共鸣：

> 是以桓谭疾其虚伪，尹敏戏其浮假，张衡发其僻谬，荀悦明其诡诞：四贤博练，论之精矣。

所列四贤张衡、桓谭、尹敏、荀爽，均属古文经学家，在政教立场上都抵制纬书（其中桓谭更因反谶纬而在政治上遭贬），也断然无法以"文人"等闲视之。刘勰特别一一列出四人论见，恰与自身辟纬之观点枹鼓相应，四贤论见无疑有力地支持了刘勰自己的观点。刘勰分享前人所论，也有意将自己置于与四贤立场相呼应的位置上，"对于桓谭之'疾其虚伪'、张衡之'发其僻谬'，刘勰给予了大力褒扬"③，并示以与四贤为同道："在纬书可信与否的问题上，刘勰旗帜鲜明地站在东汉'疾虚妄'思想家一边，远绍中国思想史上源远流长的'自然论'一派，这与其经学立场是

---

① 刘小枫：《纬书与左派儒教士》，见《儒教与民族国家》，华夏出版社2007年版，第7页。要理解上述两派儒士在"政制理念及其制度安排的思想"上的分歧，晚清的一段思想史或能为其提供极佳案例。在晚清主张变法的各路儒士里面，代表人物如张之洞，其儒学扎根于古文经学，而康有为却是治今文经学出身，二人在变法的取向上也相应地展示出原则性差异，张之洞的《劝学篇》强调"中学为体西学为用"，而维新派的康有为却予人"貌孔心夷"（叶德辉语）之感。

② 刘永济：《刘永济手批〈文心雕龙〉》，徐正榜、李中华、熊礼汇整理，武汉大学出版社2020年版，第22页。

③ 高林广：《〈文心雕龙〉先秦两汉文学批评研究》，中华书局2016年版，第322页。

相一致的。"① 这说明刘勰自觉地把自己的"正纬"论证接上四贤一派儒士端正经纬关系的论证，无形中也就随之涉入背后关于文教制度的态度论争："刘勰指出是因为'世历二汉'，光武'笃信斯术'，才造成'风化所靡，学者比肩'，'朱紫乱矣'的谶纬盛行的局面，才达到'乖道谬典，亦已甚矣'的地步"，这可以"看作是刘勰对汉光武帝'宣布图谶于天下'和汉景帝举行白虎观会议的指责"。②

学者固然识别出刘勰与四贤儒士同属古文经学派，在"疾虚妄"、黜纬书的背后，"经学立场是相一致的"，但我们尚可进一步指认经学立场背后与政教立场的关联，即透过古文经学及其攻纬书一派的立场，辨别出他们身后所共持之政教关怀。由此，倘若仅仅目刘勰为"文人""文士"，恐怕难免错过他文字中夹带的政教关切，甚而也就无法充分、恰当地理解《文心雕龙》这部书。最起码，我们不能轻易认定《文心雕龙》儒家式的宗经明道之说仅是"门面语"。

刘勰思想出于古文经学，《正纬》篇可见其追随攻纬书派儒士，如前所述，该派儒士主张守持先王奠定的"历史已然的王道之治"。刘勰实际上也将这种尊先王的政教关怀表达到文论上。③《原道》篇将经典的来源

---

① 汪春泓：《文心雕龙的传播与影响》，学苑出版社2002年版，第426页。又可参郭鹏《〈文心雕龙〉的文学理论和历史渊源》，齐鲁书社2004年版，第46—47页。
② 李淼、毕万忱：《〈文心雕龙·正纬〉探微》，见《文心雕龙论稿》，齐鲁书社1985年版，第57页。
③ 张少康《文心雕龙新探》（齐鲁书社1987年版）认为，荀子强调法后王的观念，对刘勰通变论影响颇深，"刘勰关于通变思想的历史渊源主要来自《周易》和荀子"（第156页），毕竟，荀子"着重强调的是要法后王，而不是法先王。他认为先王之道已经不能适应发展了的时代新形势要求，而后王之道则是根据当时具体情况对先王之道的灵活运用，是最能符合于新的形势要求的"（第157页）。突出荀子哲学的影响是张少康"龙学"研究中的一项"新探"。不过，如果刘勰的理论禀赋如某些"龙学"前辈所言，是从属于古文派经学一脉，那么他强调的就应该是法先王，今文派经学一脉则往往强调法后王，或者换一种说法，鲁地儒学一脉强调法先王，而齐地儒学一脉强调法后王。刘勰固然深谙宗经与权变的道理，但懂得权变不一定就要从法后王而来，法先王论同样可以言通变，从《周易》中就能提取通变论的思想资源（《通变》篇其实征引《易》经的比例是全书最高的）；而实际上，法先王者言通变与法后王者言权变又并不一样。刘勰文论当然积极响应"新的时势要求"，但却绝不"认为先王之道已经不能适应发展了的时代新形势要求"，从而把重点放在后王身上（对刘勰来说，这一位所谓"后王"只能是屈原），其与荀子立论并不相同。且《荀子·儒效》释"法后王"为"以今持古"，与刘勰"凭轼以倚雅颂，悬辔以驭楚篇"（《辨骚》）、"望今制奇，参古定法"（《通变》）中明显所持"以古驭今"的论调亦不一致。

追溯到历史上诸先圣王的文章及其所承载的文治之业上：

> 自鸟迹代绳，文字始炳，炎皞遗事，纪在《三坟》，而年世渺邈，声采靡追。唐虞文章，则焕乎始盛。元首载歌，既发吟咏之志；益稷陈谟，亦垂敷奏之风。夏后氏兴，业峻鸿绩，九序惟歌，勋德弥缛。逮及商周，文胜其质，《雅》、《颂》所被，英华日新。文王患忧，繇辞炳曜，符采复隐，精义坚深。重以公旦多材，振其徽烈，剬诗缉颂，斧藻群言。至夫子继圣，独秀前哲，镕钧六经，必金声而玉振；雕琢性情，组织辞令，木铎振而千里应，席珍流而万世响，写天地之辉光，晓生民之耳目矣。（《原道》）

"爰自风姓，暨于孔氏，玄圣创典，素王述训"，五经由历史上先古圣王的世代文章累积而成。而后世文章本质上源出于经典，故经典的性质也决定文章的性质：

> 唯文章之用，实经典枝条，五礼资之以成，六典因之致用，君臣所以炳焕，军国所以昭明，详其本源，莫非经典。（《序志》）

文章之用立足于政教治理的经世致用，盖文章的本源，即经典同样立足于政教治理之用。经典是由历史上先圣王用于政教的文章积累、凝聚而成，因此，经典中也就必然承载着圣王王政的治理关怀，也就是先圣王的王道之治，它意味着一种美好的生活方式的构建。文章必须"宗经"，就代表文章也不应离开王道政治的淑世关照，作文章也要惦记着为经典里的"历史已然的王道之治"肩负何种文化责任。刘勰表明自己撰写《文心雕龙》的心志所系，便提及自己曾"夜梦执丹漆之礼器，随仲尼而南行"，这是将孔子比喻为"素王"，而刘勰自己则是"素臣"，"南行"代指南面而王，手执丹漆礼器就好比托起王者的礼乐文教政治。因此，明了刘勰文论背后的古文经学背景和儒士身位，无疑能为我们正面对待刘勰文论中的儒家话语和面相提供一个解释进路。《文心雕龙》虽谈写作文章之事，志向却在于端起王政文教事业，这已远非纯粹"文人"的眼界所能容纳得了的。

四、所谓"以子书自许"的《文心雕龙》

"文人"群体的形成是近人所谓"文学自觉"后的表征。"文学自觉"发生在魏晋六朝时期,其原因之一,据说离不开当时自汉末以来"天下分崩,人怀苟且,纲纪既衰,儒道尤甚"① 的乱世风气,其景象仿佛战国时期,是时儒教文学散乱,"文以载道"的体统自然遭受破坏,于是文章也开始了突破传统经学精神的藩篱而独立发展的历史性变换。面对魏晋六朝文学变故背后的衰世,刘勰所撰文论兼"匡救时弊之意"及"神州陆沉之忧",亦不足奇,遂"其意义殆已超出诗文评之上而成为一家之言,与诸子著书之意相同矣"②:

> 眼见国家日趋危亡,世风日趋浇薄,文学日入于浮靡之途,皆由文与道相离所致,而曾无一人觉察,心怀恐惧,思所以挽救之而无权位,故愤而著书。所以他这部书虽则是专谈文学理论,虽则是总结以往文学的经验,虽则是评骘以往作家的优劣,然而可说是一部救世的经典著作,是一部诸子著述。③

事实上,从齐梁至隋,时俗文学主流皆以艳采华辞为好,进入中唐,始对骈文的绮靡风气进行批判和反思,乃至急起八代之衰。唐时,刘知几读《文心雕龙》也侧重其政道忧患意涵。刘知几可视为古代第一个《文心雕龙》思想的研究家,其《史通·自叙》将刘勰的《文心雕龙》与扬雄《法言》、王充《论衡》、应劭《风俗通》、刘劭《人物志》、陆景《典语》齐同并论,显然,《文心雕龙》被看作与这些子书同流:

> 昔汉世刘安著书,号曰《淮南子》。其书牢笼天地,博及古今,上自太公,下至商鞅。其错综经纬,自谓兼于数家,无遗力矣。然自《淮南》已后,作者无绝。必商榷而言,则其流又众。盖仲尼既殁,

---

① 〔西晋〕陈寿:《三国志·魏书》第十三卷《王肃传》注引鱼豢《魏略》,〔南朝宋〕裴松之注,中华书局1956年版,第420页。
② 刘永济:《文心雕龙校释:附征引文录》前言,中华书局2010年版,第1页。
③ 刘永济:《论刘勰的本体论及文学观》,见《文心雕龙校释:附征引文录》,中华书局2010年版,第189页。

微言不行；史公著书，是非多谬。由是百家诸子，诡说异辞，务为小辨，破彼大道，故扬雄《法言》生焉。儒者之书，博而寡要，得其糟粕，失其菁华。而流俗鄙夫，贵远贱近，传兹抵牾，自相欺惑，故王充《论衡》生焉。民者，冥也，冥然罔知，率彼愚蒙，墙面而视。或讹音鄙句，莫究本源，或守株胶柱，动多拘忌，故应劭《风俗通》生焉。五常异禀，百行殊执，能有兼偏，知有长短。苟随才而任使，则片善不遗；必求备而后用，则举世莫可，故刘劭《人物志》生焉。夫开国承家，立身立事，一文一武，或出或处，虽贤愚壤隔，善恶区分，苟时无品藻，则理难铨综，故陆景《典语》生焉。词人属文，其体非一，譬甘辛殊味，丹素异彩，后来祖述，识昧圆通，家有诋诃，人相掎摭，故刘勰《文心雕龙》生焉。

若《史通》之为书也，盖伤当时载笔之士，其义不纯。思欲辨其指归，殚其体统。夫其书虽以史为主，而余波所及，上穷王道，下掞人伦，总括万殊，包吞千有。自《法言》已降，迄于《文心》而往，固以纳诸胸中，曾不蔕芥者矣。①

刘知几对上述诸书均一视为伤时救世之子书，也把自己的《史通》看作接续它们而作，遂也自列诸子部。北宋黄庭坚在写给王立之的书信中，将刘勰《文心雕龙》与刘子玄的《史通》相提并论："刘勰《文心雕龙》，刘子玄《史通》，此两书曾读否？所论虽未极高，然讥弹古人，大中文病，不可不知也。"② 明人王惟俭、清人黄叔琳训注完《文心雕龙》，又找《史通》作训或补训；纪昀在黄叔琳注本的基础上评《文心雕龙》后，又作《史通删削》4卷；还有章学诚自述其著《文史通义》，也"下该《雕龙》、《史通》"——人们"把《文心雕龙》与《史通》尊为文史著作中的双璧，并竭力使之显赫彰明"，看来都在《文心雕龙》和《史通》之间领悟到某种相通。③ 在刘知几所列诸子之中，"扬雄对刘勰的影响十分显著"，《文心雕龙》和《法言》"两者的忧患意识实质上是相通的，救弊的

---

① 〔唐〕刘知几：《史通》，〔清〕浦起龙通释，吕思勉评，李永圻、张耕华导读整理，上海古籍出版社2008年版，第206页。
② 杨明照：《文心雕龙校注拾遗》附录《品评》，上海古籍出版社1982年版，第434页。
③ 户田浩晓：《文心雕龙研究》，曹旭译，上海古籍出版社1992年版，第25页。亦参汪春泓《文心雕龙的传播和影响》，学苑出版社2002年版，第444—458页。

思路也是何其相似乃尔"①（扬雄也属古文经学派），而《法言》当然是一部子书，因而将《文心雕龙》同视为一部子书也顺理成章。

唐时韩愈发起古文运动，其振文统、倡宗经也实承刘勰的文道观和文学批评。② 郭绍虞谓六朝时的文学批评家，"也有许多反对极端文胜以为匡时之针砭者"，"病六朝诗文为多肉少骨"，"实则此种主张有许多早已为后世古文家种下根苗，而古文家却一切不加理会，自矜创革之功，这觉得更是不应该的"，"所以我们须知以后的复古运动，不必至唐代而情形始显，且亦不必至北朝而风气始转。其关捩所在，也即在南朝的批评界"。③ 郭绍虞认为存在于南朝批评界的古文家先声，首推钟嵘和刘勰。清人刘开《书文心雕龙后》便认为：

> 自韩退之崛起于唐，学者宗法其言，而是书几为所掩。然彦和之生，先于昌黎，而其论乃能相合，是其见已卓于古人，但其体未脱夫时习耳。夫墨子锦衣适荆，无损其俭；子路鼎食于楚，岂足为奢。夫文亦取其是而已，奚得以其俳而弃其重哉。然则昌黎为汉以后散体之杰出，彦和为晋以下骈体之大宗。各树其长，各穷其力，宝光精气，终不能掩也。④

按韩愈的志向抱负在原道卫道，胸襟自有同取于刘勰处，反过来看，或刘勰亦自未可以纯粹文士限之。

进入明清两代，"文学自觉"有了更进一步的发展。钱基博甚至称彼时为"文艺复兴"时期。明人曹学佺批点《文心雕龙》明显是从明代性灵派侧重纯文章学的审读趣味出发，但于《诸子》篇首句眉批亦承认"彦和以子自居，末《序志》内见之"⑤；清代纪昀评注《诸子》篇时，亦提示说勰于其中"隐然自喻"，言下之意，即刘勰自己著为一"子"

---

① 张少康、汪春泓、陈允锋、陶礼天：《文心雕龙研究史》，北京大学出版社2001年版，第10页。
② 参张少康、汪春泓、陈允锋、陶礼天《文心雕龙研究史》，北京大学出版社2001年版，第24页。
③ 郭绍虞：《中国文学批评史》（上册），商务印书馆2010年版，第122、140、181页。
④ 杨明照：《文心雕龙校注拾遗》附录《品评》，上海古籍出版社1982年版，第442页。
⑤ 黄霖编著：《文心雕龙汇评》，上海古籍出版社2005年版，第63页。

书，又评《原道》时谓彦和"所见在六朝文士之上""截断众流"①，也把刘勰拔出于文人文士的一般萃类。这些仅为零碎评论。清代从文论之大体上继承前人重视《文心雕龙》儒家襟抱与面相的代表者，当推钱谦益和晚清桐城派文论家，尤其是晚清刘咸炘的《文心雕龙阐说》，其阐论《诸子》一篇称："彦和此篇，意笼百家，体实一子。故寄怀金石，欲振颓风。后世列诸诗文评，与宋、明杂说为伍，非其意也。"②谭献在《复堂日记》中也有言："彦和著书，自成一子。……立言宏旨，在于述圣宗经，所以群言就冶，众妙朝宗者也。"③

近人中研究《文心雕龙》学的大家刘永济强调《文心雕龙》"以子书自许"④，并为古代目录书竟置《文心雕龙》入集部及"以文士目舍人"的做法抱不甘。⑤刘永济意欲把《文心雕龙》从集书提入子书。台湾"龙学"界的王更生也力申刘勰的儒士身位，界定"《文心雕龙》乃'子书中的文评，文评中的子书'"⑥。类似的观点在当代研究者中，也仍不乏后继者，例如，邬国平通过详细比勘《诸子》《序志》两篇，认为"刘勰本人是将《文心》当作子书来写的"⑦。也有论者指出《文心雕龙》一方面"继承了传统子书的某些特征"，另一方面又"有了新变"，"体现了子书在中古时代的新发展"。⑧

当然，在不同的历史时期，学人社会流行不同成见，受染乎其主流风气，对《文心雕龙》性质的界定就会发生变化。唐人侧重斟酌其子书义涵，倡导"征圣""宗经"的文学观；明清文人的"龙学"受新一波"文学自觉"的风潮波及，遂多发明其集书性质，凸显"下廿五篇"的文术创作论而忽视"枢纽""文体"之论。而在 20 世纪初的新文化运动影响

---

① 黄霖编著：《文心雕龙汇评》，上海古籍出版社 2005 年版，第 65、13 页。
② 〔南朝梁〕刘勰：《文心雕龙》，〔清〕黄叔琳辑注，〔清〕纪昀评，李详补注，刘咸炘阐说，戚良德辑校，上海古籍出版社 2015 年版，第 115 页。
③ 杨明照：《文心雕龙校注拾遗》附录《品评》，上海古籍出版社 1982 年版，第 447 页。
④ 刘永济：《文心雕龙校释：附征引文录》前言，中华书局 2010 年版，第 1 页。
⑤ 参刘永济《文心雕龙校释：附征引文录》，中华书局 2010 年版，第 22、175 页。
⑥ 牟世金：《台湾文心雕龙研究鸟瞰》，山东大学出版社 1985 年版，第 80 页。王更生本人的表述，是"文评中的子书，子书中的文评"，并称此"最能看出刘勰的全部人格，和《文心雕龙》的内容旨趣"。参王更生《文心雕龙导读》，文史哲出版社 1979 年版，第 13 页。
⑦ 邬国平：《〈文心雕龙〉是一部子书》，载《上海大学学报》（社会科学版）2013 年第 5 期。
⑧ 杨思贤：《子书与东汉学术转型》，人民出版社 2019 年版，第 257—276 页。

下，新的时代趣味嬗变又相继产生。现代文化意识一心与西方现代的文教分科建制相接轨，并在此基础上与西方的文化相竞长，传统的经学系统被迫分解，划分成文学、史学、哲学等，原本的经学系统机体分崩离析，文学要摆脱经学的影响，成为独立的学科建构。在对传统经学和道统思想的普遍质疑中，自然又会开启出文道分化的形式，对《文心雕龙》的解读势必也受波及。例如，《原道》篇立说祖本《易》经，但《易》经作为神人圣王之书的神圣性由于受到"新文化"精神的冲击而瓦解（如顾颉刚《古史辨》所论"于《易》则破坏其伏羲、神农的圣经的地位而建设其卜筮的地位"①），影响及乎《原道》，于是鲁迅视该篇思想"其说汗漫，不可审理"②，徐复观也称其"将经推向形而上之道，认为文乃本于形而上之道，这种哲学性的文学起源说，在今天看来并无多大意义"③。在新的文道分离的历史思潮下，《文心雕龙》被逼从传统的经学道学精神背景中分离而出，随之难免不断倾向于被视为一部文艺理论的著作或讲授文学作法的修辞书，④刘勰联系于经学传统中的王道文教关怀的儒者身位被忽略，而不断被凸出的是他的文家身位。20世纪的现代"龙学"主流延续了这种理解方式，在晚近80年代"美学热"的影响下，更复如是，然则对于挖掘《文心雕龙》的文学理论或文艺美学的义涵，前人耕耘所取得的成果固然是蔚为大观的。

然而，自觉地将文章的统绪溯源到"历史已然的王道之治"的刘勰，其对文章的关切难以归结为纯粹的文学研究，"从《文心雕龙》全书看，刘勰最重视文章要积极地为政治服务"⑤。所谓"为政治"，不应指狭义的政治，而应指寄托于先圣典籍中的王道政治的理想传统。前引《序志》篇记述，刘勰30岁时"尝夜梦执丹漆之礼器，随仲尼而南行"，所谓尾随孔子而行，即隐喻以孔子为"素王"，而刘勰自居"素臣"。刘勰相当于以孔子为圣王，自己为君子贤臣，"执礼器"即象征遵从圣王的礼文事业，托扶礼制，已寄寓《文心雕龙》关怀所在。"丹漆之礼器"代表圣王的礼

---

① 顾颉刚：《古史辨》第三册《自序》，转引自周春健《〈古史辨〉第三册〈自序〉读札》，见《经史散论》，万卷楼2012年版，第251—285页。
② 鲁迅：《汉文学史纲要》，人民文学出版社1973年版，第4页。
③ 徐复观：《中国文学精神》，上海书店2004年版，第179页。
④ 参戚良德《〈文心雕龙〉与当代文艺学》，中央编译出版社2012年版，第163—177页。
⑤ 王运熙：《文心雕龙探索》，上海古籍出版社1986年版，第161页。

乐文章之治,"丹漆"语出《礼记·礼器》"丹漆丝纩竹箭,则众共财","丹漆"即强调文饰。"南行"为象征"南面而治"的王政治境。《封禅》篇也说"夫正位北辰,向明南面,所以运天枢,毓黎献者,何尝不经道纬德,以勒皇迹者哉"。

《序志》篇继续写道,在梦见圣人以后,刘勰立志赓续圣人道业,"敷赞圣旨",开初打算注经,尔后又易为论文。注经是通过传统经学,耕耘经典的圣旨。经学源于西汉,汉武帝时置立五经博士,经学体制正式形成。① 官方经学的成立离不开汉家历代儒生群体复兴文治的努力:由陆贾劝高祖行文治,叔孙通为汉家起立礼仪,儒生积极讲学响应汉帝置博士令,发展到董仲舒黜百家而独尊儒术,儒生群体一心追法先王王道而修文业,以至于刘勰在《时序》篇中甚至将周汉并论("经典礼章,跨周轹汉")。正是在汉家大力主张修学的背景下,经学作为"守文"事业而兴。譬如,文帝置《论语》《孝经》《尔雅》《孟子》博士,"欲广游学之路"。武帝立五经太学博士。董子策皇尊儒,"愿陛下兴太学,置明师",否则,"王道往往而绝"。孝成帝命举博士,诏曰:"古之立太学,将以传先王之业流化于天下。"朱浮奏刘秀请广博士选,称太学以传政教。诏白虎观议经,贵重学业,追宗三代,尤引孔子曰"学之不讲,是吾忧也"……② 孔门经典承载先王政教之道,经学之立是以"学"继王道,换言之,即继以"学统"。

梁武继承汉代的官方经学传统,"惟梁武起自诸生,知崇经术……四方学者靡然向风;斯盖崇儒之效"③,专置五经国学博士,诏告"广开馆宇,招内后进"④,皮锡瑞引《南史·儒林传序》云"馆有数百生……其射策通明经者,即除为吏。于是怀经负笈者云会矣。又选学生遣就会稽云门山,受业于庐江何胤。分遣博士祭酒到州郡立学","又诏皇太子宗室王侯就学受业。武帝亲屈舆驾,释奠于先师先圣,申之以瑸语,劳之以束

---

① 皮鹿门以为"经学至汉武始昌明,而汉武时之经学为最纯正"。参皮锡瑞《经学历史》,周予同注释,中华书局1959年版,第70页。
② 参刘汝霖《汉晋学术编年》(卷上),华东师范大学出版社2010年版,第71-72、83、183、263、295页。
③ 皮锡瑞:《经学历史》,周予同注释,中华书局1959年版,第179页。
④ 刘汝霖:《东晋南北朝学术编年》,华东师范大学出版社2009年版,第296页。

帛。济济焉! 洋洋焉! 大道之行也如是"。①

然则"《文心雕龙》受这种'知崇经术'风气的影响实属正常"②。不过,皮锡瑞也评论道,实际上"南朝以文学自矜,而不重经术"③,这也许才是《序志》篇所谓"马郑诸儒,宏之已精;就有深解,未足立家"之外,真正影响刘勰舍注经而论文的原因。纵然刘勰最终舍弃了注经,但并未与"知崇经术"相分离,放弃注经只意味放弃从事以"学统"承"道统"的工作,却并不意味放弃承担"道统"本身。事实上,刘勰论文不啻转由"道统"建构出"文统",以"文统"庚继"道统":

> 刘勰时代还没有"道统""文统"概念,如果说战国秦汉之际儒家事实上已经形成了"道统"思想,那么,刘勰就在事实上将"道统"转化为"文统"。……孔子以后人们的历史使命,就是要落实孔子在六经中寄寓的王道文化传统,重建理想的王道政治社会。④

如此一来,刘勰论文就不能说是无助于经义,而实是在"文"的方向上,以新的方式发明经义。清人李家瑞以为:

> 刘彦和著《文心雕龙》,可谓殚心淬虑,实能道出文人甘苦疾徐之故。谓有益于词章则可,谓有益于经训则未能也。乃自述所梦,以为执丹漆礼器于孔子随行。此服虔、郑康成辈之所思,于彦和无与也。⑤ (《停云阁诗话》卷一)

这种见解仍严乎经学家与文学家的狭隘划分,看到服虔、郑康成辈的传统经学家的工作有益经训,却轻视文学一途对于助益经训做出特殊贡献的可能性。"南朝以文学自矜,而不重经术",毕竟时代的潮流已转向

---

① 皮锡瑞:《经学历史》,周予同注释,中华书局1959年版,第179页。
② 吴建民:《经学与古代文论之建构》,南京大学出版社2016年版,第128页。
③ 皮锡瑞:《经学历史》,周予同注释,中华书局1959年版,第179页。
④ 陈桐生:《从中华文化发展史观对"文之枢纽"》,见中国《文心雕龙》学会编《文心雕龙研究》(第七辑),河北大学出版社2007年版,第120页。比较陈思苓《文心雕龙臆论》,巴蜀书社1988年版,第4-12页。
⑤ 杨明照:《文心雕龙校注拾遗》附录《品评》,上海古籍出版社1982年版,第447页。

"文学的自觉"了,刘勰所处的时代是"文学自觉""以文学自矜"的时代,文学文章的独立观念已无可避免地流行开来,"道统"的地位欲在新的文人时代有以为继,单靠传统的经学家方式恐已不足够。刘勰继以"词章家"的方式宗经尊道,以"文统"继续和发展"道统",实仍不失为圣王王道和文教关怀的异代"随行"者,又如何能说是无益于经训呢?对于宗经的方式,不能作狭隘、单调的理解。刘勰无疑是丰富了经典与"道统"的蕴含的,尽管他以"词章家"的方式宗经释经,不免要冒"改写"经典之虞。

在此意义上,刘勰强调"文能宗经",当然就不只是为了文章的"矫讹翻浅",而是服务于"文统"的构建。牟世金视刘勰之宗经尊道仅是纯文论家或纯文士的宗经尊道,这对于刘勰以"词章家"的面目与方式构建"文统"以发明"道统"的苦心孤诣来说,难免有"买椟还珠"之嫌了。

五、结语

无论如何,要正确阅读《文心雕龙》,就必须同时注意到它的两种面相,不可偏废其一,王更生认为其为子书中的集书、集书中的子书的观点,无疑是兼顾了《文心雕龙》的双重面相。这起码说明了刘勰在新兴潮流中既具文论家身位,又具传统儒家的思想信念。文章在刘勰看来是极高大深远(原乎大道、并乎三才),也极光辉灿烂(昭明军国、辉晓生民)的,若受限于纯粹文人的眼光,这种极高远昭明的文章境界是无法实现的。文章写作须担负起开创王政天下的襟抱("文心"),这样的文章才有可能接近自身最高尚开阔的精神格局,与此同时又能兼配雕缛美好的文采("雕龙"),则才堪当圣王"尽善尽美"的理想。从刘勰的文论思想来看,王道志向奠定了文章的精神底蕴,这一点不应该被忽视。

中编：政治与文学

以诗文行教化

——儒家传统王政观中的王道与文教

传统儒家将文章置于一种精神秩序的视野下看待。是用美善精神去引领文章的创作，还是在"文艺自由"原则下解放文人，这不仅事关文学美学的问题，还事关政治哲学的问题。德性最为儒家精神所重视，而圣人则最全面而精粹地集聚儒家之"德"，因而在传统儒家眼中，由圣人当王的王道政治也成为推崇德性的理想形式。但是，圣王万世而一遇，当圣王不在场时，就需要圣王以下、推尊圣王的君子群体来勉力托起并辅佐王政。君子是圣王德治的第一道"外王术"。由于圣王的德治注重诗文之治，以美善之诗文行教化，于是君子相应地成为诗文之治的辅佑者，君子应具诗文美感上的修养，以承担圣王以"尽善尽美"为旨归的王道文教追求。作为一部崇尚"文之为德"的文论著作，《文心雕龙》仍然与这种文道理想保持联系。

一、引言

美国学界围绕1787年宪法历来讲疏不断，其中阿纳斯塔普罗的宪法疏解颇引人注目。讲疏第七讲导入对英国古典剧作家莎士比亚戏剧的解读，如作者所述，美国宪法是建立在丰厚的宪法积累的基础上的，而美国人的第一部宪法乃用他们与他们的英国人祖先所共有的语言，即英语书写，尤其是经莎士比亚笔下过滤过的英语。① 也就是说，美国宪法精神底蕴的积淀开始于英语，特别是为经典作家所塑造过的英语，不了解莎士比亚的英语，就不可能了解美国人的民族文化禀赋以及他们自己的宪法政治禀赋。

除了英语，美国宪法的第二个积淀要素来自英国宪法，② 亦即它汲取了现代英国人的律法经验。托克维尔认为，美国宪法的原型是1620年签订的"五月花号公约"。乘坐"五月花号"海船的就是一群英国清教徒和其他一些英国人，他们集体驶往北美大陆，在即将抵达陆地之前，他们在海船上达成一份契约，即"五月花号公约"，公约的制定关系到美国人的历史身世，它告诉今天的美国人：他们的国家宪法最早来自那在海水上由一群英国人集体商定的约法，甚至"五月花号"约法也远接清教主义中"犹太–基督教传统中的约法观念以及其中所体现的民主的观念、习惯和操作规程"③。由此而知，美国人的宪法其来有自，它不仅来源于莎士比亚的英语戏剧，还来源于一部名副其实的"海洋法"，以及古老的犹太宗教约法传统。

对于一个以汉语底蕴为文明积淀的民族来说，一如不认识莎士比亚笔下的英语就不能真正认识美国的宪政，假如中国人不先认识自己的汉语，尤其是为自身经典所塑造过的汉语，就有不真正理解中国自己"宪政"的可能性。传统中国是典型的"大地性民族"，跟"海洋性"原不相及；因此，中国的古传法统属于"大地法"法统，自与"海洋法"迥异。儒家六经是铸造并凝练汉语底蕴的华夏民族经典，经典里同样凝聚着民族古老的政法传统：

> 古之儒者，博学乎六艺之文。六艺者，王教之典籍，先圣所以明天道，正人伦，致至治之成法也。④

---

① 参阿纳斯塔普罗（George Anastaplo）《美国1787年宪法讲疏》，赵雪纲译，华夏出版社2012年版，第2、16页。
② 参阿纳斯塔普罗（George Anastaplo）《美国1787年宪法讲疏》，赵雪纲译，华夏出版社2012年版，第2–3页。
③ 林国基：《"五月花号公约"签订始末》序言，华东师范大学出版社2006年版，第4页。
④〔东汉〕班固：《汉书》第八十八卷《儒林传》，〔唐〕颜师古注，中华书局2000年版，第2536页。

汉人所称六艺即六经，大旨皆为先圣或先王致用于经营"至治"的"成法"，就此而论，儒家六经实质属于政法之书；而且其上通天道、下正人伦，作为承托古之圣王政教的典籍，自然亦是反映圣王王政义理的政法之书，所谓"致至治"，即达致儒家最高的王政政治理想。可见，依托在汉语经典里的中国政法传统不是更接近"宪政"，而是合乎"王政"；不是"约法"的，而是"王法"的。

二、儒家王政观解析

王政至治属于儒家古典政治哲学的精要，也关乎华夏文明的血脉所系，司马迁作《史记》开篇即从《五帝本纪》写起，就是说华夏民族的正统历史恰恰肇端于王者。王政政制的重心在于王者的统治，亦即贯彻王道的政治统治。"王道"一词，最早出现在《尚书·洪范》。《洪范》篇记述的是一段君臣之间的对话，是周武王向贤臣箕子请教治国理政之善道，箕子俨然成了"帝王之师"，向武王"陈天地之大法"（孔颖达《尚书正义·洪范疏》），孔安国传《古文尚书》亦释"洪范"之"范"为"法也，言天地之大法"①，箕子明确向武王说，"洪范九畴"乃天之所赐，"天乃赐禹洪范九畴，彝伦攸叙"。《洪范》篇所教授的九畴大法是上天赐予前代王者的治国法则，就在这一篇里，箕子三劝遵王，三述王道，他荐予武王的九畴正是王政法典之一，里头叙述王者的德性、王者的用政，都属于指向最高王政政治的大政宪典，是统治者以王者和王政为最高向往的规范所在。

《尚书》经以《尧典》《舜典》《大禹谟》开篇，记述的都是古之王者的治政纲要。所谓"典"，孔安国释为"百代常行之道"，孙星衍亦引《释诂》训之为"常"，引《释言》训之为"经"，②《尚书》诸典皆被尊为帝王立政的永恒至道，可见《尚书》一开篇就以记录"王道"为内容。儒家既尊奉先王之治为模范，《尚书》就明示以圣王施政之范本。故孔传亦训典、谟为"圣帝所以立治之本，皆师法古道以成不易之则"③。《皋陶谟》一篇中的"五典""五礼""五服五章""五刑五用"，都属王政典

---

① 〔清〕王先谦：《尚书孔传参正》（下册），何晋点校，中华书局2011年版，第541页。
② 〔清〕王先谦：《尚书孔传参正》（上册），何晋点校，中华书局2011年版，第4页。
③ 〔清〕王先谦：《尚书孔传参正》（上册），何晋点校，中华书局2011年版，第161页。

则，其中奉劝大禹"慎厥身修""惇叙九族"以及"知人安民"之法，莫非本乎王政之治，故王先谦引《大传》云"《皋陶谟》可以观治"①，即谓《皋陶谟》一篇足可观王政之治法。其实，整部经书关怀所在即定于"王制"与"王道"，故古人谓《尚书》经"足以垂世立教。典谟训诰誓命之文，凡百篇，所以恢弘至道，示人主以轨范也。帝王之制，坦然明白"②（伪孔安国《尚书序》）。

不仅《尚书》经，实际上孔门六经寄托的都是王政政制道义，"周室既衰，诸侯恣行。仲尼悼礼废乐崩，追修经术，以达王道，匡乱世反之于正，见其文辞，为天下制仪法，垂六艺之统纪于后世"③（《太史公自序》），庚续前代王政的礼法制度，证明孔门六经之所续固先王之政典，所关心的就是"达王道"。六经相通且皆合归于王道之治，所以，孔子曰"六艺于治一也。《礼》以节人，《乐》以发和，《书》以道事，《诗》以达意，《易》以神化，《春秋》以义"④（《史记·滑稽列传》），故六艺之教异科而同道，不外乎"王教之典籍"。"伏羲至纯厚，作《易》八卦。尧舜之盛，《尚书》载之，礼乐作焉。汤武之隆，诗人歌之。《春秋》采善贬恶，推三代之德，褒周室，非独刺讥而已也。"（《太史公自序》）⑤ 太史公此议把六经都囊括了，且总之以推尚圣王之治。

古典思想里把上智、中材与下愚的人品序列图谱看作是不可删移的（子曰："唯上智与下愚不移。"），也是不可混乱的（《易》："天尊地卑，乾坤定矣。卑高以陈，贵贱位矣。"），精神统治序列的维护需要在政治体制上提供支撑，与此精神序列相平行的，是在政治制度上的高下序列，从而确证了人品至高者的统治正当性，亦即圣王王政体制的正当性。王者是中国传统政治文明的精神所归，华夏民族的古老政治命脉即维系于对圣王的引导、信仰与期待之中，王者向往支撑起中国古传政治感觉的根底，在历史上循经儒家政治话语一脉流传而一直贯通下来。

---

① 〔清〕王先谦：《尚书孔传参正》（上册），何晋点校，中华书局2011年版，第161页。
② 〔清〕王先谦：《尚书孔传参正》（下册），何晋点校，中华书局2011年版，第1066页。
③ 〔西汉〕司马迁：《史记》（第十册），〔南朝宋〕裴骃集解，〔唐〕司马贞索隐，〔唐〕张守节正义，中华书局2013年版，第4017页。
④ 〔西汉〕司马迁：《史记》（第十册），〔南朝宋〕裴骃集解，〔唐〕司马贞索隐，〔唐〕张守节正义，中华书局2013年版，第3885页。
⑤ 〔西汉〕司马迁：《史记》（第十册），〔南朝宋〕裴骃集解，〔唐〕司马贞索隐，〔唐〕张守节正义，中华书局2013年版，第4005页。

但是，历史上标举圣王的不独儒一家，事实是其余诸子百家皆有自己所推崇的圣王。"圣王"思想实际活跃于战国诸子思想之中，"'圣王'普遍运用于春秋时期，而战国诸子皆说'圣王'是肯定的事实。诸子中尤其以《墨子》为说'圣王'的大宗。可见'圣王'属于时代的共同话语"①。诸子百家都分享"圣王"话语，那是因为诸子本来就从王学六艺中衍出，汉时班固干脆说"诸子皆六经之支与流裔"。"考察《汉书艺文志》所归纳的九流十家，竟有七家尊重经书的权威。所不同者，儒家尊崇的是经书的全部，墨家仅尊崇五经中的《诗》《书》二经，道家仅尊崇《易经》，名家应尊重《礼经》，纵横家熟悉《诗经》，杂家则杂取经义并与其他各家学说参和，阴阳家或重视《春秋》，或重视《易》。从经学的角度看，儒家对五经的态度全面而纯粹，其余各家则片面而杂驳。如果说五经是战国以前中国文化的结晶，那么儒家便是这一传统的最佳承继者。"②既然经以承载古之圣王的政治传统为要旨，诸子自然也都持有自己的"圣王"话语。而儒家是经书最忠实最"全面而纯粹"的承继者，故领承古圣王之治道亦最为精粹，即《汉志》所称儒家者流"祖述尧舜，宪章文武，宗师仲尼，以重其言。于道为最高"。

经实际祖源于周代王官学，"周代《诗》《书》《礼》《乐》皆官书，《春秋》史官所掌，《易》藏太卜，亦官书"③，孔子承传之，诸子百家之说亦皆从此王官学之学脉分离出来。彼时正值春秋战国乱世，周道崩解，王官学术亦随之解体，但百家既皆从周代王官学中分出，则其学说渊源系在六艺便毫不奇怪，故亦共用包括"圣王"或"道"的同一话语脉络，也从周天子体制保留下对"王"和"王政"的传统向往。看来刘歆发明的著名的"诸子百家皆出于王官说"，把诸子学说的根源分别布置进王政官制以内，并非无据。只是诸子之学毕竟从统一的道体分解出来，除儒家外，其余各家率都"不该不遍"，仅致"一曲之士"而已，也就是说只继

---

① 邓国光：《经学义理》，上海古籍出版社2011年版，第122页。先秦诸子文献中使用"圣王"词条者，该书亦分别做了统计，参第122页。
② 王葆玹：《试论经学史上的几个问题》，见刘小枫、陈少明主编《古典传统与自由教育》，华夏出版社2005年版，第255页。
③ 章太炎：《国学讲演录》，见刘琅编《精读章太炎》，鹭江出版社2007年版，第154页。

承了道术之一端,"道术将为天下裂"①(《庄子·天下篇》),唯独儒家学说存续了道术之大体全体,因而《庄子·天下篇》特标举儒家于其余各家之上。

不过,据说在周运衰竭而道术分裂之前,道术的形态已经历一个重大变异,那就是后世所谓道统与治统(或政统)的两相分离,这一分离也关系到"圣王"身位形态的分离:

> 前一个阶段自"上古圣神"至周公是……依照"道体"前后传承而形成价值谱系的历史阶段。其显著特征是内圣与外王合一,其实现的形式是"圣君贤相"有德有位。……德位兼备意味着合理的文化理想与管理权力的最佳统一……后一个阶段,即周公之后,德与位离。在现实的政治社会中,有德者常常无位无权,有位有权者很可能缺失应有的价值理想、运作智慧和道德人格。内圣与外王不复合一……②

按正宗的道体形态,内圣与外王合一、道统与治统合一,所以,《庄子·天下篇》说"圣有所生,王有所成,皆原于一"。在本源状态下,王者应当同时是圣人(怀圣人之德),圣人也应当就是王者(具王者之才),举前者必涵后者,言后者必备前者,故常合称为"圣王"。既然圣人与王者本来合一,那么"道"在本然状态下也应并包"圣道"与"王道":"圣道"也是"王道","王道"也是"圣道"。孔子有圣人之德而无王者之位,故后儒号之为"素王"以正其名。

"素王"一词本自庄子,也恰恰是"《庄子》以'道术'之本源状态说王道。'道术'与'内圣外王之道'没有异致"③。唯诸子之学蜂起以后,"内圣外王之道,暗而不明,郁而不发,天下之人各为其所欲焉以自

---

① 《庄子注疏》,〔西晋〕郭象注,〔唐〕成玄英疏,曹础基、黄兰发点校,中华书局2011年版,第557页。
② 王健:《在现实真实与价值真实之间——朱熹思想研究》,华东师范大学出版社2007年版,第5-6页。
③ 邓国光:《经学义理》,上海古籍出版社2011年版,第98页。

为方"①(《庄子·天下篇》)。唯独儒家身为道术大体的正宗继承者，才真正持守住"内圣外王"的完整"道术"。虽然儒家和其余诸家都奉有自己的"圣王"，但只有最为精纯地领承六经及道术之宗的儒家才真正了解最为整全、正统的"圣王"，儒家的圣王观才最为符合道术之正义。

然则儒家的"圣王"身上到底集聚着什么极备推崇之物？儒家所完整承继的六经里集中彪炳了怎样的"道"义或最高之物？

据称"'圣'字古已有，……本义是天德"②，圣人以德配于天，故为"圣"，"王"字以一竖贯穿天地人三材，隐喻人通入天地之理，其义亦随以天之德为据，《白虎通·号》即云："帝王者何？号也。……德合天地者称帝。……帝者天号。"③ 帝的称号乃是天之所号，德配合天，天即号命之为帝王，且帝王通过"天德"而与"圣"贯通，故《尚书·大禹谟》里臣益就说"帝德广运，乃圣乃神，乃武乃文，皇天眷命，奄有四海，为天下君"④。由此，圣王之所以为圣王，以其深怀大德，《论语·为政》曰"为政以德，譬如北辰居其所而众星拱之"，帝王以其德为持政之柄从而行德治，才能开创"南面而王"的至治之境。孔子推原上天之星象秩序图景以说明其心目中理想的王政政治图景，所谓北辰星，也即代表君王之星，而处北辰之所者，即处于王政政制之最中心者，也就是圣王，其"以政为德"即以德性居于王政秩序之中心，因此，王政政制内的最高统治者应为有美德之王，圣王身上所凝聚的最高贵之物就是美德，六经所围绕的王政政治本质上乃是德治。六经的"德"义散落在诸子百家之中，故各怀其"德"，孔子儒家继承经书全面而精粹，在对圣王"德"义理解上也必全面而精粹。

礼乐刑政同归王制之德道，但相比刑政，礼乐更显备于德，"礼、乐，德之则也"⑤(《左传·僖公二十七年》)，孔子更崇尚"教之以德、齐之以礼"⑥(《礼记·缁衣》)，故班固《汉书·礼乐志》曰"六经之道同归，

---

① 《庄子注疏》，〔西晋〕郭象注，〔唐〕成玄英疏，曹础基、黄兰发点校，中华书局2011年版，第557页。
② 邓国光：《经学义理》，上海古籍出版社2011年版，第114页。
③ 〔清〕陈立：《白虎通疏证》(上册)，吴则虞点校，中华书局1994年版，第43-44页。
④ 〔清〕王先谦：《尚书孔传参正》(上册)，何晋点校，中华书局2011年版，第147页。
⑤ 〔清〕洪亮吉：《春秋左传诂》，李解民点校，中华书局1987年版，第327页。
⑥ 叶朗编：《中国历代美学文库》(先秦卷上)，高等教育出版社2003年版，第234页。

而礼乐之用为急"①。德礼并置,乃突出礼为承载德治的大政宪典,所谓"礼仪三百,威仪三千",《中庸》说"大哉圣人之道!……礼仪三百,威仪三千,待其人而后行"②。宏大的圣王德道体现在周全的礼文之中,可是,《中庸》所说的圣人"待其人",究竟等待的是什么人呢?毕竟圣人大多万世而一遇,"圣人殁"了以后,难道只能等待下一位圣人出现才能重新托起王政大典吗?

三、从圣王到君子

《庄子·天下篇》不仅推原内圣—外王的本源状态,也直接陈列出儒家王政政体图谱的内在结构。《庄子·天下篇》列出圣王身位以下,便紧接着列出君子身位——"以仁为恩,以义为理,以礼为行,以乐为和,熏然慈仁,谓之君子",是为圣王的"第一重外王道术",③即由君子阶层首先担当圣王之外王政制的第一层关隘。此层关隘突出礼乐之治,礼乐之治不只是负责培养以"仁义礼乐"修持自身之"恩理行和"的君子儒们,礼乐之治本身亦须交付君子群体来担荷和守护,君子阶层"熏然慈仁"的人格气质也符合德治理想"上以风化下""渐民以仁,摩民以谊"④(董仲舒《举贤良对策》)的德化景象,可见君子阶层无疑当成为王者德政规划之首要和核心的担纲者。君子所托身的和承担的就是礼乐仁义,也就是"礼仪三百,威仪三千",因而"礼仪三百,威仪三千"的礼制承担者便是君子。如此看来君子就是圣人所待之人,圣人千载一出,未必在现世当下,于是以礼为纲、"为政以德"的王政政体就必须交托君子来维系:"乐只君子,邦家之基。"(《小雅·南山有台》)⑤

生而有"天地之心"者当然唯独圣人,唯独圣人能受"天命"、达乎"天意"、代发"天言",但是,君子儒生虽无法成就圣人的个体体历,却能基于对圣人的心性认信,因循圣人的经典教义,同样追摹着圣人之王治

---

① 叶朗编:《中国历代美学文库》(秦汉卷),高等教育出版社2003年版,第419页。
② 〔南宋〕朱熹:《四书章句集注》,徐德明校点,上海古籍出版社2001年版,第41页。
③ 顾实:《庄子〈天下篇〉讲疏》,见张丰乾编《庄子天下篇注疏四种》,华夏出版社2009年版,第15页。
④ 〔东汉〕班固:《汉书》第五十六卷《董仲舒传》,〔唐〕颜师古注,中华书局2000年版,第1905页。
⑤ 《诗经》,〔南宋〕朱熹集传,〔清〕方玉润评,朱杰人导读,上海古籍出版社2009年版,第187页。

心志，按经典之义理而治世，便相当于将圣人之理念付诸政教，故心系王政理想的儒生亦劝谕现实之君主当亲君子而远小人："与积礼义之君子为之则王。"①（《荀子·王霸》）礼义系由君子来积存，从而王业之开启有赖于君子的推动与辅佐。

《中庸》一开篇就说"天命之谓性，率性之谓道，修道之谓教"②，这分明说的就是圣人之个体体历，可是君子没办法像圣人一般"率性"即成道。《中庸》紧接着讲圣人的句子，就讲到了君子："道也者，不可须臾离也，可离非道也。是故君子戒慎乎其所不睹，恐惧乎其所不闻。"③ 君子戒惧于与道有疏离，但假如圣人生性即为天之所命，性分率然即为道，那么圣人根本就不会存在"须臾离之"的忧惧，子思此处要提醒的人明显不是圣人，而是君子。君子不同于圣人，《中庸》一开头就明辨圣人与君子的高低之别与师承关系。而且，上述《中庸》引文也提示了君子慎惧守之的道和圣人率然可即的道并不相同，因为引文甚至说一旦与道有可能脱离，那就不是道了："可离非道也。"故《中庸》后文的确分开了两种道，"诚者，天之道也；诚之者，人之道也。诚者，不勉而中，不思而得，从容中道，圣人也；诚之者，择善而固执之者也"④。从文句结构上的平行呼应来看，"圣人也"和"择善而固执之者也"明显是相互对比，前后分别指涉两种不同的人，后者自是有别于圣人者。既然圣人"从容"便自不必"固执之"，而"固执之"者则必然是勉力谨守于道以求须臾不离道的君子。君子力防疏离的道"非道也"，至少与圣人不必惧其"可离"的道不同一，因此，《中庸》判分开"天之道"与"人之道"：圣人能入乎"天之道"，君子勉遵乎"人之道"。无论如何，君子虽然成不了圣，但能择善而从，勉力执持遵行那保存善道、用于治世修人的礼法政教、公序良俗，因而由君子来背负并看顾"礼仪三百，威仪三千"是大有希望的，圣人大可将之托付于君子而后行。

君子奉圣王，所尊奉的也是圣王创树的王政政制理念，教育君子修身淑世、追慕"内圣外王"，都是基于王政政体的关怀。圣人的王政政体理

---

① 〔清〕王先谦：《荀子集解》（上册），沈啸寰、王星贤整理，中华书局 2012 年版，第 247 页。
② 〔南宋〕朱熹：《四书章句集注》，徐德明校点，上海古籍出版社 2001 年版，第 20 页。
③ 〔南宋〕朱熹：《四书章句集注》，徐德明校点，上海古籍出版社 2001 年版，第 20 页。
④ 〔南宋〕朱熹：《四书章句集注》，徐德明校点，上海古籍出版社 2001 年版，第 36 页。

念交由君子来担纲，君子俨然成了圣王的贤臣，君子按礼修德，在位临政则美政，在野则美俗，甚至在人之上则宾天下、服海内。是故君子阶层的存亡，便关系到儒家王政理念的兴废荣辱，毕竟，"为政在人"① （《中庸》），为政的关键在于国家有没有能担纲起圣人德政的人，即君子儒，故朱子注"为政在人"的"人""谓贤臣"②。得君子儒在，王政理想才有希望，故朱子又引《孔子家语》"为政在于得人"③。圣人立礼法、君子守礼法，君子有其德未必有其位，可是以身作则之君子在，可使礼法之命脉得以存系，更可使华夏王政礼教文明之命脉得以存系，天底下无道之国家便亦始终有得治化之希望（"用夏变夷"）。所以说，即使"国无道"，君子于道亦"至死不变"，大不了"居易以俟命"（《中庸》）而已。④《中庸》载有孔子之语"其人存，则其政举；其人亡，则其政息"，前面则讲了一句"文武之政，布在方策"，⑤"文武之政"属王政典范，其布列于方策的即是圣王所立之仁义礼法，而王政礼法之生息就取决于君子其人的担当。故君子儒存，则其政举；君子儒亡，则其政息。苏轼云："不有君子，其何能国。"⑥（《三槐堂铭》）

圣王统治君子，君子儒担负礼义，自当以德修身，其言行亦志在持负邦国德教而守德之四维。圣人未必就居王位，如孔子，遂称"素王"；君子亦未必幸能面奉圣君，如左丘明，但心中遥接、敬畏往圣，便自居"素臣"。

四、君子作为王政的文教担纲者

王者之治"焕乎其有文章"，甚为重视文教事业，孔子感慨"文王既殁，文不在兹乎"⑦（《论语·子罕》），"人文化成天下"的文化事业与文王的王政事业可谓血脉相系，存亡与共。儒家"化成天下"的王化理想本于德化，从而文化本质是德化，德化依赖于文化。

---

① 〔南宋〕朱熹：《四书章句集注》，徐德明校点，上海古籍出版社2001年版，第32页。
② 〔南宋〕朱熹：《四书章句集注》，徐德明校点，上海古籍出版社2001年版，第32—33页。
③ 〔南宋〕朱熹：《四书章句集注》，徐德明校点，上海古籍出版社2001年版，第32页。
④ 〔南宋〕朱熹：《四书章句集注》，徐德明校点，上海古籍出版社2001年版，第28页。
⑤ 〔南宋〕朱熹：《四书章句集注》，徐德明校点，上海古籍出版社2001年版，第32页。
⑥ 〔北宋〕苏轼：《苏轼文集》（第二册），孔凡礼点校，中华书局1986年版，第571页。
⑦ 程树德：《论语集释》（上册），程俊英、蒋见元点校，中华书局2013年版，第668页。

君子阶层既然承担王政德治环节，便也承担起文化的环节。《诗》云："乐只君子，德音不已""乐只君子，德音是茂"①（《小雅·南山有台》）。子曰："有德者必有言。"经典是文，礼数是文，声诗乐也是文，君子担待礼乐其实也就是担待起文治与文教事业。

在《论语·卫灵公》里，颜渊问"为邦"于孔子，在孔子的详细回答中就包含了一条："乐则《韶》舞，放郑声。"② 即歌诗之文事也被包括进圣人"为邦"大业之一部分，《毛诗序》谓之"先王以是经夫妇，成孝敬，厚人伦，美教化，移风俗"③。凡歌则必雅乐，同时罢黜郑卫之淫声，为邦者不可不慎。是以美政不可不注重声诗乐之文，圣王必制善乐，以雅正之声诗化导士民，借此黜郑卫之声、箴小人之口，《荀子·王制》云："修宪命，审诗商，禁淫声，以时顺修，使夷俗邪音不敢乱雅。"④《乐记·魏文侯》引《诗》论乐："莫其德音，其德克明。克明克类，克长克君。王此大邦，克顺克俾。"⑤ 端正声诗自属王政文教事业的题中之义。"圣人，职文者也。君子章之，庶人由之。"⑥（石介《上蔡副枢书》）由此看来，圣王文教需要君子儒来彰显，那么，君子只要为文作诗，均当心存高远，以扶持王政德治为归。

王政之文治由君子所担纲，《周易》谓之"君子进德修业，忠信所以进德也，修辞立其诚，所以居业也"，辞固与文通，又孔颖达疏注"辞"曰"辞谓文教"，谓君子"外修理文教"，即"辞"可通政教义，为政教之文章。《原道》篇云"辞之所以能鼓天下者，乃道之文也"，是为辞与文通，而其所谓"鼓天下"，系指经纬天下的王者政教事业。因之"修辞"既是君子个人之文事，亦关国家之政事，则"进德修业""修辞立其诚，所以居业也"，实乃要求君子应立身处命于以修理文治来修理国家德

---

① 《诗经》，〔南宋〕朱熹集传，〔清〕方玉润评，朱杰人导读，上海古籍出版社2009年版，第187页。

② 程树德：《论语集释》（下册），程俊英、蒋见元点校，中华书局2013年版，第1245—1247页。

③ 叶朗编：《中国历代美学文库》（秦汉卷），高等教育出版社2003年版，第24页。

④ 〔清〕王先谦：《荀子集解》（上册），沈啸寰、王星贤整理，中华书局2012年版，第197—198页。

⑤ 叶朗编：《中国历代美学文库》（秦汉卷），高等教育出版社2003年版，第234页。

⑥ 〔北宋〕石介：《徂徕石先生文集》第十三卷，陈植锷点校，中华书局1984年版，第144页。

教这一重大功业。

王政之文业在君子。按此淑世美政之责任,必然期待有为文敷章之技艺的"诗人"或"文人"能与君子的心志相融合。后世"文学自觉"以后,仍有古人坚持"士必先器识而后文艺",意为必先以君子儒自重,素臣于圣王之政序治理,而后方可为文,故文章"无关于经术、政理之大,则不作也"①(顾炎武《亭林文集》卷四),可知文事岂能轻为?倘不先造君子之政治器识与胸襟,一堕而为纯粹文人之流,追逐巧文末作,则必然错失圣王本所托付的政治使命。

王政文教主张以辅助王道为依归的文治精神,这一依托于君子儒的文教建构,乃经营与传递着一种文化信仰:希望能尽量收揽一个国家里面为数不多的青年才俊之心性,教导他们以君子儒自命,心中树立起王政德治之最高理想信念,为家国天下承负淑世责任,凡有文事则必服务于斯。毕竟,有能力写诗作文的人都是很有才干的,但是,假如这些才干都耗费在追逐巧文末作之上,则必定遗失大道("小言破道"),专事雕虫之事,也必丢失最为广大宏远之高尚事业。王政文教的文化信仰教导文人群体抱负起王道理念的政治自觉。华夏民族自古以来便把民族的政治教育寄托在诗文之上,由诗文来荷载起民族沉甸甸的政治感觉,据儒家圣经《尚书·舜典》,五帝始为民族奠立下"诗言志"传统的古老政治诗学意脉,将习诗乐与才俊们"直而温,宽而栗,刚而无虐,简而无傲"的政治德操的培育相联系,并引导他们将诗乐与"八音克谐,无相夺伦,神人以和"的王政治世想象相联系。② 因此,作诗如果所表达的情志不够中正而流于放荡轻浮,文辞上过分沉迷于藻饰的华美而流于浮艳浅薄,或不符合体制结构、章句法度和音韵节律,那么,这牵涉的就不单是一个审美上的问题,也是一个事关士人身心是否端正贞直、政序伦理是否有条不紊的问题。

王政政体理念的传承与守护需要这些有文才的人,如果后世文人以"文艺自觉"或"文艺自由主义"来瓦解王政文教信仰,圣人身后的文明事业便失落无依,国家的文才之士也就可能永久失落于以"小言"不断遮

---

① 王运熙、顾易生主编,王镇远、邬国平选编:《清代文论选》(上),人民文学出版社1999年版,第122页。
② 参〔清〕王先谦《尚书孔传参正》(上册),何晋点校,中华书局2011年版,第135–136页。

蔽道体、以"异端"不断分裂道术之上，毕竟"圣人不作，雅郑谁分"①（裴子野《雕虫论》）呢？

五、结语：文道合一的原则与《文心雕龙》

儒家文教观念的本质不外乎文道合一的原则。当然，文道合一并非要求写诗作文必须放弃诗文本身的美学追求，孔子也从不蔑弃文采，刘勰的《文心雕龙》还认为经本身便不乏文采，只是，孔子更为重视文章的德性品质。孔子以《韶》胜于《武》，即以为《韶》乐能尽善尽美，而《武》乐仅仅尽美而未能尽善。《韶》乐和《武》乐都是王者之乐，而美与善也都属于王道政治所向往的境界，王者通过文章一心将这种境界铺展于天下区宇，此等"尽善尽美"的政治文化格局当然跟纯文人追求的詹詹小美不可同日而语。焦循按"尽善尽美"之"善"为"德之建也"②，《武》乐在德业建设上逊于《韶》乐，因而不能尽善；《韶》乐乃代表王政德建的完善，因而既尽善又尽美，以此才配为最理想的王者之乐。孔子怀具"王心"，他自然能从《韶》乐声文之中听出其合乎王政本身开创尽善尽美之天下的德业理念，这就是王者文章的抱负。文章融入王道文明的关怀，才有可能达到《韶》乐这类王者文章的美善境界，达到人文的最完善形式。

随着东汉至六朝时期"文艺自觉"的逐渐形成，文章自身的美学价值不断得到专门的强调，伴随这一自觉意识的形成，范晔《后汉书》始为文章家专立一《文苑传》，以与《儒林传》相分途。此后，如前文所述，自觉的文章家群落开始独立，集部作品数目渐趋飙升，专门品骘文章家及其诗文作品优劣的文学批评和探讨文学创作的文学理论等一类文章学著述也不断成熟。在此潮流影响下，对文章自身的美学追求渐渐走向摆脱文道合一框架的约束，以求独立、充分伸展文章本身的美感品质。然而，"文学自觉"与"文道合一"两者是否必然彼此冲突？"尽善尽美"的王者文章就兼顾了"善"与"美"两种要求。正在"文学自觉"方兴未艾的六朝梁代，"体大虑周"的文学理论著作《文心雕龙》就树立了一个极佳的典范：一方面，刘勰积极回应并参与到"文学自觉"的新兴文学时潮之中；

---

① 叶朗编：《中国历代美学文库》（魏晋南北朝卷下），高等教育出版社2003年版，第333页。

② 陈大齐：《论语辑释》，周春健校订，华夏出版社2010年版，第57页。

另一方面，他仍然坚持从"文道合一"的儒家正统出发，将文章视为"道之文"在新的历史语境下的延伸。于是，借助"文学自觉"后文体论、文术论等文章学理论的发达，君子儒在文章"尽美"这一理想追求上便有了更精确的法度和技术可依；与此同时，君子又以"尽善"原则引导文章的德性意识，并约束和端正着对文章美的追求，以防其滑向过度沉迷文采的铺衍或放纵感情的抒发而有失贞正（即讹滥、淫侈）。事实上，通达的君子并不排除对华辞丽采等文章美的营构，反而是排斥"道"的纯文人以遗弃了文章能容纳和开辟的高远境界为代价，收缩了文章所包含的丰富维度。

在"文学自觉"之后，人们对文章类型学划分的自觉意识愈趋成熟，诸如曹丕的"四科八体"等文体分类之说的提出，便是明证。《文心雕龙》中的文类论（或称文体论）则更为繁复绵密，条分缕析了多种不同的文体类型，其中，《谐隐》一篇所述文学体类与日后所谓的"俗文学"最为相近，故篇中有"会俗""譬九流之有小说"等形容。刘勰认为，即便是这些"辞浅会俗"的"俗文学"，也同样是正统经书分衍出的文章类型之一，自然也要分享经书里载有的道义内涵，故亦当符合"意归义正"的原则，也就是要将"会俗"与"会义"相结合起来。刘勰不会反对新兴的面向普罗大众的"俗文学"在满足俗众的审美娱乐欲望之余，也同时担负向俗众传播日常道义伦理的职能，故而成为经书中圣人政教的延伸，如此，"俗文学"里的小说才会被王学泰先生称为"小说教"。① 甚至，"俗文学"（包括戏曲、小说到现代影视）还起到了参与塑造或再生产民间道德的作用，成为维护民间基层社会秩序的重要文化方式。② 可见，刘勰在加入魏晋以来关于文章分类学的文论自觉思潮之时，也并未随之告别了古典的儒家文教和文治传统。

---

① 参王学泰《游民文化与中国社会》，同心出版社 2007 年版。
② 参冯庆《义气论：春秋叙事、威仪美学与江湖治理》，载《探索与争鸣》2017 年第 5 期。

附：
刘勰的"诸文体皆出于王官说"①

被誉为"文学自觉"的魏晋时期以降，就文体进行类型学划分者代不乏人，文体分类成为寻常之事，诸如曹丕、陆机、挚虞、刘勰、萧统、李昉、吕祖谦、真德秀、苏天爵、吴讷、徐师曾、程敏政、黄宗羲、姚鼐、曾国藩、章太炎等，都做出自己的文体分类，不一而足。刘勰《文心雕龙》中的文体论划分仅是其中之一例。

戚良德先生在谈及清人刘咸炘对《文心雕龙》文体论之重视时，给过很高的评价，谓其"对《文心雕龙》文体论进行了空前深入系统的阐释"。譬如刘咸炘阐释《书记》篇，指出"刘论书、记主于交际"，戚良德认为这是"深谙彦和之为人和'论文'之旨"的，并援引《程器》篇"安有丈夫学文，而不达于政事哉"作为刘咸炘阐说《书记》之旨的注脚。也就是说，刘勰论书、记"主于交际"，是侧重书、记这类文体在政治上的职能与实际功用。戚良德指出，刘勰文体论实际上涉及很多公文文体，而从文体之用的角度阐说刘勰文体论，正是刘咸炘深刻独到的"龙学"贡献所在。戚良德特别引述了刘咸炘的观点"言既身文，信亦邦瑞，戒务文之士，但劳心于简牍而不究此有司之实务也"，用以论证刘勰文体

---

① 本篇文稿初撰于2015年，后读到吴承学先生发表于2018年《北京大学学报》第3期的《秦汉的职官与文体》一文以及其他相关论文，方知吴承学先生论之尤翔实深入。笔者本文权且当作抛砖引玉，有心的读者自当阅读吴承学先生的论文。

论的实务性关怀,戚良德表示他日益发现刘勰的《文心雕龙》"实在是一部与军国政务乃至人生修养密切相关的文化百科全书","不仅关乎文章的写作,而且涉及军政实务和人生修养的方方面面"。由是,当刘咸炘阐释《明诗》篇时,强调刘勰以诗为文体之先,是因为其"诗教为宗"的用心,而不是因为诗是什么纯文学的代表,就丝毫不难理解了。①

如果说刘勰文体论意义上的诸文体在根源上都跟军国理政分不开,那么,它具体有哪些文本依据呢?它在古代文史上又有着何种脉络联系呢?

刘勰提出的文章宗经要求,显明了"文章之本源与应用",文章"非经典之外另一种独立的制作类目;……因与经典的本枝关系,而不失专论经典时可反映的人文意义"②。先哲之经典者,所以存王政、续文教者也,今以文章之用为经典之枝条,必复以之为圣王王道文教之枝条。文章的职责在于替圣王持负起王政文教之大业。《序志》篇里说文章之用,"五礼资之以成,六典因之致用",其中,"五礼"语出《尚书·皋陶谟》"天秩有礼,自我五礼有庸哉"③,盖圣王因天制五礼,而"六典"则典出《周礼·天官冢宰·大宰》"大宰之职:掌建邦之六典,以佐王治邦国"④。"五礼""六典",莫不归属王政,也莫不因文章而后致用,故"五礼""六典"之治隶属于文治的范围。刘勰将文章追根溯源到文治,唯仰赖文治而能致炳焕于君臣、布昭明于军国。

关于文体论或文类论,一方面,刘勰在《宗经》篇便把各种文体形式分别还原回其五经之源本;另一方面,刘勰在追踪各文体之源头时,基本都回溯到先王历史上的王官体制之内,这颇值得留意。比如:《明诗》篇追溯诗源,引《尚书·舜典》帝命典乐官之时的夔之"诗言志"语,⑤ 又谓"王泽殄竭,风人辍采",谓诗古与周王制下采诗制度、采诗官相关。《乐府》篇亦引《尚书·舜典》夔语,又道"诗官采言","敷训胄子"

---

① 参戚良德《一部尘封百年的"龙学"开山之作——评近代国学大师刘咸炘的〈文心雕龙阐说〉》,见〔南朝梁〕刘勰《文心雕龙》,〔清〕黄叔琳辑注,〔清〕纪昀评,李详补注,刘咸炘阐说,戚良德辑校,上海古籍出版社2015年版,第320-323页。
② 简良如:《〈文心雕龙〉之作为思想体系》,中国社会科学出版社2011年版,第18页。
③ 〔清〕王先谦:《尚书孔传参正》(上册),何晋点校,中华书局2011年版,第175页。
④ 〔东汉〕郑玄注,〔唐〕贾公彦疏:《宋本周礼疏》(第一册),国家图书馆出版社2019年版,第61页。
⑤ 参〔清〕王先谦《尚书孔传参正》(上册),何晋点校,中华书局2011年版,第133-137页。

又典出夔语，对照《周官·春官》之国学乐教制度，故乐府可入大司乐官、乐师。《诠赋》篇以赋古为"六义附庸"，又入周采诗官，且邵公称"师箴赋"，"师"指乐官，又"登高能赋，可为大夫"。《颂赞》篇以颂本属《诗》之六义四始，引《毛诗序》，同风雅系乎王迹，务以美王业，挚虞的《文章流别论》称"颂之所美者，圣王之德也"①，又为"宗庙之正歌"，入礼官，相当于《尚书·舜典》伯夷之官，又称"乐正重赞"，入乐正之官——《礼记·王制》"乐正崇四术，立四教，顺先王《诗》《书》《礼》《乐》以造士"②。《祝盟》篇云"祝史陈信资乎文辞""内史执策""太祝所读"，别入祝史、内史、太祝之官。《铭箴》篇谓铭作于"天子令德，诸侯计功，大夫称伐"，又谓"箴诵于官"。《诔碑》篇谓"大夫之材，临丧能诔"，又推原碑体至"上古帝王，纪号封禅"。《谐谑》入稗官。《史传》入史官。《杂文》入杂家，或据《汉书·艺文志》属议官。《论说》以论本乎说经，故不外王道，而说原为佐君说君之臣。《诏策》《檄移》《封禅》入王者之言。《章表》《奏启》《议对》入臣下之言。《书记》所涉杂多，大要皆源归官家文辞。可以说，刘勰是主以"文体皆出王政王官说"的。

然而，是说源头并非出于刘勰。

首先，《尚书》所分典谟、誓辞、诰言、诏令、训辞等，《周礼·大祝》"六辞"所分之辞、命、诰、会、祷和诔等，本就是按这些"文体"或"文类"在王政王官体制中所具体分属的职能性质划分的。

其次，晋挚虞《文章流别论》也阐发过文体论：

> 文章者，所以宣上下之象，明人伦之叙，穷理尽性，以究万物之宜者也。王泽流而诗作，成功臻而颂兴，德勋立而铭著，嘉美终而诔集。祝史陈辞，官箴王阙。《周礼》太师掌教六诗：曰风，曰赋，曰比，曰兴，曰雅，曰颂。……古者圣帝明王，功成治定而颂声兴。③

---

① 叶朗编：《中国历代美学文库》（魏晋南北朝卷上），高等教育出版社2003年版，第186页。

② 王文锦：《礼记译解》（上册），中华书局2001年版，第179页。

③ 叶朗编：《中国历代美学文库》（魏晋南北朝卷上），高等教育出版社2003年版，第186页。

再次,《隋书·经籍志·集》也把诸文类推源至"大夫"一身:

> 文者,所以明言也。古者登高能赋,山川能祭,师旅能誓,丧纪能诔,作器能铭,则可以为大夫。①

"大夫"为辅佐王者之王官,各文类集于其身,表明其一为王官大夫之"身文"。隋志的说法实际上祖本《毛传·诗·定之方中》:

> 建邦能命龟,田能施命,作器能铭,使能造命,升高能赋,师旅能誓,山川能说,丧纪能诔,祭祀能语,君子能此九者,可谓有德音,可以为大夫。②

看来"诸文体出乎王政王官说"大概是有所本的。何况,文章既源出于六艺典章,而六艺早时又掌于周代王官,追本溯源,诸文体自然亦从出于王制王官系统。这也是古无私门著述之征。按"辞"字之原义,本指王官应用文体,《周礼·春官·大祝》云"辞谓六辞"——"一曰祠,二曰命,三曰诰,四曰会,五曰祷,六曰诔",与原义相吻合,而六辞"又与中国文人文学之起源及文体起源如曹丕《典论·论文》和刘勰《文心雕龙》之文章分类法息息相通"。③刘勰追明各文体文类之"前身",以为均分离自王政文事各端,因而返归王政,才能溯回后世诸样文类之意义本源。

---

① 〔唐〕魏征:《隋书》第三十五卷《经籍志·集》,中华书局2000年版,第726页。
② 《十三经注疏》整理委员会整理:《十三经注疏·毛诗正义》(上),北京大学出版社1999年版,第199页。
③ 参俞志慧《君子儒与诗教:先秦儒家文学思想考论》,生活·读书·新知三联书店2005年版,第13–21页。

《文心雕龙》中的文变问题到政变问题

孟子曰"王者之迹熄而《诗》亡",赵岐章句以为"王者,谓圣王也",①《诗》与圣王的命运休戚相关,"昔成康没而颂声寝,王泽竭而诗不作"②(班固《两都赋序》)。王者迹熄意味着王政消亡,王政政体跟《诗》血脉相连,王政政体的衰变伴随整个礼乐制度与文治文明的衰变,也就必然伴随《诗》的衰变。更早时正风正雅衰变为变风变雅,亦源于圣王政制的衰变:"至于王道衰,礼义废,政教失,国异政,家殊俗,而变风、变雅作矣。"③(《毛诗序》)故国政衰落而有亡象者,先起"桑间濮上之声",《左传·襄公二十九年》记载季札观乐而晓各国政象,杜预注曰"季札贤明才博……依声以参时政,知其兴衰也"④,故声诗之变也必是国政兴衰之变的反映。

刘勰《文心雕龙》的《时序》篇显然遵循以上儒家传统的政变文变平行论。六朝文风逐讹滥而去古之风雅,其间经历的文变事件引人瞩目,在刘勰的理解里,这仍然能回溯至政治之变在文学上的反映。这为审视文学史和文变史本身提供了一种方式。

---

① 〔清〕焦循:《孟子正义》(下册),沈文倬点校,中华书局1987年版,第572页。
② 叶朗编:《中国历代美学文库》(秦汉卷),高等教育出版社2003年版,第456页。
③ 叶朗编:《中国历代美学文库》(秦汉卷),高等教育出版社2003年版,第25页。
④ 〔春秋〕左丘明:《左传》(春秋经传集解)(下册),〔西晋〕杜预集解,上海古籍出版社1997年版,第1128页。

一、讥滥时文

白居易总结诗文自周及盛唐历有五变：周衰时，"于时六义始刓"；骚赋起，"于时六义始缺"；晋、宋以还，"于时六义浸微"；至梁、陈间，"于时六义尽去"；及李、杜，"索其风雅比兴，十无一焉"。①（白居易《与元九书》）六义的损失有个过程，六朝之前六义虽已残缺不全，但仍有所存依，六朝时则六义尽去，这跟刘勰对文变趋势的判断有一致之处。刘勰认为屈骚为文之一变，起自"风雅寝声"之后，但毕竟又"去圣之未远"，古义犹存（《辨骚》）；《通变》篇叙述九代文章自古至今，其文变即循"从质及讹，弥近弥淡"之势，去古愈邈，离本愈甚，盖"竞今疏古，风味气衰"，变至宋时则"讹而新"，荒废尤甚，刘勰亦慨叹一句"文理替矣"（《时序》）。

刘勰所处时代是一个文章相当盛行的时代，"至家家有制，人人有集"②（萧绎《金楼子·立言上》）；但刘勰所处之时代亦是文章流于淫讹的时代。时文以丽辞奇采等雕琢为美，从梁元帝萧绎《金楼子·立言下》里对文的描述可见一斑："至如文者，唯须绮縠纷披，宫征靡曼，唇吻遒会，情灵摇荡。"③追求文采靡曼的宫体也在梁代兴盛，《梁书·徐摛传》云："摛文体既别，春坊尽学之，'宫体'之号，自斯而起。"④昭明太子所编《文选》即以"综缉辞采""错比文华"⑤（《文选序》）选文。萧子显在《南齐书·文学列传》中归纳当时之文章：

> 今之文章，作者虽众，总而为论，略有三体。一则启心闲绎，讬辞华旷，虽存巧绮，终致迂回。……次则缉事比类，非对不发。博物可嘉，职成拘制……次则发唱惊挺，操调险急，雕藻淫艳，倾炫心

---

① 叶朗编：《中国历代美学文库》（隋唐五代卷下），高等教育出版社2003年版，第91页。
② 叶朗编：《中国历代美学文库》（魏晋南北朝卷下），高等教育出版社2003年版，第384页。
③ 叶朗编：《中国历代美学文库》（魏晋南北朝卷下），高等教育出版社2003年版，第397页。
④ 〔唐〕姚思廉：《梁书》第三十卷《徐摛传》，中华书局2000年版，第307页。
⑤ 叶朗编：《中国历代美学文库》（魏晋南北朝卷下），高等教育出版社2003年版，第364页。

魂。亦犹五色之有红紫，八音之有郑、卫。①

《南齐书·文学列传》以"文成笔下，芬藻丽春"②总结齐时文章。《宋书》无文苑传，《晋书·文苑传》末赞语则说"子安、太冲，遒文绮烂。袁、庾、充、恺，缛藻霞焕"③，可见主流文风也呈类似趣尚。

巧绮、繁缛，是六朝文风的主要特征，而衍至宋齐则至于讹滥淫靡，其中尤以俳赋为盛。赋于汉初已兴隆，至建安时期始又变体，俳赋这种赋体便于其时初萌，及至刘宋，精熟自成，逮梁时尤靡丽，去古义已远。虽汉代大赋已尚辞采雕饰和用典对偶，刘勰评价为"侈而艳"（《通变》），但也未及六朝俳赋之刻意，而丽辞排偶，固俳赋之所尚，其俳对、声貌、藻饰，自呈铺衍，已与前汉异，而汉赋之始侈而终正的行文特征，至六朝俳赋更也殆不复见。④

二、汉赋侈艳

文章发展到汉代固然以辞赋为宗，六朝讹滥的风气也是从汉赋的"侈而艳"转出、发展过来的。晋代挚虞《文章流别论》谓汉赋"假象过大，则与类相违；逸辞过壮，则与事相违；辩言过理，则与义相违；丽靡过美，则与情相悖"⑤，刘勰亦称"夸张声貌，则汉初已极"（《通变》），又称"炎汉虽盛，而辞人夸毗"（《比兴》），即谓汉初赋已极具奇伟侈丽的特点。要理解六朝的文风，就必须首先追溯汉代辞赋文风的兴盛。

西汉赋分为散体大赋及骚体赋，后者源溯屈骚，前者主以铺排，又往往篇末言志，微露讽旨。汉大赋盛于铺排跟汉朝泱泱大国的文物昌明与盛世气象分不开，作为"大汉天声"，"汉赋的雄壮宏丽，诚可谓是文风与国势同盛，辞彩与天威共辉"，⑥特别"逮孝武崇儒，润色鸿业，礼乐争辉，辞藻竞骛"（《时序》）。大汉王室本身就极赏识辞赋家的文才，汉武

---

① 胡旭编：《历代文苑传笺证》（先唐文苑传笺证），凤凰出版社2012年版，第317页。
② 胡旭编：《历代文苑传笺证》（先唐文苑传笺证），凤凰出版社2012年版，第318页。
③ 胡旭编：《历代文苑传笺证》（先唐文苑传笺证），凤凰出版社2012年版，第251页。
④ 参盛源、袁济喜《六朝清音》，河南人民出版社2000年版，第303－319、321－338页。作者总结六朝俳赋的主要特点为"对偶精工、用典繁巧、声调谐畅、丽辞藻绘"。
⑤ 叶朗编：《中国历代美学文库》（魏晋南北朝卷上），高等教育出版社2003年版，第187页。
⑥ 王旭晓：《大风起兮》，河南人民出版社2000年版，第249页。

帝喜好司马相如赋即是例子。但长期以来辞赋家们的地位并不高,"贾谊抑而邹枚沉"就说明当时"辞人勿用"的状况(《时序》),毕竟文学写作不过一技艺而已,于经世治国无用,自不登大体,与倡优歌舞类同,《汉书·严助传》即谓帝将其"俳优蓄之"。传统儒生对辞赋家亦颇鄙夷,《扬雄传》记录扬雄谑称之为"俳优",刘勰亦提及灵帝时"造皇羲之书,开鸿都之赋;而乐松之徒,招集浅陋,故杨赐号为骊兜,蔡邕比之俳优"(《时序》),"无论从政治地位、经济条件等方面,以枚皋为代表的一批不长于'政事'的辞赋家自诬'俳优'是情理之中的。……都是在宫中娱乐君王的"①。那时候,辞赋家自己也还未懂重视自己的文章,纵使司马相如的赋写得出色,但是在他死后汉武帝还得命人替他搜汇作品。②汉代的官方正史《史记》《汉书》里为西汉的经学儒者专立《儒林传》,而文人、辞人只被安排在一些散传里,备受冷落,然则此类"文学家"之传,"与经学家之传便表现出很大的差异,与经学之士、儒学之官名正言顺跻身史传不同,'文学家'入传却是别有一番滋味的。……确实与'文学家'得到认可、文人得成《文苑》之传尚还有很大距离"③。可见,自觉的文人作者群落在西汉时并未真正产生,与文人得入《文苑传》尚有距离,所谓"文学自觉"还是晚后的事情。

一般的说法会称魏晋六朝时期为所谓"文学自觉"时期,魏帝《典论·论文》即在文论上发其先声。彼时对文章创作渐形成自觉意识,纯粹之文人群体也随文集文论之夥出而建立起来。但是,"文人"或"辞人"自觉观念的出现,最早可能自东汉开其端,《文苑》之传就始出现在《后汉书》。在西汉,司马相如尚属"俳优"而已,但到了东汉,一个文人若被认为有相如之风,却有可能得以晋身高位,如《后汉书·李尤传》记载"侍中贾逵荐尤有相如、扬雄之风,召诣东观,受诏作赋,拜兰台令史"④,可见局面已发生变化。儒生评价属文之士的口风也在发生微妙变化。譬如班固《答宾戏》已表达出对文章技艺的肯定,龚鹏程认为:

---

① 曾祥旭:《士与西汉思想》,黑龙江人民出版社2005年版,第129页。
② 参张舜徽《四库提要叙讲疏》,云南人民出版社2005年版,第129页。
③ 参张朝富《汉末魏晋文人群落与文学变迁——关于中国古代"文学自觉"的历史阐释》,巴蜀书社2008年版,第97-103页。
④ 胡旭编:《历代文苑传笺证》(先唐文苑传笺证),凤凰出版社2012年版,第46页。

班固这位学者，已从瞧不起技艺、以别人把文章写作视同技艺为可耻的情况中，转换到自觉地以文章写作为一种技艺，而且是可以安身立命、表现自我的技艺。到王充，更直接地认为儒者必须为文著作。①

王充在《论衡·超奇》夸赞"繁文之人，人之杰也"②，更一改董子《春秋繁露》里"能通一经曰儒生，博览群书号曰洪儒"③的传统经生见解，云：

> 通书千篇以上、万卷以下，弘畅雅闲，审定文读，而以教授为人师者，通人也。杼其义旨，损益其文句，而以上书奏记，或兴论立说、结连篇章者，文人鸿儒也。……故夫能说一经者为儒生，博览古今者为通人，采掇传书以上书奏记者为文人，能精思著文连结篇章者为鸿儒。④

分明已把文人的才能上升到鸿儒的水平相论。王充还说"儒生过俗人，通人胜儒生，文人逾通人，鸿儒超文人"⑤（《论衡·超奇》），文人的地位已经超越一般的儒生或经生、通人了，而唯一超越文人的鸿儒，按王充的标准，也必须"能精思著文连结篇章"，亦即要有文才才行，萧帝也谓"儒生转通人，通人为文人，文人转鸿儒也"⑥（萧绎《金楼子·立言下》）。龚鹏程述：

> 儒者不能只述不作……不论是王充的期许，还是班固的说词，都显示"文人"已正式出现了。述而不作的形态，彻底打破，儒者必须擅长文章写作这种技艺，才能成为文人、成为鸿儒。《论衡·佚文篇》

---

① 龚鹏程：《汉代思潮》，商务印书馆2005年版，第80页。
② 〔东汉〕王充：《论衡集解》，刘盼遂集解，古籍出版社1957年版，第282页。
③ 徐彦疏引此语，而今本《春秋繁露》已脱。参〔东汉〕王充《论衡集解》，刘盼遂集解，古籍出版社1957年版，第280页。
④ 〔东汉〕王充：《论衡集解》，刘盼遂集解，古籍出版社1957年版，第280页。
⑤ 〔东汉〕王充：《论衡集解》，刘盼遂集解，古籍出版社1957年版，第280－281页。
⑥ 叶朗编：《中国历代美学文库》（魏晋南北朝卷下），高等教育出版社2003年版，第398页。

说得好:"文人宜遵五经六义为文、造论者说为文、上书奏记为文、文德之操为文",文之德大矣哉!……从此之后,《儒林传》与《文苑传》开始分立,刘劭《人物志》中也正式把"文章"视为"人流之业"十二种之一,说:"文章家,能属文著述,司马迁、班固是也。"①

可见文人作家心性的建构虽完成于六朝(文集"实盛于齐梁之际"),②却是在东汉文人群体之中开始出现。就此而言,较早时西汉辞赋家陆贾、枚乘、邹阳、司马相如、扬雄等人,便相当于中国古代文人的前身,而文人则是通过感染汉赋侈艳的写作特色而出现的。

三、战国诡俗

但是,汉代辞赋家群体的出现也有更远的历史渊源,"楚文化是汉文化的一个重要历史源头……汉皇室对赋的喜好,与兴起于战国末期楚王宫中的赏赋之风,实有着一脉相传的继承关系"③,以此,"作为楚文化流绪,汉初文人多习辞赋"④。汉高祖九年(前198),因从西域归朝的娄敬献言,朝廷下令将齐楚两地的豪族名门十几万人迁徙至关中,齐楚两地的文化风尚也由此充斥于关中一带,首都的街市、汉室的宫廷都流行起"楚国男性爱好的辞赋文学或妇女间流行的五言歌谣"⑤,影响所及,汉代的文学审美趣味都为楚地的辞赋文学所支配。刘勰在《诠赋》篇中说"讨其源流,信兴楚而盛汉",明谓盛于汉家的辞赋文体,其产生可追溯到战国楚时。刘永济也认为:

> 汉承秦火之后,周文久坠,楚艳方零。立国之初,王伯并用。大氐政承秦制,文尚楚风。故辞赋之士,蔚然云起。彦和所谓循流而

---

① 龚鹏程:《汉代思潮》,商务印书馆2005年版,第80-81页。
② 参章学诚《文史通义》,李春伶校点,辽宁教育出版社1998年版,第20页。
③ 王旭晓:《大风起兮》,河南人民出版社2000年版,第235页。
④ 王旭晓:《大风起兮》,河南人民出版社2000年版,第237页。
⑤ [日]冈村繁:《冈村繁全集三:汉魏六朝的思想和文学》,陆晓光译,上海古籍出版社2002年版,第580-581页。

作，势固宜矣。①

刘勰评价汉家辞赋亦往往楚汉并提，如《通变》篇"楚汉侈而艳"，《宗经》篇"楚艳汉侈"。楚时赋已采富辞腴、夸饰侈丽，当时的辞赋家也只比俳优，比如宋玉为楚王作赋，亦不过娱君王之兴而已。对于汉辞赋家与楚辞屈赋的关系，刘勰在《时序》篇中也有精当概述："爰自汉室，迄至成哀，虽世渐百龄，辞人九变，而大抵所归，祖述《楚辞》，灵均余影，于是乎在。"屈原被看作汉辞赋家的始祖："枚贾追风而入丽，马扬沿波而得奇，其衣被词人，非一代也。"（《辨骚》）可知汉人辞赋之开初，其侈丽尚奇、"穷瑰奇之服馔，极蛊媚之声色；甘意摇骨髓，艳词洞魂识"（《杂文》）的特征便是沿自屈赋"艳溢锱毫""夸诞""谲怪"（《辨骚》）之作风而来——《诠赋》篇追溯至"灵均唱骚，始广声貌"——或者更准确地说，乃是延伸了整个战国楚地流行的文章风气："自宋玉景差，夸饰始盛，相如凭风，诡滥愈甚。"（《夸饰》）所以说，要追究汉家辞赋侈艳文风的源头，就要溯回至战国楚时的文风。

战国楚地多辩士，好饰其辩说，以投君好，楚时赋风大致从此而出。②而"辞赋家在西汉往往被看作浮辩之士，枚乘、邹阳、陆贾、司马相如等前期辞赋家莫不如此，所以有辞赋起于纵横家之说"③。枚乘以《七发》赋闻名，为赋家文宗之一，据说其上书君主，便"纵横奔放，有战国说士之风"④。战国时的纵横家就属于这一类辩士说士。刘师培把辞章之家的"侈陈事物，娴于文词"也"溯源于纵横家"⑤；鲁迅称纵横家为"欲以唇吻奏功，遂竞为美辞，以动人主……系波流衍，渐入文苑，繁辞华句，固已非诗之质朴之体式所能载矣"⑥，这是说文苑里"繁辞华句"的作风是从纵横家的"竞为美辞"流衍而来。钱基博论之益翔实："吾则见为辞赋家者流，盖原出诗人风雅之遗，而旁溢为战国纵横之说。纵横家者流，本

---

① 刘永济：《文学通史纲要（摘录）》，见《文心雕龙校释：附征引文录》附录一，中华书局2010年版，第613-621页。
② 参王旭晓《大风起兮》，河南人民出版社2000年版，第235页。
③ 曾祥旭：《士与西汉思想》，黑龙江人民出版社2005年版，第156页。
④ 刘汝霖：《汉晋学术编年》（卷上），华东师范大学出版社2010年版，第67页。
⑤ 转见钱基博《古籍举要 版本通义》，上海古籍出版社2011年版，第99页。
⑥ 鲁迅：《汉文学史纲要》，人民文学出版社1973年版，第23页。

于古者行人之官。观春秋之辞命，列国大夫聘问诸侯，出使专对，盖欲文其言以达旨而已。至战国而抵掌揣摩，腾说以取富贵，其辞铺张而扬厉，变其本而恢奇焉。不可谓非行人辞命之极也。……赋者，古诗之流，而为纵横之继别。比兴讽喻，本于《诗》教。铺张扬厉，又出纵横。故曰'赋者，铺也'。铺张扬厉，体物写志也。体物写志，故曰古诗之流。铺张扬厉，乃见纵横之意。"①

刘勰素以屈原为"词赋之宗"。钱基博引《史记·屈原列传》所叙屈原之"娴于辞令""从容辞令"，以说明屈赋之出于纵横家、行人出使之官，又引《诠赋》篇"赋者，受命于诗人，拓宇于楚辞"以示赋家之出儒家、为"儒家之支与流裔"。② 但钱同时称刘勰虽能穷其源于儒家，却未悉其流变于纵横家，此说则实在误解了刘勰。刘勰评论屈赋为"风杂于战国"（《辨骚》），又以为其"出乎纵横之诡俗"（《时序》），刘永济对刘勰此说，评价甚高：

> "故知昕烨之奇意，出乎纵横之诡俗"二句，深得屈宋文体流变之故，与实斋章氏论战国文体出于行人辞命之说，可谓旷世同调。屈子主连齐抗秦，与子兰上官之主秦者异趣，故遭贬斥，是屈子亦近纵横家也。汉初人士多习纵横长短之说，而赋家如贾谊、司马相如、枚乘、严忌、邹阳之徒，皆有战代驰说之习，但高祖已厌纵横，文景务崇清净，故贾谊抑而邹枚沉，于是纵横之士，无所用之，乃折入辞赋；及武帝之世，此风已成，而赋人亦渐为帝王所重，其间因缘，固甚明白；舍人二语，已足窥见本源。实斋演之，遂成名论。③

刘永济直将汉代辞赋家之习溯至战代的纵横文辞，无异于将汉代辞赋看作汉代的纵横文辞。事实上，纵观《后汉书·文苑列传》的记载，可以观察到其时文士们仍然遗传了上述辩士式的辩才，例如《刘毅传》"毅少有文辩称"、《刘珍传》"撰《释名》三十篇，以辩万物之称号"、《边韶传》"韶口辩"、《刘梁传》"著《辩和同之论》"、《边让传》"少辩博，能

---

① 钱基博：《古籍举要 版本通义》，上海古籍出版社2011年版，第85－86页。钱说实袭自章学诚，参章学诚《文史通义》，李春伶校点，辽宁教育出版社1998年版，第16页。
② 钱基博：《古籍举要 版本通义》，上海古籍出版社2011年版，第85－86页。
③ 刘永济：《文心雕龙校释：附征引文录》，中华书局2010年版，第154页。

属文"、《郦炎传》"言论给捷,多服其能理"、《祢衡传》"有才辩""飞辩骋辞"等,不一而足。① 甚至在汉代以后历代史书的文苑传里,还能找到有关于文士辩才的记载。

周振甫在评论《时序》篇时,亦以为刘勰观点独到,指出了"楚国辞赋受纵横家学派的影响",他说"屈原宋玉的创作受到纵横家游说夸张的影响。像《招魂》写东南西北各方的怪异,同纵横游说夸张东南西北各方的形势相似,就是《离骚》的上天下地到处流转,也受到纵横游说夸张讽喻的影响"。② 但刘勰所说屈赋"出乎纵横诡俗"不必仅指纵横家之诡俗,而主要是指整个战国时各家异说飚盛、言辞繁盛的诡俗与世情,"战国者,纵横之世也"③。所以,《时序》篇此处不但言及屈宋,也将其与邹衍、驺奭并提,谓其分别出于齐楚之风,而齐楚之风正涵盖了战国时期主要的"文学"之势,如此自与"风杂战国"构成呼应。

战国纵横家的产生本来便与当时整个诡俗时势分不开。比如说,纵横家亦属"名家之支与流裔",阐之于学则为名家,施之于用则为纵横家,"惠施、公孙龙,庄生称之为辩者。而范雎、蔡泽,亦世所谓一切辩士。大抵名家之出而用世也,出之以谨严,则为申韩之刑名;流入于诡诞,则为苏张之纵横"④。此处在战国百家辩说蜂起的这整个诡俗世情的背景下,把纵横家与名家、法家一视为同宗同源、难解难分的"一切辩士""辩者"。值得一提的是,名家"烦文以相假,饰辞以相悖,巧譬以相移",恰好就跟辞赋家的文章面目相雷同。

钱基博前以赋变出自纵横家,后又言其"出入战国诸子",即把纵横家与诸子百家同归铺衍辩说之士一类:"古之赋家者流,原本《诗》教,出入战国诸子。假设问对,庄列寓言之遗也。恢廓声势,苏张纵横之体也。排比谐隐,《韩非·储说》之属也。征材聚事,《吕览》类辑之义也。"⑤ 纵横家辞风与战国诸子整体上的言辞风格归乎一辙,整个诸子辩

---

① 胡旭编:《历代文苑传笺证》(先唐文苑传笺证),凤凰出版社2012年版,第44、53、68、89、97、112、131、135页。
② 周振甫:《文心雕龙今译》,中华书局1986年版,第394—395页。
③ 章学诚:《文史通义》,李春伶校点,辽宁教育出版社1998年版,第16页。对比挚虞《文章流别论》描述纬书的奇辞华采,亦称之"纵横有义,反覆成章"。
④ 钱基博:《古籍举要 版本通义》,上海古籍出版社2011年版,第96页。
⑤ 钱基博:《古籍举要 版本通义》,上海古籍出版社2011年版,第97—101页。

说甚而早已开后世辞人讹滥风气之先,辞赋家者流既"出入战国诸子",难免亦染习上铺排夸饰、事丰奇诡等文学特征,这跟刘勰"风杂战国""出乎纵横之诡俗"的判断完全一致,从而可以进一步认为,刘勰所批判的辞人之讹滥文病正始自战国诡俗而来。

钱将辞赋文章家上溯到战国诸子,实祖章学诚之说,钱引章学诚《文史通义·诗教上》语云:

> 世之盛也,典章存于官守,礼之质也。情志和于声诗,乐之文也。迨其衰也,典章散而诸子以术鸣,故专门治术,皆为官礼之变也。情志荡而处士以横议,故百家驰说,皆为声诗之变也。……后世专门子术之书绝而文集繁。①

萧绎《金楼子·立言上》恰恰把诸子兴与文集盛相连接起来:"诸子兴于战国,文集盛于二汉,至家家有制,人人有集。"② 章说以为后世文章家承续诸子而来,而"战国之文章,先王礼乐之变也"③,正是通过诸子文章之变出,周代王制下的声诗之文才得以转移出后世文章家之文,"周衰文弊,六艺道息,而诸子争鸣。盖至战国而文章之变尽,至战国而著述之事专,至战国而后世之文体备;故论文于战国,而升降盛衰之故可知也"④。战国诸子之诡俗,流行横议驰说、奇辞华句,后来的集部之作即接续子部之书而出,故谓"子术之书绝而文集繁",这就决定了文辞家之初起即接上了诸子文士的诡俗风貌,也就难免"染乎纵横之诡俗"了。

章说实际上继承了刘勰的观点,而刘永济的引文里也明言"实斋演之,遂成名论",清代谭献《复堂日记》亦以为"章氏云:'战国文体最备。'此言亦开于彦和"⑤。可见刘勰《诸子》篇的确在战国诸子文学和后世文人文学之间建立起"血缘上的联系",王更生说:

---

① 章学诚:《文史通义》,李春伶校点,辽宁教育出版社1998年版,第18—19页。
② 叶朗编:《中国历代美学文库》(魏晋南北朝卷下),高等教育出版社2003年版,第384页。
③ 章学诚:《文史通义》,李春伶校点,辽宁教育出版社1998年版,第19页。
④ 章学诚:《文史通义》,李春伶校点,辽宁教育出版社1998年版,第15页。
⑤ 杨明照:《文心雕龙校注拾遗》附录《品评》,上海古籍出版社1982年版,第447页。

（《文心雕龙》）列诸子为辞章的一体，其间不仅述流别，评优劣，而于诸子辩雕万物，智周日月的丽辞秀句，更览华食实，为后来操染翰者辟一习作的知识宝库，使百氏的情采与文学体式发生了血缘上的关系……①

刘勰既以为近世文人讹滥之病每每过乎"绮丽""藻饰"，而实又以同等语形容过诸子杂说——《情采》篇谓："庄周云'辩雕万物'，谓藻饰也。韩非云'艳乎辩说'，谓绮丽也。绮丽以艳说，藻饰以辩雕，文辞之变，于斯极矣"，"详览庄韩，则见华实过乎淫侈"。刘勰认为庄韩的文辞"过乎淫侈"。其实战国文辞之"绮丽""藻饰"，本身已足为文辞之极变（"于斯极矣"），这跟章学诚"至战国而文章之变尽"的说法相当。至于观其《诸子》篇列述百家的辞气华采，如"气伟而采奇""辞壮""博喻之富""泛采而文丽"云云，可与"绮丽艳说""藻饰辩雕"相比。刘勰以为后世文辞之变以"变乎骚"为代表，实则也变自战国"艳说""辩雕"的诡俗。《序志》篇尝以"讹滥"一词概述文人流弊，以为时下文人的文病主要在此，然而何为"讹滥"？据刘勰意，讹与奇诡奇巧近、滥与华采淫侈同，而奇诡与淫采不待"近代辞人"，于诸子文章已早有体现，所谓"诸子杂诡术""百氏之华采"（《诸子》），毕竟"乱世之征……其文章匿而采"②（《荀子·乐论》）——诸子杂说之奇异邪诡、饰采淫靡，乃是政道乱离的必然征象。如此一来，刘勰面对当时"近代"之讹滥文弊，实际上亦是面对战国诸子以来便已开始的讹滥奇艳之风。

四、王者之迹熄

据《时序》篇的说法，"纵横之诡俗"产生于"春秋以后，角战英雄，六经泥蟠，百家飙骇。方是时也，韩魏力政，燕赵任权，五蠹六虱，严于秦令"之季，《才略》篇也称"战代任武而文士不绝。诸子以道术取资，屈宋以楚辞发采"，都把诸子、屈宋之诡俗文风置于"战代"背景下。刘勰在《诸子》篇历数诸子华采辞气之前，也先摆明"七国力政，

---

① 王更生：《文心雕龙研究》（重修增订），文史哲出版社1979年版，第267页。
② 〔清〕王先谦：《荀子集解》（下册），沈啸寰、王星贤整理，中华书局2012年版，第455页。

俊乂蜂起"的政治现实背景,也就是说,诡俗文风是在春秋战国诸侯任力使霸的政史背景下形成的,其时"六经泥蟠",表明王政官学破落分散,诸子得以飙起,王道分裂,典章散、声诗变,是王政政体衰败的表现,即又是一个"王者迹熄"了。"王者之迹熄而《诗》亡",而辞赋本身就出于《诗》之后,班固所谓"古诗之流",刘勰所谓"赋自《诗》出,分歧异派""六义附庸,蔚成大国"(《诠赋》)。刘勰以政变现象譬喻文变现象:赋挣脱掉先王时代诗六义传统的大一统统治局面,蔚然而成一独立大国,甚至乎日后"文之敷张而扬厉者,皆赋之变体,不特附庸之为大国,抑亦陈完之后,离去宛丘故都,而大启疆宇于东海之滨也"①。先祖故国崩坏,后生竞维新政;紧接"王者之迹熄而《诗》亡",正是"《诗》亡然后赋作"。《诗》亡而后赋作的文变事件,既贯穿在王政声诗散而乱世愿采生的文变事件之中,也紧密依附于背后的王政解散而乱国力政兴起的政变事件之中。其中,屈赋是这中间转折的代表,故勘察屈赋有助于考察这一转折点。屈赋作为"词赋之宗",临此《诗》亡赋作之间,也就是恰恰介乎上述文变—政变之间,故而谓之"轩翥诗人之后,奋飞辞家之前",又谓之"雅颂之博徒,而辞赋之英杰"(《辨骚》)——"轩翥诗人之后",故有王政时代文章的"典诰"一面;而"奋飞辞家之前",则有战国时代文章的"夸诞""艳侈"一面。因此,所谓"去圣之未远""雅颂之博徒"而又染乎纵横诡俗、出入战国诸子,就是说屈赋处乎周代王政和春秋战国之间,一者离周代王迹不远,二者却又已蹈乎乱代之征,用刘勰自己的话说就是:

  体宪于三代,而风杂于战国。②

  三代代表王政,儒家素以三代先王政治为王政典范,战国则代表王政政体衰亡。从三代到战国,提示的是政体的迁变,而屈赋文体的形成被放置在三代与战国之间来衡量,说的是文变乃在政变之间。刘勰针砭讹滥文弊,笔者追讨文变之源流,从六朝上溯至汉赋,从汉赋上溯至楚赋,又以

---

① 章学诚:《文史通义》,李春伶校点,辽宁教育出版社1998年版,第20页。
② 他本有作"体慢于三代,而风雅于战国",大意亦一致,考虑到《时序》篇"出乎纵横之诡俗"的说法,故取"风杂于战国"。或参刘永济《文心雕龙校释:附征引文录》,中华书局2010年版,第10页。

楚赋溯回到百家诡俗，而诡俗生于"七国力政，俊乂蜂起"的战国政象，从而，最终将文变溯本于由三代到战国的政变。在三代与战国之间追问文变之本，系依循儒家文变系乎政变的传统观念，表明刘勰面对文变问题，其心所惦念实已落在王政命运之上，亦即刘勰对文道衰息与变迁背后的王政政体的衰息与变迁保持了敏感和关照。这种文—政观其实在《时序》篇里表达得很清楚。假如后世文人一路沿着王政破落后的乱代风气走，"竞今疏古"，文章难免离王政三代之风愈来愈远，其精神品质也会离三代时礼乐雅正昌明的崇伟愈来愈远，终而溺于战国时礼乐分崩离析的卑败之中。

故而，一方面刘勰固然对屈赋为代表的新变文学文风待之以"通变"的态度，也在《辨骚》篇中肯定屈宋为"词赋之英杰"，他认为文学不可能一成不变，因时而变是自然而合乎文理的，而且屈宋所象征的文学文采成就也是值得肯定的；但是，另一方面，我们也应看到，刘勰对这种新潮文学仍然持有自己的反思和对其得失的评价，毕竟，新变文学产生的历史时代渊薮是以三代王政到战国的时世衰变为基础的，并折射着背后的时代精神文化风尚的整体性得失变迁。刘勰倡"宗经"，以为治文病首赖于宗仿古典圣王的经书，也就是要挽救战国以降的文人群体偏颇的一面，以使文人们的心性重新贴合三代王政时期的精神文化。

下编：散论

儒踪玄影

——《原道》篇里的天道、人道与文道

刘勰《原道》篇是中国古代思想史上几篇著名的"原道"之作之一。关于刘勰所原之"道"究属何家，历来争讼不断，悬而未决。是儒学的"道"，抑或道家或玄学的"道"，还是佛学的"道"？是自然之"道"，抑或文道合一之"道"？是天道，抑或人道？是道之体，还是道之用？事实上，《原道》一篇自觉发挥儒家《易》道与文道观，从行文上看，本无可疑，然而，《易》之"道"本身的哲学复杂性，又与《原道》之"道"的暧昧性有关系。本文尝试通过提供一个复杂化的《易》经道学框架，重新审视和解释围绕《原道》之"道"的歧义性问题。

一、王者的"道之文"

《文心雕龙》首篇进以"原道"，但除了推原文章的"道源"归属以外，其实《原道》还包含"原文之始"的"史源"意识。"原始以表末"为《文心雕龙》的创作体例之一，在书中，它往往表现为一种史学式笔法。不过，"史源"与"道源"并不相互割裂，"道源"的追溯就是在对"史源"的追溯中展现出来的。

"道"是"文"之本原所在，从"道"到"道之文"的呈现，在"无识之物"上呈现为天地万品之文，在"有心之器"上则呈现为人文。

人文当然由人所创造,道通过人的制造而转生出人文。因此,要明乎人文之原始,不仅要追本于"道",还必须追始于"人",追始于最早沿道而垂文的"人"。此"人"乃是圣人。最早的圣人就是伏羲,"疱牺画其始",伏羲之所画即为最古老的人文。伏羲之后,历经唐虞夏商周时代的人文积淀,及至孔子,踵步接武,更独秀于前哲,集人文之大成而镕钧为六经。《原道》叙述一段"爰自风姓,暨于孔氏"的人文史,乃关涉人文的古老渊源,往后《文心雕龙》"在具体论述每种体裁时,总是从唐虞夏商周时代的圣贤之'文'说起,或援引圣经贤传上的话作为开头,然后再论及这种文体的流变。他说这叫'原始以表末'"①。

返回先代文章不是简单的目录学式的"考镜源流",② 所谓"原始以表末",还含有正本清源的意思,以求"识其本乃不逐其末"(纪昀评《原道》语)。《通变》篇云"青生于蓝,绛生于蒨,虽逾本色,不能复化",因此,要弄清文章"不能复化"的本质,就要回到文章的本初("原始")、回到先代的文章,先代之文章规定了人文的"本色"与根底。于是,"练青濯绛,必归蓝蒨",若要"正末归本"(《宗经》),就得"参古定法"(《通变》)。

先古文章莫不是"道"的体现,《原道》所谓"原道心以敷章,研神理而设教",看来文道合一才符合文章的本然形态。合乎"道"的文章究竟属于怎样的性质?"爰自风姓,暨于孔氏,玄圣创典,素王述训","玄圣"指的是伏羲,詹瑛《文心雕龙义证》注谓"神明的圣王","素王"则指孔子:原来伏羲与孔子的文章都是王者的文章。实际上在两位圣王之间所形成的历代文章,无不与王者治政有关:

> 自鸟迹代绳,文字始炳,炎皞遗事,纪在《三坟》,而年世渺邈,声采靡追。唐虞文章,则焕乎始盛。元首载歌,既发吟咏之志;益稷陈谟,亦垂敷奏之风。夏后氏兴,业峻鸿绩,九序惟歌,勋德弥缛。逮及商周,文胜其质,《雅》、《颂》所被,英华日新。文王患忧,繇辞炳曜,符采复隐,精义坚深。重以公旦多材,振其徽烈,剬诗缉

---

① 祖保泉:《"文之枢纽"臆说》,见齐鲁书社编《文心雕龙学刊》(第一辑),齐鲁书社1983年版,第176页。
② 关于"原始以表末"例自目录学,可参邓国光《〈文心雕龙〉文理研究》,上海古籍出版社2012年版,第155—156页。

颂，斧藻群言。(《原道》)

以上人文史系谱乃改写自《易传·系辞下》。世世代代圣贤的文章积累，使得文明成熟壮大。显然，刘勰是把文章置放在传统文明建构的大背景下去理解的，后世的文人也应当透过传统文明的机体来看待文章的写作，"'文学'存在于文明的实体之中。……文学是文明的表现"①。

然则世代文章层累形成的文明传统本质上属王政文明的传统。"炎皥遗事"属于王者经世遗迹，《三坟》《五典》就成了记载上古王政事迹的史书。② 唐虞时代，文章开始殷盛，"元首载歌"是王者之言，所发"吟咏之志"，是王者心怀美政的志向，"益稷陈谟"是王佐之臣敷奏王者治政之议，都围绕王者。"夏后氏兴"，王业鸿峻，"九序惟歌"歌颂的是王者经世的"九功之德"，下一句接着说"勋德弥缛"，刘向《说苑》称"德弥盛者文弥缛"，王政固然以德治为功，歌颂"九序之功""勋德"的文章亦缛盛彰明。到了商周之世，圣王的文章变得愈发精美坚深，且文章也成为铺展德化政治之所系，周公制诗作乐，为王者振兴文教工程，所谓"斧藻群言"，正称美其规范天下人言辞的宏大文治之功。儒家经典本就好给圣王冠以"文"的称号：《尧典》称尧曰"文思安安"，《舜典》谓舜为"濬哲文明"，《大戴礼记·五帝德》名禹以"文命"，姬昌谥曰"文王"。可见，其尊文与尊圣、尊王实为一体，不可分割。

《原道》显然是在追随儒家经典的传统观念。而上述一切王者文章，只有到了"素王"孔子的手上才得到精粹提炼：

至夫子继圣，独秀前哲，镕钧六经，必金声而玉振；雕琢性情，组织辞令，木铎振而千里应，席珍流而万世响，写天地之辉光，晓生民之耳目矣。(《原道》)

孔子集成王者文章，把先王文字锤炼精坚，读来如敲金振玉，光华盈抱。孔子真正把王者的文章经世功业陶铸完善，可谓深发王者之"文心"。

---

① 邓国光：《〈文心雕龙〉文理研究》，上海古籍出版社2012年版，第4—5页。
② 孙德谦《太史公书义法》卷上《宗经》称"古无经也，史而已矣。……尊之为经者，以为其万古经世之书也。而原其始，则皆史也"。见章学诚、孙德谦《文史通义 太史公书义法》，世界书局股份有限公司2009年版，第5页。

"雕琢情性",说的是经典之善化人心,持人性情;"木铎振而千里应,席珍流而万世响"说的是孔子所惦念之王者事业涵盖天下万世,经营最为广大的业绩,晖丽天地,化导生民,故为"写天地之辉光,晓生民之耳目",以文章赐予明亮,即所谓"文—明"。《序志》篇也说"唯文章之用……君臣所以炳焕,军国所以昭明"。"六艺所载,政教学艺耳,文章之用,隆之至于能载政教学艺而止"①,如果文章能追随经典所载的圣王"政教学艺",那就是追随文章之"隆"。

"道"在古人思想中是宇宙天下至高至大之物,如果文章能真正贯乎"道",便也为至高至大之文章,所以纪昀说《原道》"首揭文体之尊,所以截断众流"②。以"道"推尊文体,则文章之最"尊"者,必然就是真正的"道之文"。"圣人也者,道之管也。天下之道管是矣,百王之道一是矣,故《诗》《书》《礼》《乐》归是矣"③(《荀子·儒效》),圣王就是有能力管窥、通达乎天下百政之大道的人,是以《诗》《书》《礼》《乐》的圣王文章莫不汇归于天下文章之最"尊"、最"隆"者。"辞之所以能鼓天下者,乃道之文也。"(《原道》)

"道沿圣以垂文,圣因文以明道。"(《原道》)圣王文章"原道心以敷章,研神理而设教","然后能经纬区宇,弥纶彝宪,发挥事业,彪炳辞义"(《原道》)。"经纬区宇"是经纬天下四方,"弥纶彝宪"是弥纶万世永恒之伦理法纪,圣人为天下立法诚以天下错之于德,文章发挥以德敦化天下的功用,"圣人之化,成乎文章"(干宝语)。就此而论,文章作为圣王的"道之文",便应当是"王道之文"。"在彦和心目中,文的功用,应当对国家、社会发生导引的作用,此即本篇所谓'晓生民之耳目'、'鼓天下',及《序志》篇之所谓'五礼资之以成,六典因之致用'。"④

问题在于,既然《原道》中的儒家色彩如此浓烈,为何还会出现围绕《原道》之"道"属哪家而争讼不已的情况?

---

① 黄侃:《文心雕龙札记》,吴方点校,中国人民大学出版社2009年版,第13页。
② 〔南朝梁〕刘勰:《文心雕龙辑注》,〔清〕黄叔琳注,〔清〕纪昀评,中华书局1957年版,第23页。
③ 〔清〕王先谦:《荀子集解》(上册),沈啸寰、王星贤整理,中华书局2012年版,第158页。
④ 徐复观:《中国文学精神》,上海书店2004年版,第178页。

二、亦儒亦佛的《原道》篇?

不难注意到,刘勰《原道》篇胎息儒家《易》经之学,在行文上语本《易》经之处俯拾即是,"篇中引述《周易》的地方,不下二十多处"①,因而该篇对"道"的理解自然也追随《易》经。然而,《易》的道学最具本源意义,故深远而广大无外,它旁通的范围,甚至可超逾儒家本身,不受门户所限。

譬如道家,清儒廖平便称道家诸书全为《易》师说。② 桓谭评扬雄《太玄经》有言,"伏羲氏谓之易,老子谓之道,孔子谓之元,而扬雄谓之玄"③(《新论·闵友》),不过名异而实同耳。魏晋玄学家王弼撰《老子指略》《老子注》,又撰有《周易略例》《周易大衍义》,引老、庄解《易》。类似以老、庄解《易》者,在魏晋时期不乏其人。明末清初的方以智也素凭以《易》解庄、归庄于《易》而闻名,④ 乃师觉浪道盛就称《庄子》"正与五经相为表里,而实深为大易标先天上载之真指归也"⑤。

不过,在方以智看来,《易经》甚至"可以统摄三教的学问"⑥。《晋书·艺术传》所载的佛家中人(如佛图澄、鸠摩罗什),就大多精于治《易》。⑦ 方以智认为《易》"可以统摄三教的学问",并非无据。他还称"大易华严,和盘一本"⑧,又谓"《易》曰:复见其天地之心……实一心也,总是阿赖识,总是如来藏"⑨。

通过《易》道,儒、道、释三家有得以融通的可能。实际上,刘勰在为佛家进行辩护的《灭惑论》里,就阐明过儒、佛二家的"道"在本体上可相贯通的思想:

---

① 蒋祖怡:《文心雕龙论丛》,上海古籍出版社1985年版,第29页。
② 参廖平《知圣续篇》,见李耀仙主编《廖平学术论著选集》(一),巴蜀书社1989年版,第247页。
③ 〔东汉〕桓谭:《新论》,上海人民出版社1977年版,第60页。
④ 参〔明〕方以智《药地炮庄》,广文书局有限公司1975年版,第66页。
⑤ 转见杨儒宾《儒门别传——明末清初〈庄〉〈易〉同流的思想史意义》,见邢益海编《冬炼三时传旧火——港台学人论方以智》,华夏出版社2012年版,第205页。
⑥ 杨儒宾:《儒门别传——明末清初〈庄〉〈易〉同流的思想史意义》,见邢益海编《冬炼三时传旧火——港台学人论方以智》,华夏出版社2012年版,第205页。
⑦ 参〔唐〕房玄龄《晋书》第九十五卷《艺术传序》,中华书局2000年版,第1647页。
⑧ 〔明〕方以智:《药地炮庄》,广文书局有限公司1975年版,第66页。
⑨ 罗炽:《方以智评传》,南京大学出版社1998年版,第233页。

> 至道宗极，理归乎一；妙法真境，本固无二。……但言万象既生，假名遂立，梵言菩提，汉语曰道。①

儒、佛二家表面上的区分，终究是殊途而同归的，在"至道""妙法"上原相契合共通，本体无二，故谓"经典由权，故孔释教殊而道契，解同由妙，故梵汉语隔而化通"。难怪康子也说"孔子非不能为佛教"②。《灭惑论》也指出，只是由于具体的施用对象不同，所设的儒、佛两教的分殊才得以产生。

刘永济由此进一步联系到《文心雕龙》的《原道》篇：

> 从他的《文心雕龙》看，他的主导思想固然是传统的儒家思想，然而他的主导思想之中，关于道的本体方面交织着玄学的意味。（道佛皆称玄学。）这可从《原道篇》得到证明。盖儒家的经典，虽多讨论道之作用，而《易经·系辞上下传》中却涉及本体论。虽解释《易·系》的晋代学者韩康伯喜以道家理论说《易》，然《易·系》确有与道家之言相通者。……至于佛理在《文心雕龙》一书中，虽无显著的迹象可稽，但彦和心目中的佛理与儒道两家的本体论，无甚区别。③

刘永济谓《原道》篇中"人文之原，肇自太极"二句，语本《易·系辞》，韩康伯以道家玄学注之曰："有必始于无"，"太极者，无之称"。孔颖达《周易正义》也引《老子》"道生一、一生二"申明韩注。而刘勰《灭惑论》所谓"佛之至也，则空玄无形而万象并应，寂灭无心而玄智弥照"，"固与道家'无形'、'无为'、'一元之至理'没有什么不同，且与《易·系》所谓之'太极'无别"。④ 既然"佛理与儒道两家的本体论，

---

① 刘勰《灭惑论》引文皆转引自刘永济《文心雕龙校释：附征引文录》附录二，中华书局2010年版，第663－668页。
② 康有为：《万木草堂口说》（外三种），中国人民大学出版社2010年版，第63页。
③ 刘永济：《论刘勰的本体论及文学观》，见《文心雕龙校释：附征引文录》，中华书局2010年版，第183页。
④ 刘永济：《论刘勰的本体论及文学观》，见《文心雕龙校释：附征引文录》，中华书局2010年版，第183页。

无甚区别",那么,纵使《原道》篇的"主导思想"已"固然是传统的儒家思想",而《原道》篇里的"道"仍显得"交织"有道、佛两家之"道"的意味,甚而由此引发歧议不断,亦在情理之中了。

关于《文心雕龙》全书"道"字的集义,蔡宗阳的《文心雕龙探赜》一书共索讨出十一义,其中普通义有九,特殊义有二,二特殊义分别为"文学艺术源于自然规律的自然"以及"体现自然之道的儒家圣人经典之道",均具"自然"的含义。① 于是,有"龙学"学人判断《原道》的"道"不属任一家,而是指"自然之道"。② 实际上,所谓"自然之道"同样与《易》的道体相契,"气也、理也、太极也、自然也、心宗也,一也,皆不得已而立之名字也"③。

三、刘勰的"道"

如何处理刘勰身上儒、佛之间的张力关系,在把握《原道》篇中的"道"体上历来是个关键问题。"龙学"前辈声称"若不知'原道'之'道'为何物,便无'龙学'可言"④,然而,对于"原道"之"道"究竟属哪一家,是属儒家的"道"抑或佛家的"道",还是道家的"道"或玄学的"道",长期以来聚讼纷纭,不成定论。

元代钱惟善至正本的《文心雕龙序》,就已关注此一问题,他认为《文心雕龙》不入于佛而归于儒,"视彼叛道而陷于异教者,顾不韪矣乎"⑤。总体来说,这一儒、佛关系问题颇让一些古人费解。

明代王惟俭的《文心雕龙序》说:

---

① 参蔡宗阳《文心雕龙探赜》,文史哲出版社2001年版,第201-212页。
② 例如黄侃和牟世金,可参黄侃《文心雕龙札记》,吴方点校,中国人民大学出版社2009年版,第3页;牟世金《"体大思精"的理论体系》,见李建中编《龙学档案》,武汉大学出版社2012年版,第116页。也有论者谓"自然之道"学说本身属于玄学学说,尤循王弼《易》学而来,可参周勋初《〈易〉学中的两大流派对刘勰〈文心雕龙〉的不同影响》,见饶芃子编《文心雕龙研究荟萃》,上海书店1992年版,第176-177页。《原道》一篇仅两见"自然"一词,一是在伏羲仰观俯察而后作载天道之文章处——"(天地之心)心生而言立,言立而文明,自然之道也";二是在述及万品文章处,说万物之文"夫岂外饰,盖自然耳"。两处"自然"都与"天地之心"或天地之文相为关联。
③ 〔明〕方以智:《东西均》,李学勤点校,中华书局1962年版,第106页。
④ 牟世金:《〈文心雕龙〉研究的回顾与展望》,见中国《文心雕龙》学会编《文心雕龙学刊》(第二辑),齐鲁书社1984年版,第44页。
⑤ 杨明照:《文心雕龙校注拾遗》附录《序跋》,上海古籍出版社1982年版,第724页。

余反覆斯书,聿考本传,每怪彦和晚节,燔其鬓发,更名慧地,是虽灵均之上客,实如来之高足也。乃篇什所及,仅"般若"之一语;援引虽博,罔祇陀之杂言。岂普通之津梁,虽足移人;而洙泗之畔岸,终难逾越者乎?①

清代史念祖《文心雕龙书后》亦云:

《南史》本传称其长于佛理,都下寺塔,名僧碑志,必请制文,是固寝馈于禅学者也。顾当摛藻扬葩,群言奔腕之际,乃能不杂内典一字,视王摩诘诗文之儒释杂糅,亦可以为难矣。②

王惟俭、史念祖均表示对刘勰精神结构中的儒佛关系感到不可思议。清人中也有径直判刘勰为佛家思想代表者,譬如,李家瑞称"其熟精梵夹,与如来、释迦随行则可,何为其梦我孔子哉"③(《停云阁诗话》卷一),钱大昕称"齐、梁文人多好佛。刘彦和序《文心雕龙》,自言'梦见宣尼',而晚节出家,名慧地,可谓咄咄怪事"④(《十驾斋养新录》卷十六),张松孙谓其"摛藻于研几之后,字成舍利之光"⑤(《文心雕龙序》)。当然,亦有指认刘勰及其《文心雕龙》为儒家思想代表者,譬如张曰班谓其"深于文理,折中群言,究其指归,而不谬于圣人之道者,则断推刘勰一人而已"⑥(《尊西诗话》)。毕竟文靡之病跟佛音流行有关,刘勰反对靡病,在《文心雕龙》中不主张同情佛学也不难理解。故明人张之象《文心雕龙序》便说:"或者谓六朝齐梁以下,佛学昌炽,而文多绮丽,气甚衰靡,执以议勰,不亦谬乎。"⑦

本来刘勰著述《文心雕龙》的基本文论立场明确要求信仰孔子,"他的主导思想固然是传统的儒家思想",以儒家圣王的文教关怀为宗尚,开

---

① 杨明照:《文心雕龙校注拾遗》附录《序跋》,上海古籍出版社1982年版,第734页。
② 杨明照:《文心雕龙校注拾遗》附录《品评》,上海古籍出版社1982年版,第448页。
③ 杨明照:《文心雕龙校注拾遗》附录《品评》,上海古籍出版社1982年版,第447页。
④ 〔清〕钱大昕:《十驾斋养新录》,陈文和、孙显军校点,江苏古籍出版社2000年版,第356页。
⑤ 杨明照:《文心雕龙校注拾遗》附录《序跋》,上海古籍出版社1982年版,第741页。
⑥ 杨明照:《文心雕龙校注拾遗》附录《品评》,上海古籍出版社1982年版,第445页。
⑦ 杨明照:《文心雕龙校注拾遗》附录《序跋》,上海古籍出版社1982年版,第732页。

篇《原道》显然归乎儒家，但是刘勰深研佛理、往后更遁入沙门的经历，又令《原道》篇的"道"在从属于哪一家上产生歧义，以至于刘勰本人呈现出亦儒亦佛的模棱两可形象，《原道》篇的"道"到底属儒属佛，便不再清楚。①

而在这儒踪佛影之间，现当代"龙学"界认为《文心雕龙》严格恪守儒家思想为主体者，有杨明照、王元化、李淼等，而侧重剖析《文心雕龙》思想以佛学为根柢者，则有马宏山、饶宗颐、石垒等，彼此间甚至产生针锋相对的争执。马宏山通过论析"枢纽"五篇，指出佛家的"道"在"枢纽"论中一以贯之。饶宗颐结合佛学心论，阐述"佛学者乃刘勰思想之主干"②。普慧专门撰文辨析《文心雕龙》文论话语中的佛典和佛学来源，③ 论述佛教的神理思想和因明论等在《文心雕龙》中的体现或潜在在场。④ 不过，不同于马宏山、饶宗颐和石垒等，普慧、张文勋并不否认《文心雕龙》以儒家旨趣为主导，但在承认这一点的前提下，他们更注重挖掘被带入《文心雕龙》之中的佛学。同理，肯定儒家宗旨作为《文心雕龙》之精神主体者，也并不排除《文心雕龙》的思想同时进出乎儒玄释之间，亦不认为其脱离佛学的参与，毕竟《文心雕龙》一些思想特征不是单独诉诸儒学就可以足够得到解释的。

如前文所述，一方面，《原道》篇所持有的"道"本乎《易》经的"道"，《易》道在本体上可贯通儒道释三家；但另一方面，《原道》篇的主旨又的确落归于儒家的"道"的展开。正像郭绍虞所说，"以天文人文而为言者，其所谓文当然要合于道，而所谓'道'，当然可以不限于儒家之道，而也未尝不可仅限于儒家之道"⑤。儒家之道本身在本体论的层面上就可通诸道家和佛家之道，故佛家之道并不就绝缘于它之外，一如孔子是儒家圣

---

① 潘重规考证过《文心雕龙》书成于刘勰信佛前，故先儒后佛，不成冲突，参潘重规《刘勰文艺思想以佛学为根柢辨》，见李建中编《龙学档案》，武汉大学出版社2012年版，第173页。牟世金也考辨过刘勰《灭惑论》文成于《文心雕龙》之后，以让尊佛的刘勰绕过著《文心雕龙》时尊儒的刘勰。

② 周振甫：《文心雕龙辞典》，中华书局1996年版，第558页。

③ 参普慧《〈文心雕龙〉审美范畴的佛教语源》，见中国《文心雕龙》学会编《〈文心雕龙〉与21世纪文论研究国际学术研讨会论文集》，学苑出版社2009年版，第482—501页。

④ 参普慧《论刘勰及其〈文心雕龙〉的佛教神学思想》，载《文艺研究》2006年第10期。亦参普慧《南朝佛教与文学》，江苏人民出版社2019年版，第330—344页。

⑤ 郭绍虞：《中国文学批评史》（上册），商务印书馆2010年版，第249页。

人,但又"非不能为佛教"。这在哲学上奠定了一种可儒可佛的人格可能。

尽管儒、佛二家在各自具体的学理趣味与施用上相区别,不可齐一,但一旦触及"道通为一"的本体层面,却又未必不可往来,二者不定然扞格龃龉。刘勰的文学立场是宗孔崇儒的,但儒学背后潜藏出入佛家的精神渠道。故由《文心雕龙》的儒学立场到后来的燔鬓归佛,这一转变并不构成不可融贯的矛盾。

因此,《原道》将《易》经之道推到儒家之道一途,框限于儒家之道,原为明见无疑,但儒家在本体与"道心"等领域上跟道玄佛等的相通约性,又使《原道》不免进出于道玄佛,进而"在《文心雕龙》经学表述的背后",刘勰个人从玄学释典上所"容受思想之多元性以及他曾受到的那些丰富的文体资源的吸引和启发"①,均得以有意无意间连带参与到《原道》等相关篇章的思想构成之中,就像六朝时期流行的儒学品质那样——"(刘勰所处时期)儒学自然也不再是秦汉时期的原始儒学了,也可说纯儒已不复存在……只不过是兼容了佛道特别是玄学思想的儒学,或当称之为'六朝时期的儒学'"②。固然,《原道》篇为儒学之道所框限,但是,篇中的儒学已非纯粹的儒学,玄释之学借助内在涵通性的渠道,也糅合融汇到其中。继而在这儒踪玄影之间,产生《原道》究属何家之歧议,也就不难理解了。但是,这并不就代表《原道》篇中之"道"的总体旨归是模棱两可的,它依然明确落脚在由伏羲、尧舜、文王、周公、孔子所贯串下来的儒家道统,这想必也是《文心雕龙》全书被认为在行文上尽力不着释典的原因。

四、《灭惑论》析疑

刘勰在《文心雕龙》中不着释典,但在《灭惑论》里却明确为佛教之行于世辩护。这是否构成了另一种矛盾呢?下文将通过析读《灭惑论》,揭示对刘勰而言,儒、佛不但在"体"的层面上"道通为一",在"用"的层面上也是能够共容合作、相得益彰的。

《灭惑论》中,在刘勰看来,儒、佛二家之本体无二,然而孔、释之

---

① 陈引驰:《文学传统与中古道家佛教》,复旦大学出版社2015年版,第404页。
② 牟世金:《文心雕龙研究》,人民文学出版社1995年版,第40页。北方儒学仍较纯,但南方儒学融入了其他思想,刘勰身处南方,自难免染乎南方的儒风。参郭鹏《〈文心雕龙〉的文学理论和历史渊源》,齐鲁书社2004年版,第52-53页。

间的分殊之所以产生，是由于具体的施用不同，即"经典由权"的缘故。这种权变的根据在于"道"与"俗"有别，《灭惑论》里说："权教无方，不以道俗乖应"，"但感有精粗，故教分道俗"。盖人在心识觉解上有精、粗之别，所以用于多数的"感"之粗疏者，相应地有"教"之"俗"，用于少数的"感"之精细者，相应地有"教"之"道"。于是，虽然二家思想之根本，在同一道体妙本，然其"教"却变通、分化成"道"与"俗"二种，"神化变通，教体匪一；灵应感会，隐现无际"，"若缘在妙化，则菩萨弘其道；化在粗缘，则圣帝演其德"。

也就是说，作为"教"之"道"者，佛家的菩萨针对少数的"感"之精细者，相应地发挥道体的精妙施用，类乎庄子所说的"治身"，故触及"道之真"；而作为"教"之"俗"者，儒家的圣帝照顾了多数的"感"之粗疏者，相应地发挥道体的粗疏施用，类乎庄子所说的"帝王之功"。后者好比庄子所谓"道"之"绪余""土苴"，① 或者"糟粕"。② "六经典文，本在济俗为治；必求真性灵奥，岂得不以佛经为指南耶。"③（范泰、谢灵运语）而无论是菩萨还是圣帝，都是根据同一道法之体而面对具体不同的有感众生，在"修道"致用的教化设计上"由权""变通"的结果，因此，菩萨和圣帝的教化最终均是一体相通的（"化通"）。

在刘勰身处的南朝时期，《灭惑论》所持和同儒佛之立场实不鲜见。佛教来华以后，伴随佛教的广远传播及其与儒、道二家发生的思想冲突与磨合，④ 在张力中的三教合同观逐渐兴起流行，⑤ 以至于六朝儒学的品质也被称为不复纯粹。"儒与佛无疑是大异其旨的，但在刘勰所处的特定历

---

① 《庄子·让王篇》说："道之真以治身，其绪余以为国家，其土苴以治天下。由此观之，帝王之功，圣人之余事也。"参《庄子注疏》，〔西晋〕郭象注，〔唐〕成玄英疏，曹础基、黄兰发点校，中华书局 2011 年版，第 507 页。又葛洪《抱朴子·明本篇》谓："夫道者，内以治身，外以为国。"参〔东晋〕葛洪《抱朴子内篇校释》，王明校释，中华书局 1980 年版，第 168 页。

② 斫轮老手的寓言里把圣人经书比喻作"糟粕"，毕竟相比起圣人对道的内在心性体认，书诸经籍的文字已然经过转化，且记载的主要是关于王者之治道，作为道之"土苴"，自然便是糟粕。粗糙若糟粕、土苴、糠秕之物，都具类似的喻意。

③ 〔南朝梁〕慧皎：《高僧传》（上册），朱恒夫、王学钧、赵益注译，陕西人民出版社 2009 年版，第 389 页。

④ 参孙述圻《六朝思想史》，南京出版社 1992 年版，第 185 - 203、262 - 306 页。

⑤ 关于历来主张三教合同的三种不同理论形态（调和论、同体论及同归论），可参蔡振丰《方以智三教道一论的特色及体知意义》一文里的简要归纳。该文见邢益海编《冬炼三时传旧火——港台学人论方以智》，华夏出版社 2012 年版，第 374 - 380 页。

史条件下，人们可以把它们统一起来。当时虽也有人认为'泾渭孔释，清浊大悬'，但却相当普遍地存在着儒佛二教殊途同归的思想。"① 且佛来华后渐趋与敬王、五伦三纲等相谐应。《颜氏家训·归心》称：儒、释"内外两教，本为一体，渐极而异，深浅不同。内典初门，设五种禁；外典仁义礼智信，皆与之符"，"至如畋狩军旅，燕享刑罚，因民之性，不可卒除，就为之节，使不淫滥尔。归周、孔而背释宗，何其迷也！"②

刘勰的《灭惑论》则总结儒、释二家曰"其弥纶神化，陶铸众生，无异也"，也就是说，在同献功于教化天下生民之用的基础上，佛家并非必然构成对儒家的干扰，而是可以成为儒家政教的一种补充，二者能够奥俗相济，共建教化秩序。毕竟，若说"感"之"粗"者相当于占多数的下愚，那么，"感"之"精"者则尚可包括较少数的部分敏感的中人（他们与儒家一般意义的中人即君子贤人有所不同），这样的下愚与中人都有待安顿，都未出有待教而知之的"众生"范围。"儒、释二家都有教化之功，各以'道''德'陶铸群生，但释家'缘在妙化'，而儒家'化在粗缘'。所以，相比之下，佛道更为精妙。"③

事实上，《灭惑论》还暗藏了一个"上智"（即"上哲"）的视点："佛道之尊，标处三界，神教妙本，群至玄宗"，"彼皆照悟神理，而鉴烛人世，过驷马于格言，逝川伤于上哲"。张文勋通过对勘《文心雕龙》与《灭惑论》，发现《灭惑论》中的上述二处引文里，佛学意义上的"神教""神理"与《文心雕龙》中的"神理""神教""道心"诸说，不但语词上相雷同，而且精神内涵也相一致，均指涉同一"最高原理"。④ 这一

---

① 陆侃如、牟世金：《文心雕龙译注》引论，齐鲁书社1981年版，第18页。有关儒佛本同末异的观念遍见六朝人士，可参该著引论，第19页。
② 〔北齐〕颜之推：《颜氏家训译注》，庄辉明、章义和译注，上海古籍出版社1999年版，第241页。
③ 杨清之：《〈文心雕龙〉与六朝文化思潮》（修订本），齐鲁书社2014年版，第249页。
④ 参吴婉婷《精妙中显佛心——论张文勋先生对〈文心雕龙〉中"佛家之道"的研究》，见中国《文心雕龙》学会编《〈义心雕龙〉与21世纪文论研究国际学术研讨会论文集》，学苑出版社2009年版，第561页。亦参张文勋《儒道佛美学思想源流》，云南人民出版社2004年版，第358页。又《晋书·艺术传》论谶纬之术，佛家中人（如佛图澄、鸠摩罗什）亦归入该传，该传所载人物率多精于治《易》，而对整个谶术，该传则将之安置入儒家先王政教秩序之一端，其对"艺术"的定义为"先王以是决犹豫，定吉凶，审存亡，省祸福。……既兴利而除害，亦威众以立权，所谓神道设教"。参〔唐〕房玄龄《晋书》第九十五卷《艺术传序》，中华书局2000年版，第1647页。

"最高原理",无论是《文心雕龙》中圣人的"最高原理",还是《灭惑论》中所谓"神佛"的"最高原理",均唯属极少数的"上哲"所能及,自然不为中人以下者所通达。进而,如果说《灭惑论》里主张佛家和儒家共教众生(包括上述的中人及下愚),发挥的是同一道体的不同施用,那么,联系于"上哲"的"最高原理",就应是超越中人与下愚认知能力的道之本体本身(即"妙本""玄宗"),也必然超越《灭惑论》中面对众生的教化体系。而正由于所设的儒、佛两家均源自同一道法之体,故通达道体的"上智"或触及道体的部分敏感的中人,也便获得了通观儒佛、进退儒佛的内在通道。

然则"神理""神教"这样一些"最高原理"与教化致用的上述区别,又是否对刘勰区分对待"最高原理"与《文心雕龙》中关联圣王文教的淑世关怀产生影响?

五、圣王的天道和人道:《原道》篇的微言

《原道》篇的落脚点在文章的王化指向,"《原道篇》有一个极为显著的特点",那就是,"全篇总的精神是发挥、阐述《周易·贲卦·象辞》中'观乎天文以察时变,观乎人文以化成天下'这两句话的内容"。① 圣人以文章辅助王道的文治与文教,属于"人文化成天下"的治理教化事业。而王道也叫人道。汉儒陆贾《新语》说:"先圣……定人道,民始开悟,知有父子之亲,君臣之义,夫妇之别,长幼之序,于是百官立,王道乃生。"②

可是,子贡明明说过,夫子之文章可得而闻,夫子之性与天道不可得而闻。"文章,谓《诗》、《书》执礼"③(刘逢禄《论语述何》),寄托于经典文章的礼乐王道明白可闻,只是根据子贡的体会,夫子的"道"还包括对子贡一类人来说不可得而闻的"天道",看来圣人的"道"在至精微处,大概尚不易为外人所知。"人皆知夫子为圣,而不知夫子所以为圣;欲知夫子所以为圣……有非言语所能及也。故曰'知我者其天乎'。"(薛敬轩语)事实上,《原道》也对"道"做了一些耐人寻味的"区分",刘

---

① 蒋祖怡:《文心雕龙论丛》,上海古籍出版社 1985 年版,第 29 页。
② 王利器:《新语校注》,中华书局 1986 年版,第 9 页。
③ 〔清〕刘逢禄:《刘礼部集》第一卷,道光十年(1830)刘氏思误斋刊本,国家图书馆藏。

勰前后两言"道之文",以及伏羲与其他圣王在不同语境中的出场,有着不一样的意义。这是因为存在着不同的"道"吗?

《系辞下》说"《易》之为书也,广大悉备,有天道焉,有人道焉,有地道焉",《易》道所涵盖的不止人道。如上所述,《原道》之发挥和汲取《易》经显而易见,因而,《原道》所说的"道"也许也不止于人道。

《原道》开篇就说"文之为德也大矣"。"从《原道》总的基本思想来看,这个'德'就是'得道'的意思。刘勰这一句话的意思是说:文作为'道'的体现,其意义是很重大的,所以是和天地并生的,因为天地也是'道'的体现。"① 体现出天地之大美的天地之文与天地相并生,均为"道"的体现,以"道"为本体。《系辞》里称是"道"为"太极"——"太极生两仪"。天文(与天地并生之文)所体现的天道(天地之道)就是天地之本源,好比"六合之外",人文所反映的人道是经世致用的政教之道,好比"《春秋》经世先王之志",故孔子说"天道远,人道迩"。然而,是否凡人文必归属于人道?

> 人文之元,肇自太极。幽赞神明,《易》象惟先。疱牺画其始,仲尼翼其终,而乾坤两位,独制《文言》。言之文也,天地之心哉。(《原道》)

《易》象是最古老的人文,所以称"人文之元""《易》象惟先"。人文之源始肇于太极,且以"幽赞神明"为内容,即《系辞》所说"通神明之德"。从首四句的互文结构上看,"神明"与"太极"并论相通,就此,《易》象这种古老人文就成了主要谈论"太极"或"神明"等邈远天道的人文,而不是谈迩近人道的人文了。刘勰在《宗经》篇也突出了这一点——"《易》惟谈天",扬雄《法言·寡见》亦称"说天者莫辨乎《易》"②。

《原道》中伏羲实际上有两次出场。伏羲第一次出场时,前后文都在围绕天地万物大美的自然之文进行叙述,而伏羲则作为仰观天文、俯察地

---

① 张少康:《文心雕龙新探》,齐鲁书社1987年版,第24页。历来论"文之为德也大矣"之"德"义的主要观点总结,可参冯春田《文心雕龙释义》,山东教育出版社1986年版,第1-2页;罗宗强《读文心雕龙手记》,生活·读书·新知三联书店2007年版,第1-14页。
② 叶朗编:《中国历代美学文库》(秦汉卷),高等教育出版社2003年版,第301页。

理的圣人出现：

> 仰观吐曜，俯察含章，高卑定位，故两仪既生矣。惟人参之，性灵所钟，是谓三才。为五行之秀，实天地之心。心生而言立，言立而文明，自然之道也。(《原道》)

"心生而言立，言立而文明"，伏羲能以是心参透天地之文背后的天道神明，而其之所以"惟人参之"，就是因为人是有"性灵"的，但当然并不是任何人都能参透，而是唯独圣人才能发挥"心"所聚集之性灵与秀气，成为"天地之心"。故圣人又被称为"人之极"。

中经"有心之器，其无文欤"二句的过渡以后，行文也从天地万物的自然之美文过渡到"有心之器"的人文。人文序列正式开始展现，伏羲在这里迎来其第二次出场，即前文所引述的"人文之元"一语以下。也就是说，上述伏羲的第一次出场实质还是在关于人文的论述正式开始之前的。

联系上下文来看，伏羲的两次出场位于两个不同的文脉语境中：第一次出场的语境中，伏羲仅涉天道，不涉人道，人道成文的历史序列尚未展开；第二次出场的语境中，关于人道或王道人文序列的叙述正在展开，伏羲及其原始人文被纳入这一序列的开端之中，故伏羲及其原始文章虽涉天道，却已是在天人相涉的脉络中显现。亦即是说，伏羲第一次出场时，所制作的人文只涉天道，与谈人道的人文序列隔开，并未与之发生联系；而其二度出场时，所制之人文已跟伸展人道的王者之人文相连属，被置于一个"爰自风姓，暨于孔氏，玄圣创典，素王述训"的连续谱系中看待。陈思苓也发现了这一点，认为"两处所论的道截然不同"，并指出了范文澜《文心雕龙注》"将二者混而为一"之误。[①] 由是我们可以看到，与"两处所论的道截然不同"相平行，伏羲作为圣人在一处文脉中显得离乎人，而在另一处文脉中又近乎人；其所制作的独特人文，即《易》象八卦，也在一处文脉中是远乎人的，在另一处文脉中又是接乎人的，即与"化成天下"的人文系谱相沟通。可以推想，《原道》之所以要安排在不同的两处地方分别议论伏羲（及其文章），也许恰是暗示伏羲的两重面相，即一方

---

① 参陈思苓《文心雕龙臆论》，巴蜀书社1988年版，第12页。

面通乎天道而远乎人道,"圣人天然之姿,所以绝人远者也"①(桓谭《新论·启寤》);另一方面却又从天道逮乎人道,"继天而王",神理设教。两者的区别,就好比《庄子·天下篇》里圣王以上安顿于"天然之姿"的三层"天人""神人"和"至人"(他们"不离于宗""不离于精""不离于真"),跟关怀人间教化政序的圣王本身的区别一样。②圣王"以天为宗,以德为本,以道为门",故也是上达天道、神道一层的,但却没有选择成为"天人""神人"和"至人",而是选择了治理人间、神道设教一路:谭介甫引《庄子·天道篇》"静而圣,动而王"一语,指出《庄子·天下篇》"上列三层皆静而圣;圣人独兼圣王,由静而动,故曰兆于变化"③。刘勰《原道》虽然全篇终归于儒家圣王王道,但也还是在开篇处留了一层远人的天道。

"谈天"的圣人不尽同于建构"人道之文"的圣人,端由于天道本身区别于人道。毕竟,子贡说孔子发挥人道事业的"文章"可闻见,但孔子的"天道"不可闻见。孔子并不一概使人闻见自家学问,表明孔子把人道与天道、化成天下之人文与"谈天"之人文做了区别对待:"文章,谓《诗》、《书》执礼;性与天道,微言也,《易》、《春秋》备焉,难与中人以下言也。"④(刘逢禄《论语述何》)大概子贡仅及中人,孔子"语下"的人道文章可让子贡闻见,但"语上"的"谈天"之学,比如《易》道之深微,就未必展示给子贡闻见,因"难与中人以下言也","贤人的学问,便下圣人一等了"(吕泾野语)。

《易》经蕴含圣人谈天道的高深学问,刘勰自己也说,"《易》之《文》《系》,圣人之妙思也"(《丽辞》),《事类》篇说"经典沉深,载籍浩翰,实群言之奥区,而才思之神皋也",圣人经籍里所深藏的"奥区""神皋",首要包含在《易》之中,故云圣人对《易》"韦编三绝,固哲人之骊渊也"(《宗经》)。《夸饰》篇引《系辞》"形而上者谓之道"语,称

---

① 〔东汉〕桓谭:《新论》,上海人民出版社1977年版,第28页。
② 关于《庄子·天下篇》的解读,笔者除参看《庄子天下篇注疏四种》外,亦参考谭戒甫《〈庄子·天下篇〉校释》(见刘小枫、陈少明主编《政治生活的限度与满足》,华夏出版社2007年版),及刘小枫《共和与经纶》(生活·读书·新知三联书店2012年版)第十章"颠覆天下篇"。
③ 谭戒甫:《〈庄子·天下篇〉校释》,见刘小枫、陈少明主编《政治生活的限度与满足》,华夏出版社2007年版,第215页。
④ 〔清〕刘逢禄:《刘礼部集》第一卷,道光十年(1830)刘氏思误斋刊本,国家图书馆藏。

"神道难摹，精言不能追其极"：天道神明完全超越语言文辞，"《易》是个无形影底物"（朱熹语），故而，圣人说"言不尽意"，只能"立象以尽意"（《系辞》）。《原道》篇所追溯的最高古文章都只是"象"或"画"。

孔子将"性与天道"视为"微言"，自然要与"《诗》、《书》执礼"的显白"大义"区别对待。继承圣王王道教化关怀的刘勰，又是否在《文心雕龙》中如此划分开"微言"与"大义"？

六、《正纬》篇的藏天与务人

《正纬》一篇也涉及天道，且在区别天道和人道的问题上，《正纬》篇可与《原道》篇相互参照。刘勰"正纬"向来被看作是他"宗经"的必然伴随，因为谶纬之书"抗行经典"①，迷乱圣训，要宗经就必须批判谶纬。纬书据称假托孔子所作，《隋书·经籍志·经》的纬类序中引说者云"孔子既叙六经，以明天人之道，知后世不能稽同其意，故别立纬及谶，以遗来世"②，就是说纬是用来辅助经意的。纬依附于经，"纬"这种叫法本身就相对于"经"而言，取譬于织布时纬线搭配经线，"纬之成经，其犹织综"（《正纬》）。

此外，桓谭的《新论·启寤》称"谶出河图洛书"③，郑玄《诗·文王序疏》谓"河图洛书，皆天神言语，所以教告王者也"④，故纬谶本诸神理天道，这就是纬谶充满"天文"话语的缘故："就'天文'而言，谶纬在早期的'图纬'阶段，其本质即为'天文'，这一本质充分表现在谶纬篇名以及几乎无篇不有的'天文'话语中，'天文'正是谶纬思想本质意义上的主题"⑤，"纬隐，神教也"（《正纬》）。

谶纬的产生其来有自。《正纬》篇赞语云"荣河温洛，是孕图纬"，最早的图纬就是河图洛书了，故称河、洛为"群纬先河"（蒋清翎《纬学源流兴废考》）。《正纬》一开篇就端出了河图、洛书："夫神道阐幽，天命微显，马龙出而大《易》兴，神龟见而《洪范》耀。故《系辞》称：'河出图，洛出书，圣人则之。'斯之谓也。""河出图""洛出书"莫不是

---

① 刘永济：《文心雕龙校释：附征引文录》，中华书局2010年版，第9页。
② 〔唐〕魏征：《隋书》第三十二卷《经籍志·经》，中华书局2000年版，第637页。
③ 〔东汉〕桓谭：《新论》，上海人民出版社1977年版，第28页。
④ 叶朗编：《中国历代美学文库》（秦汉卷），高等教育出版社2003年版，第501页。
⑤ 殷善培：《谶纬思想研究》，花木兰文化出版社2008年版，第139页。

"神道""天命"显示自身。神道幽微而有所阐明,于是降生河、洛之书,因此河、洛之书载有神道之理,幽赞神明,圣人作文基于研究神理而创设王道政教,故圣人设教,必经研究河、洛之书,"研神理而设教,取象乎河洛,问数乎蓍龟"(《原道》),圣人经典在河、洛之书的基础上开始,故"马龙出而大《易》兴,神龟见而《洪范》耀"。郑玄云:"六艺者,图所生也。"①(《公羊序疏》)河、洛之书阐显天道神理,自天所遣,然而"世夐文隐,好生矫诞,真虽存矣,伪亦凭焉"(《正纬》):真正记载神道之书固然存在,但伪造的"矫诞"之作也凭托于此而产生。浮伪之士依附康王河图一类"秘宝"而构造伪作,以致"朱紫乱矣",真假混淆。

看来刘勰区分了两种纬,如斯波六郎的《文心雕龙札记》称:"彦和于本篇所言之纬,意义甚广,图、谶皆包括在内。彦和把这广义的纬分为真伪两部分。他相信《河图》、《洛书》、尧之《绿图》、文王《丹书》等天示圣人以祥瑞之物的存在,认为它们是真的纬书,而成于后世术士之手者,则被斥为伪的纬书。"②《正纬》开篇极似纬书家神化谶纬,但后面判纬书之伪起于哀平,又常见于攻纬书家。对谶纬的这种双重式的态度,或造成刘勰在反对谶纬上表现得"很不彻底",即显得他一方面在推尊谶纬,另一方面又在批判谶纬。③ 此种貌似矛盾的观点也在《原道》与《正纬》二篇的对照中反映出来:由于《原道》篇神化河图、洛书,与《正纬》篇支持张衡等人批判谶纬的立场不相一致,汪春泓就此辨识《原道》《正纬》二篇"存在龃龉","两相对照,在刘勰一人身上,似乎凿枘不合"。④ 但是,这大致尚可由刘勰对待谶纬的基本态度来解释:"意在去伪存真,固未尝肆言曲诋也。"⑤(张尔田《史微》内篇卷五《原纬》)然而《正纬》篇对待真纬本身的态度,却确然呈现某种耐人寻味的含混。首先,真纬是圣人创典之所本,跟圣人关系十分密切:

> 刘勰认为从远古伏羲以至孔子等历代圣人,都是有取于瑞圣之纬以成就伟大的人文事业,《易系辞》所谓"圣人则之"……《春秋元

---

① 叶朗编:《中国历代美学文库》(秦汉卷),高等教育出版社2003年版,第501页。
② 转见詹瑛《文心雕龙义证》(上册),上海古籍出版社1989年版,第94页。
③ 参张长青、张会恩《文心雕龙诠释》,湖南人民出版社1982年版,第34、35页。
④ 汪春泓:《文心雕龙的传播与影响》,学苑出版社2002年版,第426、427页。
⑤ 杨明照:《文心雕龙校注拾遗》附录《品评》,上海古籍出版社1982年版,第470页。

命包》佚文一则谓：天人同度，正法相授。天垂文象，人行其事，谓之教。教之为言效也。上为下效，道之始也。①

圣王典籍里的人文政教事业，始自取法天所垂授之"文象"（"有取于瑞圣之纬"），"以成就伟大的人文事业"。如能用这些原本的图箓，辅助理解经书的深意，自然是通情达理的做法，但刘勰似乎并不同意这种做法，他一边说这些图箓是"圣人则之"的，一边又显得有意疏离圣人经书与图箓的密切联系。他指出这些图箓的出现，不外乎天表其命而"事以瑞圣"而已，故只有象征性的形式意义，关键是"事"而不是"义"，实质上更"义非配经"，故依托原始图箓辅助经义的做法是误解了"昊天休命"的本意，为刘勰所不取。刘勰否定的不但是假纬，以真纬"配经"本身，他也是否定的，真纬在"义"上与经无涉，尽管刘勰前文承认"河出图，洛出书，圣人则之""研神理而设教，取象乎河洛，问数乎蓍龟"。刘勰似有意为图纬与经义的内在神圣关联脱魅，并不希望人们把注意力从经书转移到河图、洛书之上："经足训矣，纬何豫焉。"（《正纬》）

对于河洛，刘勰说是康王的"东序秘宝"，赞语也特意重提一遍——"神宝藏用，理隐文贵"，真纬被视为神器宝物藏起来使用，文中承载的神理被隐瞒着，不予公开，矜贵如此。"通七纬者为内学，通五经者为外学"②（朱彝尊《说纬》），古人以图纬之类为秘书内学，不能轻易传授，公开传授的都是外学。③ 在《正纬》"按经验纬"的四条论证中，第二条说道：

经显，圣训也；纬隐，神教也。圣训宜广，神教宜约。

经是圣人对外公开的明训，因而显白并宜广为人知，但纬关乎神理、神教本身，则应当保持隐微和稀少。传授神教都是藏着掖着，在内部隐秘进行的，它不适宜让太多人知道，余者"经足训矣"。难道这就是刘勰避开真纬的理由？毕竟纬与经包含的是两种不同的道理：一种是神理神道，是内

---

① 邓国光：《〈文心雕龙〉假纬立义初探》，见张少康编《文心雕龙研究》，湖北教育出版社2001年版，第230页。
② 〔清〕朱彝尊：《曝书亭全集》（第三册）第六十卷，中华书局2016年版，第9—10页。
③ 参詹瑛《文心雕龙义证》（上册），上海古籍出版社1989年版，第90、91页。

学，不应泛滥；而另一种是圣王训示，也就是王道（或人道），自应广而告之。正如清代刘咸炘阐说《正纬》篇所云："日用之理宜显，天人之际自幽，《礼》之与《易》，其大较也。"①

《原道》一篇深酌易理，涉及天道神教，故亦与纬书发生交通，"《原道》赞谓'天文斯观，民胥以效'，遣词立意，都与纬文'道之始'之教义吻合。'原道'的意蕴在纬书可得到更贴切的绎解"，根据整理，《原道》行文实"融汇如此丰富的纬文，是十分值得重视的现象"，其中，推原"人文"之祖到伏羲，又发天人交感交通之论，这些实悉具于纬书之中。② 甚至有学者认为，"刘勰精神深实潜藏着纬的特质"，"探明《文心雕龙》的纬学运用，显示刘勰文论所蕴强烈纬学色彩，于中国古代文论史上，可谓独树一帜"。③ 这侧面说明了刘勰与纬书关系密切。然则刘勰仍要明白地杜绝以纬配经，就更耐人寻味了。

纬谶的原本品质属于天道之学。天道宜约而不宜广为告之，隋志里说"其理幽昧，究极神道，先王恐其惑人，秘而不传"④，这是秘藏纬书的苦衷，所以素隐行怪，子所不述，怪力乱神，子所不语。然而，圣王自己当然是不为所骇的，"古圣皆有神怪实迹，圣与天通，人与鬼谋"，夫子不语怪力乱神、不言事鬼而言事人、不言知死而言知生，恰恰暗示其尚有一层"神怪"、通天谋鬼、知死之学。⑤ 刘勰甚至说"《易》惟谈天"，《易》是圣人经书中深谈天道或神理的一部，康有为称"《易》言鬼"⑥，子曰"《易》以神化"⑦（《史记·滑稽列传》），《宗经》也说圣人经书"效鬼神"。

最高的天道之学是极远人的学问，把河洛藏起来，大概就是考虑到天

---

① 〔南朝梁〕刘勰：《文心雕龙》，〔清〕黄叔琳辑注，〔清〕纪昀评，李详补注，刘咸炘阐说，戚良德辑校，上海古籍出版社2015年版，第23页。
② 参张峰屹《两汉经学与文学思想》，生活·读书·新知三联书店2014年版，第424－431页。
③ 参邓国光《〈文心雕龙〉假纬立义初探》，见张少康编《文心雕龙研究》，湖北教育出版社2001年版，第230、238－243页。亦参孙蓉蓉《〈文心雕龙〉中的"谶纬"考论》，见中国《文心雕龙》学会编《文心雕龙研究》（第九辑），河北大学出版社2010年版，第287－309页。
④ 〔唐〕魏征：《隋书》第三十二卷《经籍志·经》，中华书局2000年版，第637页。
⑤ 参廖平《知圣篇》，见《廖平学术论著选集》（一），巴蜀书社1989年版，第20页。
⑥ 康有为：《万木草堂口说》（外三种），中国人民大学出版社2010年版，第33页。
⑦ 〔汉〕司马迁：《史记》（第十册），〔南朝宋〕裴骃集解，〔唐〕司马贞索隐，〔唐〕张守节正义，中华书局2013年版，第3885页。

道远离人事,治理人事、教化众生需要王道或人道来安顿,而幽昧的天道学问却可能会把人心引向另一个方向,对王道事业造成偏离与迷乱。"原夫纬之起也,盖王者神道设教之一端也。……《易》曰:'河出图,洛出书,圣人则之。'盖包乎政教典章之所不逮矣"①(张尔田《史微》内篇卷五《原纬》),"包乎政教典章之所不逮",就是纬书纬理不宜推荐的原因。经书圣训之"宜广",端由于政教典章足以布王道而安天下众生,纬书纬理根本不需要介入。刘勰论文既然站在王政文教的立场,必也不提倡在宗经的同时又配以图纬,以免为纬书神道所干扰。

不过,对于圣王来说,神道恰恰是形上根源。《晋书·艺术传》描写图谶纬学之术:"先王以是决犹豫,定吉凶,审存亡,省祸福。……既兴利而除害,亦威众以立权,所谓神道设教。"② 王者或宜钻研图纬蕴藏的神道,"以是决犹豫,定吉凶,审存亡,省祸福",但除此之外的人如果也去钻研,就反倒可能得出"乖道谬典"(《正纬》)的诡说。张衡在《请禁绝图谶疏》中说:

> 臣闻圣人明审律历,以定吉凶,重之以卜筮,杂之以九宫,经天验道,本尽于此。或观星辰逆顺,寒燠所由,或察龟策之占,巫觋之言,其所因者,非一术也。立言于前,有征于后,故智者贵焉,谓之谶书。谶书始出,盖知之者寡。③

至于对伪托谶纬的构作,则曰:

> 殆必虚伪之徒,以要世取资……且律历、卦候、九宫、风角,数有征效,世莫肯学,而竞称不占之书。譬犹画工,恶图犬马而好作鬼魅,诚以实事难形,而虚伪不穷也。④

---

① 转见詹瑛《文心雕龙义证》(上册),上海古籍出版社1989年版,第112页。
② 〔唐〕房玄龄:《晋书》第九十五卷《艺术传序》,中华书局2000年版,第1647页。
③ 〔东汉〕张衡:《张衡诗文集校注》,张震泽校注,上海古籍出版社1986年版,第361-362页。
④ 〔东汉〕张衡:《张衡诗文集校注》,张震泽校注,上海古籍出版社1986年版,第361-362页。

原初的谶书"知之者寡",且知道的人只是极少数的"智者","智者"贵重谶书,以其为圣人"经天验道"之征。关键之处在于,张衡认为后来假纬的产生是那些"虚伪之徒"在作怪,他们不像"智者"那样敬畏谶书,而是对真的谶书"莫肯学",反而"竞称不占之书",伪托圣人而造假谶书,张衡将他们比喻作"恶图犬马而好作鬼魅"的画工。犬马有实形实相,要画得像很困难,但鬼魅没有人见过,画成怎样都可以。研学真谶书内学要费苦功,因为"数有征效",不得胡扯,但"虚伪之徒"没有极少数"智者"的毅力与才力,于是造假托伪,反正谶书都是圣人秘传,真假难凭。

问题出在谶书本不该让"智者"之外的人所知道,若落在一些"要世取资"的"虚伪之徒"手上则难逃"以鬼魅乱犬马"的厄运。故谶书确当纳入内学,"知之者寡"。"东汉诸儒,以纬为内学,钱竹汀、赵瓯北、王述庵皆考之甚详。然习之者众,不免有所附益"①(李越缦语),同理,"习之者众"正是开启假纬妄兴的关键。桓谭在上疏辟谶时就称:

> 凡人情忽于见事而贵于异闻。观先王之所记述,咸以仁义正道为本,非有奇怪虚诞之事。盖天道性命,圣人所难言也。自子贡以下,不得而闻。况后世浅儒,能通之乎?今诸巧慧小才伎数之人,增益图书,矫称谶记,以欺惑贪邪,诖误人主,焉可不抑远之哉。②

桓谭也区分王道与天道,并以王道经训为圣学正宗。而关于天道,圣人尚且"难言","后世浅儒"更无法通达,于是投机取巧,诱生虚矫伪作,以妄惑真。圣人迫使天道之学"自子贡以下,不得而闻",若闻者非人,便可能导致欺惑诖误横生,怪力乱神、"阴阳"、"灾异"一类异端邪说蜂起,"乖道谬典",结果非但经书圣训的地位必遭动摇,原本的秘宝神理也将陷入淆乱,"神理更繁"(《正纬》),伪造的神理无比繁多,不免"朱紫乱矣"。姜忠奎《纬史论微》第四卷追究战国乱代引发"方士滋多"的原因时,认为是传承真纬学的"贤者"青黄不接、不贤之人传乱了"真旨"而开启了迷乱。

---

① 转见詹瑛《文心雕龙义证》(上册),上海古籍出版社1989年版,第91页。
② 刘汝霖:《汉晋学术编年》(上卷),华东师范大学出版社2010年版,第276页。

《正纬》篇所指摘的"伎数之士",大概也就是桓谭说的"巧慧小才伎数之人"。刘勰称他们"附以诡术,或说阴阳,或序灾异,若鸟鸣似语,虫叶成字","今经正纬奇,倍摘千里,其伪一也"。《晋书·艺术传》形容谶纬之术"诡托近于妖妄,迂诞难可根源,法术纷以多端,变态谅非一绪,真虽存矣,伪亦凭焉。圣人不语怪力乱神,良有以也"①,并在"赞"曰"怪力乱神,诡时惑世。崇尚弗已,必致流弊"②。圣人一方面有神理之学,另一方面其所警惕的"怪力乱神"又往往凭此而生,这种双重性恰恰对应于《正纬》的既尊纬又禁纬。刘勰采取保守审慎的态度,决然杜绝习纬风气,非但驳斥被证伪的假纬,更堵塞住人们对纬学本身的触碰,甚至声明真纬不外乎"事以瑞圣",无关经义,不能"配经",使习纬的合法依据和理由不再成立,于是经书的权威可不受公开的纬学扰乱。同时,他认可保留真纬为秘宝内学,并主张"神教宜约"。刘勰终究是以守经书圣训为依归,对幽深的神教天道之学主张加以隐藏。

　　所以,刘勰在《文心雕龙》里终究是把天道一层收了起来,《原道》篇原及至道,但最终却落足在圣王的人道或王道上,"谈天"的伏羲氏最后也一律归入圣王的队列,与诸圣王看齐。"天道难闻,犹或钻仰;文章可见,胡宁勿思。"(《征圣》)圣人身后的天道难以闻见,犹有个别人愿意去钻研;然则承载圣人王道教化的文章事业明白可见,更应该得到重视与追思。

---

① 〔唐〕房玄龄:《晋书》第九十五卷《艺术传序》,中华书局2000年版,第1647页。
② 〔唐〕房玄龄:《晋书》第九十五卷《艺术传赞》,中华书局2000年版,第1671页。

镕铸君子与文人作家

——刘勰《宗经》《体性》篇的心性教育

《征圣》《宗经》两篇从属于《文心雕龙》的"文之枢纽",篇名所谓"征""宗"均意指以之为师证、为宗法,"征圣""宗经"便是说写作文章应以圣王为师证、以圣王的经书为宗范。显然,此二篇都以学习、效仿和接受教育为主题。笔者暂且撇开《征圣》,独围绕《宗经》进行探析,在此章,读者将了解到刘勰陶甄文人的教育形式是以心性的教育为重心,其针对的是对文人作家文心上的指导。

在明清时期,文坛可谓再掀一波"文学自觉"的新高峰,人们更加频繁地谈论文章学理论和写作技艺,这主要是由于唐代古文运动的遗产和宋明清时期以经义文章、八股文取士的科举制度、清代出现的骈体文复兴等,推动了文学意识的盛昌。①

《文心雕龙》作为一部历史久远的文论著述,在明清时期亦吸引了较多关注,根据杨明照《文心雕龙校注》附录的查证,在《文心雕龙》接受史上,引用过《文心雕龙》的书籍在元代仅两家两种,而到了明代便骤

---

① 参龚鹏程《六经皆文》,台湾学生书局2008年版,第20-25、78-83页。

增至19家23种。① 在"文学自觉"新高峰的时代精神波及下,这一时期对《文心雕龙》高发的兴趣,着眼点主要落在其文术创作论部分,基本都是将《文心雕龙》当作纯文章学著述来看待,甚至是对书中行文本身的文采感兴趣。

对理学道学禁锢人心之流弊的反感影响了明代学人,明人在文论上自然疏离传统载道观,提出主情、倡自家灵心灵性等的纯文学学说。其中,李贽的"童心"说在一定程度上受益于前人杨慎的主"情"说,而杨慎批点《文心雕龙》所阐发的文论观点,主要就是其主"情"论。这连带导致杨慎的"龙学"批评明显呈现向文术创作论诸篇的倾斜,对"枢纽"论以及探讨文章体式规范的文体论部分,则着墨甚少。杨慎是明清《文心雕龙》研究的肇端者,对其后的《文心雕龙》批评影响深广,明人曹学佺、钟惺、梅庆生,清人王士禛、黄叔琳等,纷纷受其沾益,以至于形成以《文心雕龙》文术创作论为主的研究集团,在梅庆生《文心雕龙音注》本里面由谢兆申收集整理的名单中可见一斑,该名单所列首位便是杨慎。② 此名单或许有虚张声势之嫌,不过,杨慎之后《文心雕龙》学侧重于文术创作论却是主流趋势。

谢兆申所列名单有意壮大明代主"情"的性灵派思潮,其内网罗杨慎、曹学佺、徐渤、钟惺、梅庆生等人,杨慎发挥《文心雕龙》里的"情",曹学佺发挥《文心雕龙》里的"风"("风"与杨慎之"情"颇近),钟惺的评点发挥《文心雕龙》的"隐秀",各家趣尚虽各有出入,但都专从《文心雕龙》创作论中获取理论养分,相应地对"宗经"等说则避重就轻。曹学佺为梅庆生《文心雕龙音注》所作《文心雕龙序》里,关注眼光俨然集中于"下廿五篇",其评注即使提到《原道》《征圣》,仍视为文论家式的"原道""征圣",以为"其《原道》以心,即运思于神也""其《征圣》于情,即《体性》于习也"③,无不还原到文术论里去,至于《原道》《征圣》的尊道义涵则被有意忽略。

名单中的曹学佺和钟惺,其文学主张可谓替清代王士禛的神韵说发其先声。王士禛倡导"神韵"论,在借《文心雕龙》抒发自己的文学主张

---

① 参杨明照《文心雕龙校注拾遗》附录《采摭》,上海古籍出版社1982年版,第471 - 540页。
② 参汪春泓《文心雕龙的传播与影响》,学苑出版社2002年版,第242页。
③ 黄霖编著:《文心雕龙汇评》,上海古籍出版社2005年版,第15、18页。

时,亦极着意于创作论,对"枢纽"论和文体论则甚为轻视。作为古典意境论代表的竟陵派钟惺和神韵派王士祯,他们均从《文心雕龙》创作论(尤其是《隐秀》篇)中找到声张自己诗学趣味的文论支持,今人如张少康在梳理中国古代的意境论源流时,也注意到《隐秀》篇的意义。王士祯私淑曹学佺甚笃,文学思想在曹学佺处深有渊源。① 曹学佺被归入明代性灵派或主"情"派,钟惺亦然,可见王士祯神韵论跟性灵派之主"情"、主兴会论,难分难解。然而,对于明末性灵论潮流,明人王惟俭颇为警惕,因戒惧于性灵论引向情性浇薄淫秽、无所依傍的末流积弊,王惟俭也撰《文心雕龙训故》,强调"宗经"尊道的思想,训故重点向"枢纽"论和文体论回转。清人钱谦益继承王惟俭,也借《文心雕龙》研究倡导"宗经"载道的文论,反击晚明以降主"情"论引出的轻浮邪僻之病。② 于是,与晚明性灵派"龙学"和清代王士祯凸显创作论相迥异,王惟俭和钱谦益有意突出"枢纽"论和文体论的重要性。钱谦益此人深具儒家士大夫的淑世情怀,推崇宗经、"反经",发诸诗学文论,亦乞灵于儒家经教,务为载理。性灵派、神韵派等纯文学派与钱谦益的宗经派,即使在文学主张上针锋相对,却都能从《文心雕龙》中得到理论上的支援与滋养,可见《文心雕龙》的涵容性极为深广,在对性灵或"情"的态度上,《文心雕龙》想必也是兼顾正反,非执于一端的。

实际上,钱谦益虽侧重"宗经"尊道,但也不抛弃诗文创作的抒情与意境构建,其拈出刘勰"衔华佩实"一语,既由文章学意义上解,也由经典务道精神作为文章根底上解。③ 但曹学佺、王士祯的"衔华佩实",则纯由文章学解。④ 今人牟世金在其《文心雕龙研究》里认为,"宗经"论无关儒家的"宗经"而只涉文章家的"宗经",以及其余诸如将《文心雕龙》定性为文章学或"文学美学"论著等现代人的观念,看来并不新鲜,

---

① 参汪春泓《文心雕龙的传播和影响》,学苑出版社2002年版,第319-323页。
② 参汪春泓《文心雕龙的传播和影响》,学苑出版社2002年版,第305-309页。
③ 参汪春泓《文心雕龙的传播和影响》,学苑出版社2002年版,第314页。
④ 王士祯《带经堂诗话》第三卷《夏诀类》:"夫诗之道,有根柢焉,有兴会焉,二者率不可得兼。镜中之象,水中之月,相中之色;羚羊挂角,无迹可求,此兴会也。本之风雅,以导其源;溯之楚骚、汉魏乐府诗,以达其流;博之九经、三史、诸子以穷其变;此根柢也。根柢源于学问,兴会发于性情,于斯二者兼之,又干以风骨,润以丹青,谐以金石,故能衔华佩实,大放厥词,自名一家。"见叶朗编《中国历代美学文库》(清代卷中),高等教育出版社2003年版,第125页。

在明清性灵、神韵等纯文学派的"龙学"立场中已具端倪。明清时期，文人群体对经书（包括经传子史）的文学性批评，纷纷以经书为文学创作的典范圭臬，在这意义上的"宗经"尤以宗《诗经》为突出。这类"宗经"论多出现在文人的诗话文话里。这种文章家视角的"宗经"也往往借推尊经典申述自家文论诗论主张。① 然而，《文心雕龙》原文中的"宗经"与此类诗话文话里的"宗经"是一样的吗？刘勰诉诸整个儒家正统文明背景落实"宗经"，在言辞气质上跟文人墨家的诗话文话很难相比附。

性灵派或主"情"派的主张远继陆机的"缘情"说、曹丕的"文气"说而来，后者正值六朝"文学自觉"风潮首起之时，文人个体文心的自觉意识愈益突出，"缘情"说的提出恰以此为基础。刘勰面对这种主"情"新风尚，既主张按辔于"征圣""宗经"，又自觉助推了新文学风尚的前进，故特撰《体性》《风骨》《情采》诸篇，为文人作家时代的个体文心立论。也许要将创作论跟"枢纽"论斟酌合观，刘勰对性灵或"情"的看法才能得到整全的显现。

一、文人时代的作者个体心性

《文心雕龙》在行文中多处突出"文心"，"文心"是刘勰文论的基始所系，他取"文心"命名自己的著述，"'文心雕龙'者，以文心总文章之谓也。……'以心总文'，是《文心雕龙》最根本的战略主张"②。既然文章为文心所总领，刘勰文学立论的主旨最终也必指向"文心"而发。《序志》篇谓"文心之作也，本乎道，师乎圣，体乎经，酌乎纬，变乎骚"，显然整个"文之枢纽"乃紧靠"文心"运转。

《原道》篇推原文章之祖，即圣王的文章，落在"文心"上便指示圣王的"文心"。圣人以心体入大道，故为通乎"道心"，而"原道心以敷章"的说法，意味着圣王道心实质也是其文章中的文心，刘勰似有意要把圣人道心向文章意义上的文心转引。《原道》篇树立文道合一的楷模就包括文心与圣王道心的合一，但完全的合一唯独圣人本人可做到，所以君子——文人们只能师从圣王之文心或道心。《原道》篇之后是《征圣》篇，而《征圣》篇的旨要则在于"师乎圣"，"盖征圣之作，以明道之人为证也，

---

① 参龚鹏程《六经皆文》，学生书局2008年版，第288-292页。
② 刘业超：《文心雕龙通论》，人民出版社2012年版，第300页。

重在心"①，以圣人为师证，重点还是落到"心"上，是在心性认信上择以圣人的心性为师证。

然而，以师圣作为对文人作家的心性教育指针，实是针对"文艺自觉"后形成的文人时代。文人时代以"文苑"独立于"儒林"、文人与儒者分途为标志，其基本特征之一就是基于独立个体心志的自主创作，不必固守述经、传经的藩篱，表现为集部著作之夥。

曹丕《典论·论文》的经典命题"文以气为主"，标志着文人及其文章的独立体性观念始生，此后对作家们进行才性、风格上的品评成为文论的重要主题。《文心雕龙》的《体性》《风骨》二篇素被看作刘勰阐发的风格论，"龙学"前辈早已论述精详，二篇都基于作家"气"论而发，只是前者侧重"气"在于作家者，后者侧重"气"形于文章者，究其源，莫不为作者个人的内在心志。风格论固然是"文艺自觉"后文论上的一个重要成果，它以文人作者的个体性观念为前提，"作者的个性决定着他的风格。由于作者的气质不同，个性各异，因而风格也就表现为多种多样"②，可见文人个体心性的生成属"文艺自觉"开启的一个基本"自觉"。文人的个体心性抒发直接衍成萧纲"文章且须放荡"（《诫当阳公大心书》）的主张，故有颜之推批评文人"每尝思之，原其所积，文章之体，标举兴会，发引性灵，使人矜伐……自吟自赏，不觉更有傍人"③（《颜氏家训·文章》）。陆机"缘情说"（《文赋》）也是在文人个体心性观念的背景下发挥出来的，以致对传统"文以载道"的文学观构成强烈动摇——"标志着文章摆脱了经学……的束缚，而注重于抒发个人的情性"④；纪昀批判"缘情"派诗文，也责其"发乎情而不必其止乎礼义"⑤（纪昀《云林诗钞序》）。而且，文人作家群体内"多种多样"的个性、风格，必然趋向于在圣人经典之外展现文章不同的"气"象，甚至形成《体性》篇所谓"笔区云谲，文苑波诡"的景观——文坛不免堕入了波诡

---

① 刘永济：《文心雕龙校释：附征引文录》，中华书局2010年版，第5页。
② 陆侃如、牟世金：《文心雕龙译注》引论，齐鲁书社1981年版，第70页。
③ 〔北齐〕颜之推：《颜氏家训译注》，庄辉明、章义和译注，上海古籍出版社1999年版，第160页。
④ 蒋祖怡：《文心雕龙论丛》，上海古籍出版社1985年版，第142－149页。
⑤ 王运熙、顾易生主编，王镇远、邬国平选编：《清代文论选》（下），人民文学出版社1999年版，第537页。

云谲的局面，圣人文章的神圣性权威必然受到干扰乃至削弱，紧接着，对文学本身亦在传统文论之外形成文论家自己独立的见解，各家"不述先哲之诰"（《序志》）的文论就相继而起。刘勰阐扬师圣、宗经，显然要把文人的独立个体心性重新纳入以经典道术为规范的传统文学观之中，以重树圣人立言的神圣性权威。

"在刘勰以前漫长的历史进程中，人们对写作属性的认识，曾经是十分神秘的……人们通常都把'文'置于'圣人立言'的神圣范畴。"①《原道》篇致力于恢复这种神秘神圣的"圣人立言"作者观，圣人作为作者"来自另一个未知的神秘力量。这种力量有时直接显现，有时借着人来显现。直接显示时人们谓之为'天神''帝'；而被它所挑中并赋予使命的人，在中国就叫'圣王'"②，《原道》篇说的神理所尸、《正纬》篇说的天命阐幽都延续了这种神秘神圣的作者观。圣王是体道者，圣王的文章尊为"道之文"，因而，"在典籍记载中，能'作'者通常为帝王或圣哲，至少也要是贤臣之类的人物"③，故刘勰《征圣》开篇即称"作者曰圣"，《中庸》谓"非天子不议礼，不制度，不考文"④，王充《论衡·书解》谓"圣人作其经，贤者造其传，述作者之意，采圣人之志"⑤，则"作"专归圣王，文章之事崇高非凡，平庸之辈不可能占有"作"者地位。《文心雕龙》开卷便站在古人"典籍记载"的立场上将作文的最高权威置回圣王，无疑与当时占主流的作者观念形成冲突。

　　神圣性作者观从战国末期逐渐式微之后，经汉代新的发展，而竟转变成所有权作者观获得普遍认可的局面。在此情况下，作者的神圣性降低了。著作固然仍是一件崇高伟大的事，却不必然只有圣人才能从事，不必只有天才始能创作。每个有志者似乎都可以撰写作品，以使自己名垂久远。这就是作者的世俗化。也就是"文人"这一流品之

---

① 刘业超：《文心雕龙通论》，人民出版社2012年版，第300页。
② 赖欣阳：《"作者"观念之探索与建构——以〈文心雕龙〉为中心的研究》，台湾学生书局2007年版，第120－121页。
③ 赖欣阳：《"作者"观念之探索与建构——以〈文心雕龙〉为中心的研究》，台湾学生书局2007年版，第125页。
④〔南宋〕朱熹：《四书章句集注》，徐德明校点，上海古籍出版社2001年版，第42页。
⑤ 黄晖：《论衡校释：附刘盼遂集解》（下册），中华书局2017年版，第1345页。

所以出现于汉朝的原因。①

圣人在文章上的神圣权威遭受瓦解，作文的权力下降为不必是圣贤的人也能去占有的权利，从神圣化到世俗化，无异于传统作者品质的高尚性与严肃性在降低。就在这一背景下，"文人"这一流品得以产生，言下之意是，文人之所以能抒发自家的个体心性进行写作，首赖圣人作者观式微，继而对圣人权威的精神认信亦走向衰退。人们逐渐认识到，原来在文章之事上不必只有尊奉圣王的文心，即便是下于圣王的人，也能在写作上拥有自己的文心。

事实上，心性的观念本身大概也经历了类似的从神圣到世俗的降格，意思是说，过去独谈圣人心性，后来却是圣人以下的人都自觉有自己的主体心性。比如刘勰使用的"体性"一词，"'体性'一词出现很早"，开始却都用在圣人身上，《商子·错法》云"圣人之存体性，不可以赐人"，《庄子·天地》云"体性抱神，以游世俗之间"，等等，"其中'体性'是谓天性"，② 这里的天性是指圣人的高迈性命。天道与性命，孔子所不言，就是因其属于圣人最高超的道体。"体性"概念看来也经过了世俗化转换，在《体性》篇里已不再使用在圣人身上，而就用在"文人"这一流品上。除"体性"外，"文气论"的"气"及"文人"概念本身，也经历过类似的转降，后者正平行于从神圣作者观到世俗作者观的转降过程。单以"文人"为例，该词的义涵就存在古今变异与降格，古之"文人"概念仅用在圣王身上：

> 《诗》、《书》以及古代青铜器铭文中经常出现"文人"一词，不过，如此意义上的"文人"不是如今我们所理解的文人，而是指称像"后稷""文王"这样的先公先王，只有拥有巨大政绩的王，才能当得起"文"这个称号。③

然而，从作为"圣王"的古之"文人"到作为一种"流品"的文苑

---

① 龚鹏程：《汉代思潮》，商务印书馆2005年版，第78页。
② 涂光社：《文心十论》，春风文艺出版社1986年版，第131页。
③ 吴小峰：《文不在兹乎——〈庄子·天下〉中的"旧法世传之史"与"六经"》，载《古典研究》2012年夏季卷，第64页。

词林里的今之"文人"的转换,其情形如龚鹏程所说,是基于某种"世俗化"和"式微"。

最典型的情况应表现于"我"或"吾"这一类主词概念的转降迁变。"我""吾"的主词代表精神主体性之自觉,在圣人圣王的时代,这种主词"只有圣人、圣君方敢当其称"①,跟圣人圣王关系专为直切,但在六朝文人的群体中,文学创作自述其情志、自舒其胸臆,正是基于对"我""吾"之心的明确自觉与表达,② 其文学心性自觉的发生显然离不开从圣到俗的转降背景。

可见,从神圣作者到世俗作者的下降,也同时伴随一些相关概念的意义及精神格调上的下降。龚鹏程的《汉代思潮》里通过解释汉代的"气""情"概念,揭明其时已有个性主体观(尤体现在"情"上),③ 这为六朝文人作家的个性主体观做了铺垫。龚鹏程总结汉代主流的心性观:"依天地气化以言性,由性而论气类交感,能感者性,感物而动者情,于是……性也逐渐只成为一感性主体而已。"④ 本来天人之间以气相交通,"依天地气化以言性",是属于圣人高迈的心性功夫,就此而论,圣人有天之性,无人之情,然而"性也逐渐只成为一感性主体而已",却意味着在"性"的释义上,圣人式的"性"为普通意义上的"情""性"概念所混淆甚至遮蔽,圣人的"性"之概念屈服于世俗之人的"情""性"之概念,乘此种下降,世俗个体的"感性主体"含义逐渐取代了原初圣人式的心性含义。反映在"文心"上的变迁,便是文人时代强烈的个体心性意识取代原初圣人作者式的心性含义,"圣人式的作者转而为实际生活中可触及的人",这首先来自圣人式的"性"转为实际中人的"情""性","往一般生活中的人过渡……人有想象、有欲望、有各种不同的情感,这些都不尽合于儒经中所描述的圣人"⑤,从"圣人式作者"向"有想象、有欲

---

① 尹振环:《帛书老子与老子术》,转引自刘小枫《圣人的虚静》,见《拣尽寒枝》,华夏出版社 2013 年版,第 220 页。
② 此种自觉与表达从现代新文学时代始更为凸显:"在'五四'以来的新文学作品中,'我'从来都是文学的主体。"参刘淑玲《丰富而又丰富的痛苦》,见穆旦《穆旦精选集》序言,北京燕山出版社 2006 年版,第 4 页。
③ 参龚鹏程《汉代思潮》,商务印书馆 2005 年版,第 10-37 页。
④ 龚鹏程:《汉代思潮》,商务印书馆 2005 年版,第 19 页。
⑤ 赖欣阳:《"作者"观念之探索与建构——以〈文心雕龙〉为中心的研究》,台湾学生书局 2007 年版,第 198 页。

望、有各种不同的情感"的实际的人降格,这是因为心性含义本身发生了从从属圣人到从属世俗的降格,于是文人时代的世俗作家便逐渐自觉拥有了自己的心性表达。

二、圣王作者观降解的发生

不过,神圣性作者观走向式微,并非在文人时代才开始。要追踪上述转降的发生原因,就必须追溯传统圣王的破落史。"作"之权力本专属圣王,如为非圣王之人所占夺,则首先表示"作"之权力出现下坠,这就必与王政衰微的历史相伴,如据《左传》所载,诸侯始僭取周王对诗乐的专用权,王官严格定制的诗章亦为人按自己意志使用,清劳孝舆的《春秋诗话》谓"古人所作,今人可援为己诗;彼人之诗,此人可庚为自作",这都是正统王政礼乐典制被打破的标志。① 王政破落的一个重大历史后果,就是诸子并作,而从圣王的"作"到诸子的"作",恰好可以梳理出作者神圣性降解的踪迹。龚鹏程称下降"从战国末期"开始,亦出于此考虑。

在诸子前,"未尝有著述之事也,官师守其典章,史臣录其取载。文字之道,百官以之治,而万民以之察,而其用已备矣。故圣王书同文以平天下,未有不用之于政教典章,而以文字为一人之著述焉"②。圣王"书同文"的"作"并未具后世"著述之事"的含义,因圣王文章之"作"仅资政教典章的王政之用,未有"以成一家之言"的"著述",孔子"作"六艺亦不外存续先王旧典,也是未尝"著述",跟诸子文士"自为书,家存一说者"③不可并论,故又自辩"述而不作"。诸子文士才开始"以成一家之言"的"作",后世文人著作实际与之一脉相连,"后世专门子术之书绝而文集繁"④,后世文人的文集著作正接续诸子之书的著作而来,就此而论,诸子著作可以说是后世文人著作的先声,为后来文人时代的绵延做了准备:"诸子兴于战国,文集盛于二汉,至家家有制,人人有

---

① 参周春健《"赋诗"源流小考》,见《经史散论》,万卷楼2012年版,第73-74页。
② 章学诚:《文史通义》,李春伶校点,辽宁教育出版社1998年版,第17页。在将文人作家的起源溯至诸子上,章学诚与刘勰的渊源相当深,钱基博和刘永济两位先生都观察到这一点。
③ 章学诚:《文史通义》,李春伶校点,辽宁教育出版社1998年版,第162页。
④ 章学诚:《文史通义》,李春伶校点,辽宁教育出版社1998年版,第19页。

集。"①（萧绎《金楼子·立言上》）

在心性形成上，诸子大体也为后世文人做了准备。诸子继圣王政治的衰败而兴起，"迨其衰也，典章散而诸子以术鸣，故专门治术，皆为《官礼》之变也。情志荡而处士以横议，故百家驰说，皆为声诗之变也"②，此中"情志荡"到底是什么意思？刘勰在《诸子》篇说诸子"述道言治，枝条五经"，对应上"专门治术，皆为《官礼》之变"的说法，意思是圣王典章支离裂散，圣王王政道术都分散到诸子各家的著作中，诸子皆偏专于道术之一隅而自鸣。伴随王政道术的分裂，原本表达在声诗之中的圣王之"志"亦走向分散，"情志荡""典章散"构成互文，可证"荡""散"义近，谓支离散落，纷乱丛生。《诸子》开篇明确界定诸子著作为"入道见志之书"，意指诸子著作不仅各取道术之一端（"入道"），也以此各自表达一己之心志（"见志"），传统圣王立言的权威已随王政的衰落而衰落，从而先王声诗在"言志"上的专有权威也走向瓦解，往下散落，诸子也能相继通过自己的著述而言表自己的"志"，相继有自己的"见志"之"作"。这就是《庄子·天下篇》"天下之人各为其所欲焉，自以为方"的局面。"夫自六国以前，去圣未远，故能越世高谈，自开户牖"（《诸子》），"去圣未远"表明诸子犹能得圣王道术之一偏一隅，故其"越世高谈"无不关乎治政（"述道言治，枝条五经"），其"自开户牖"便是分割、分取圣王"立言""言志"之权力权位，而各各自成一家之"立言""见志"。从出离圣王"典章""情志"中"荡""散"而生，以致汇杂成战国"纵横之诡俗"（《时序》）。

"言志"从圣王向其下的诸子各家分散，意味着诸子"见志"之杂然代替了先圣王"言志"之统一，"志"已不只有先王声诗所裁定的"志"。诸子之"见志"著作以始具自己之心志为前提，往后终与文人时代的作家自主心性接通。据此，文人作家心性的生成正从诸子文士心性的演变开端。

刘勰在《文心雕龙》的"枢纽"五篇中，分别以"纬"和"骚"隐喻文的新变。其中《正纬》篇批判了谶纬的伪造，而谶纬的伪造本身就意

---

① 叶朗编：《中国历代美学文库》（魏晋南北朝卷下），高等教育出版社2003年版，第384页。

② 章学诚：《文史通义》，李春伶校点，辽宁教育出版社1998年版，第18页。

味着"图谶可以各以自造作"、可以逞私意而"私改谶记",① 荀悦形容纬书家"以己杂仲尼乎、以仲尼杂己乎",表示个体之"己"心已形成,并贯彻在纬书的造作中。纬书家之"以己杂仲尼乎、以仲尼杂己乎"尚且刻意模糊了"己"的存在,这似乎表明仲尼或圣人的传统权威仍在,纬书家尚不至于敢率"己"心以立辞,"己"意只能借托仲尼或圣人之"立言"权威来表达,可以说是以"准孔圣身位"来再造经书,故杂而难分。② 而屈骚之兴,所推崇的是直接"抒中情""吟咏情性",更"自铸伟辞"(《辨骚》),已经不再需要假借圣人的名义了。由此,在"枢纽"论之中的经—纬—骚演化结构里,纬处于经和骚的中介环节。

　　刘勰视屈骚为圣人文章到后世文人文章转捩的代表("变乎骚"),《辨骚》所处理的文章"骚"变问题"标志经典著述转变为个体文章著述的意义"③,文章个体色彩的产生,背后涉及"制作者之心境、存在意识的改变"④,屈骚"强烈的个体意识,亦是经典所无、却广泛见诸后世文章的特点。……楚骚以下,作者却无不跃然纸上"⑤。屈骚"杂于战国"(《辨骚》),深染战国时风,其"强烈的个体意识""作者跃然纸上"的特点,实已具于战国诸子著作中。如无上述"作"之嬗变,屈骚及后世文章自我作古、"自铸伟辞"(《辨骚》)之盛是不可能的,从这点来看,嬗变值得肯定;但诸子毕竟开"去圣"之端,"战国为文章之盛,而衰端亦已兆于战国"⑥,文章与圣王王道分离,即文道二分,就自战国始。

　　圣人到诸子的转变,就是圣人立言权威降解的开始,其背后乃联系着从王政到战国的政治衰变。以师圣在心性上对文人作家进行矫正,重建对圣王立言权威的心性认信,也就归属于对传统王政文业的重振。但刘勰一方面承认文人时代作者个体心性的客观存在,另一方面却把诸个体心性导向以单一的圣人心性为师证,这彼此之间的矛盾该如何克服?

---

① 殷善培:《谶纬思想研究》,花木兰文化出版社2008年版,第40页。
② 参刘小枫《纬书与左派儒教士》,见《儒教与民族国家》,华夏出版社2007年版,第47－49、62－65页。
③ 简良如:《〈文心雕龙〉之作为思想体系》,中国社会科学出版社2011年版,第82－83页。
④ 简良如:《〈文心雕龙〉之作为思想体系》,中国社会科学出版社2011年版,第78页。
⑤ 简良如:《〈文心雕龙〉研究——个体智术之人文图象》,台湾大学出版中心2008年版,第358页。
⑥ 章学诚:《文史通义》,李春伶校点,辽宁教育出版社1998年版,第18页。

三、文人个体文心在经典精神中融构为君子—文人的个体文心

《宗经》篇一开始诠释经书在"道源"意义上的本源，称其"象天地，效鬼神"，是说经书本诸恒常的天道神明，故为"恒久之至道"，而称其"参物序，制人纪"，是说经书承载圣王王道，制定政序，教化伦理，故为"不刊之鸿教"。该篇接着又诠释经书在"史源"意义上的本源，说经书是由夫子对前代圣王文献加以删述、提炼而成的。因经书包含圣人宏阔大道、天人之理，于是该篇紧接着描述五经的各种恢宏，盛赞其为"根柢盘深"的无尽藏，并衍出后世所有文章类型，因此后人写作也当宗范经书。继而，刘勰列举"能宗经"之文的"六义"之"体"（即情深不诡、风清不杂、事信不诞、义直不回、体约不芜、文丽不淫），在此，"体"字才在《宗经》篇里出现。

此"体"字与刘勰教育文人"体乎经"之"体"有何联系？何为"体"？"体乎经"是"体"，认可文人的个体"体性"，也是"体"，两个"体"是否存在关联？或许，这关系到文人个体文章中的特殊"体性"与引导文人"体乎经"如何相结合的问题。"刘勰……所面对的早已是无可化约、无可穷尽的众多个体了。在这样'才性异区'的对象面前，如何能够以圣贤明哲为典范？如何联系各人不同之创作与袭陈已久的经典间的关系？更重要地，如何在提出这些主张时不违个体之现实？"① 这关乎"圣贤明哲"针对"文心"的心性教育如何在文人时代开展的问题。

《宗经》篇在"文能宗经"前，解释了"宗经"之义——"禀经以制式"。《定势》篇呼应"禀经制式"的说法，谓"模经为式者，自入典雅之懿"。宗经或模式经典的文章自入典雅，既然"文能宗经，体有六义"，则"六义"之"体"亦不出"典雅之懿"："《定势》所言典雅之懿，懿美的实在意义，具见《宗经》六义。"② 也就是说，宗经"六义"之"体"的根柢，端可收拢于雅或典雅之上。恰巧，《体性》篇中也有"镕式经诰"一语，与"禀经制式""模经为式"对应，而"镕式经诰"一语恰也是在描述八体之首的"典雅"时所说：

---

① 简良如：《〈文心雕龙〉之作为思想体系》，中国社会科学出版社2011年版，第27页。
② 邓国光：《〈文心雕龙〉文理研究》，上海古籍出版社2012年版，第167页。

典雅者，镕式经诰，方轨儒门者也。（《体性》）

据《体性》一篇的风格论主旨来看，此处"典雅"之"体"重在还原文章体格背后的心性之源。文章的典雅之体，是文章的一种体貌风格，背后离不开作者自身相应的心性类型，故云"吐纳英华，莫非情性"（《体性》），而有论者更注重"禀经制式""模经为式""镕式经诰"指模范经典的文章体制的看法，但是，《附会》篇有云"夫才童学文，宜正体制，必以情志为神明，事义为骨髓，辞采为肌肤，宫商为声气"，可见文章体制的基本框架仍然以情志或情性为主干。《镕裁》篇"设情以位体"、《定势》篇"因情立体"，都跟情志或情性作为文章体制之神明、玄宰有关，是先有情之动，"为情而造文"（《情采》），而后才有树立并依傍文章体位的问题提出。

故而，"禀经制式""模经为式""镕式经诰"即便是指模范经典文章的体制、体式之意，也离不开情志或情性层面上与经典文章的"神明"发生联系之意。

照这理解，《体性》篇"镕式经诰"的说法，也当回溯到培养作者自身心性的一种方式上来看待，毕竟，有如是心性，方有文章的如是典雅体格。故宗经才成为"体乎经"：既是模经而为文章体式，更是体化经典精神而涵养文心心性。由是"镕式经诰"便指文心之熔铸经典精神。这两个过程不是分开的，就是说，只有伴随模拟和玩味经典文章雅正体式的经验过程，作者个体的文心习性才有可能与经典的雅体体质和气息以及其"神明"相融，才真正称得上"镕铸经典之范"（《风骨》）：与经典雅体熔化为一体，才能把自家文体与经典文体镕铸为一，造出典雅之体。"经典是模范，需要用镕铸的硬功夫，以自己的生命彻底消化圣贤书辞。"① 正如晚清的《文心雕龙》研究家刘咸炘在对《体性》篇的阐说中指出的那样："'摹体定习'，以前人已成之体，正己之情性也。"②

"体乎经"相当于《风骨》篇所称潘勖之"思摹经典"，又如东汉王符《潜夫论·赞学》所说"圣人以其心来造经典，后人以经典往合圣

---

① 对《风骨》篇"镕铸经典之范，翔集子史之术"一语的释义，参邓国光《〈文心雕龙〉文理研究》，上海古籍出版社2012年版，第169页。
② 〔南朝梁〕刘勰：《文心雕龙》，〔清〕黄叔琳辑注，〔清〕纪昀评，李详补注，刘咸炘阐说，戚良德辑校，上海古籍出版社2015年版，第180页。

心"，以心"思"入、"往合"经典，汲取、涵摄经典之"思"、之"心"，即其内在精神，以心体心，这样的心性形诸文章才能呈现经典一般的雅体。

《体性》篇里面说"才有庸俊，气有刚柔，学有浅深，习有雅郑，并情性所铄，陶染所凝"，下文回应"习有雅郑"时说，"体式雅郑，鲜有反其习"，这意味着由于文人后天的学习会产生锻造情性或心性的效果，因而也会对文章的体貌具有决定性影响。倘若文章体式为"典雅"，则由"禀经制式"之所习来，其所习即是习经。在此值得留意的是，连后天习经所取得的效果，也被刘勰包括进文人文心之内在构成的一部分，亦即将习得的部分与先天的才性、血气"并"融为"情性所铄，陶染所凝"的成果，表明后天的习经对文人才性血气的形塑、陶染而所铄造、凝定的情性部分，也都被视为文人文心或心性的内在部分。所以，刘勰在后文谈及文人个体的"成心"时，也相应地把"习"之所得纳入"成心"的范围内：

> 辞理庸俊，莫能翻其才；风趣刚柔，宁或改其气；事义浅深，未闻乖其学；体式雅郑，鲜有反其习。各师成心，其异如面。

这说明习经所陶染回来的，都已一并化入内在文心之中，成为个体"成心"稳固的一部分，以至莫可翻移。可见，文人之文心或"成心"的构成结构中，也可含括其在经典精神之中融构而来的雅的成就。于是，文人时代的作家各师个体"成心"之时，便不致会与师征圣王文心有矛盾，因圣王经典精神已通过"习"而陶染化入作家"成心"之内，各师自己"其异如面"的"成心"完全可以同时就是在"师乎圣"和"体乎经"。①故刘勰对文人心性教育的重心，端在于这种后天塑构"成心"的"习"之上。

《体性》篇末以为对文人作文来说，"才有天资，学慎始习。斫梓染丝，功在初化，器成彩定，难可翻移。故童子雕琢，必先雅制"，便相当

---

① 参简良如《〈文心雕龙〉之作为思想体系》，中国社会科学出版社 2011 年版，第 262 – 263 页。韩愈曾自述其如何摆脱骈文之习、镕铸古人文章的长期磨炼经历，透过涵泳古人之文，韩愈亦追求内在地将自身文心与古人风神融通。

强调"习"之功。"童子雕琢,必先雅制"二句,说的就是学习写作典雅的文章,就是要求研习经典文章的雅制,"学习具有高雅风格的经典著作,是形成健康风格的根本修养",这是"从根本来着手"。① 但是,文章的健康雅正风格或体格的修养,离不开人的心性或情性品质本身的健康尚雅的习性修养。而"始习"关系到对文人"成心"的"初化",起到这种心性修养之功,取典"斫梓染丝",即取雕琢、陶染性灵之意,在"学习具有高雅风格的经典著作"过程中接受经典精神或神明之"化",就好比接受圣王"陶铸性情"之功(《征圣》)。因此,《宗经》篇开头说圣王的文章为"性灵镕匠","埏乎性情",故能"开学养正",意谓学习者通过模经、禀经可使自己的初心习性得到陶埏、冶养。

然则强调"始习"和"初化",就是看重文人个体心性形塑的根柢基石,其心性底蕴必须用雅质贞正来固本,故《体性》篇用"根"和"环中"作喻。文人作家天生的性分各有所取,抒发成文章,刘勰在《体性》篇中总结了八种不同的风格("八体"),但倘若能一概在"根"上受经典精神之镕铸所"定习",则可达至"八体虽殊,会通合数,得其环中"(《体性》)的目标,这汇合的"环中",便是由初习经典而来的雅。由此,就算根据一己性分而在作文时爱好辞藻奇丽,也能写出《宗经》篇所谓"六义"之"体"中的"文丽而不淫"的丽雅文章来。刘勰对文人心性教育的关键,就是以模经、禀经的初习来引导他们各自的主体性分,习和性成了教育的两个基本落足点,故《体性》篇总结称"摹体以定习,因性以练才,文之司南"。由"学慎始习"而要求"童子雕琢,必先雅制",而"必先雅制"意味着作文须以宗式圣王经书那样的雅制为先,先去临摹"镕式经诰"的典雅之制,以从"根"上或"环中"率先铸定文人作家个体"成心"的底蕴。这样,纵然文章创作"各师成心",也能不出典雅范围。

"必先雅制"明示典雅之体的优先性。之前说过,典雅之体仰赖于"镕式经诰,方轨儒门":"镕式经诰"亦即"镕铸经典",而"儒门"一词表示典雅之体与儒门教诲有着密切关联,儒门门内的修身教育恰好要求亲炙先圣经籍、"镕铸经典",带出的门生是君子儒,"方轨儒门"的说法表示以君子儒生的教养为规范。以此,典雅文体作为"镕式经诰、方轨儒

---

① 詹瑛:《文心雕龙义证》(中册),上海古籍出版社1989年版,第1036页。

门"的体现,就被引向了文人作家锻造君子儒式的性情类型的问题,也就是说,将"雕琢"作文也纳入培养君子儒式的性情类型的修身养性中。作文与修养就这样发生了直接联系。惟是,我们才能理解《宗经》篇为何会在陈述完宗经酌雅的"六体"之后,就引入了孔门四教中的文教问题:"文以行立,行以文传,四教所先,符采相济。"

"四教所先,符采相济"在这里的意义,既有儒门之下君子本身文教修身、文质彬彬的意义,又兼向文人作文的修养意义方向转换。于是,所谓"童子雕琢,必先雅制",必先"镕式经诰",便既有君子修身于雅的身文教养意义,又有文章学讲习染积学、雅俗相宜的文学意义。进而,不论是典雅之体,还是文章宗经所形成的"六义"之"体",都与君子修养身心体性的教化背景分不开。反过来看,君子也完全可以从自身教养出发,从事文人从事的文章写作活动,即使移情到藻饰音韵、奇丽华采的美文编织上,也同样能不违背"六义"之"体"或雅体为本的文学品质要求。

文人由圣王雅制事先奠定其君子儒式的底蕴,那么文人作文即便缘情而发,只抒发一己之情性,仍然能同时合乎经义、不致"放荡"。因此,"情"是可以包含"义"的,"明情者总义以包体"(《章句》),从而《文心雕龙》"在这种意义上所提出的'情者文之经'的主张和'文以明道'的主张并不相悖"①。"文以明道"的主张就是以文章承载王道淑世关怀的文教主张,儒家"诗言志"传统中的"志"就是心系王政文教"明道"关怀的君子之志,因而"情"与经义的结合意味着"'为情造文'的说法和'述志为本'的说法也不矛盾"②,意味着文学"缘情"也未必不"止乎礼义",即"诗缘情"与"诗言志"的传统得以结合。为此,刘勰不惜把新生的抒情文学潮流下的"缘情"观念也引入《诗经》,如他说"昔诗人什篇,为情而造文"(《情采》),"昔诗人什篇"本是传统"诗言志"之诗,而今又成了"为情而造文"的"缘情"之作。诗人尽管"缘情"而"造文",但仍不必失却风雅之旨。

将"诗人什篇"往言情方向解释,是将《诗》作诗解,龚鹏程认为,这当然不是要《诗》"去经化",而是要从《诗》出发来贞正诗,调教诗中表达的艳情令其不致淫佚:

---

① 王元化:《文心雕龙创作论》,上海古籍出版社1979年版,第171-173页。
② 王元化:《文心雕龙创作论》,上海古籍出版社1979年版,第171-173页。

但经学家往往忽略了他们（按：文学解《诗》派）如此解诗的用心，把艳情推溯于《诗》，或以后世民歌艳曲、男女艳情去揣想诗旨，其实代表着对《诗经》中某些诗篇性质的一种认定。而这种认定，也并非要把《诗》淫佚化，朝艳情方向去解释，而仍是要就艳情予以贞定之的。亦即将艳情传统纳入《诗》的流变中，然后告诉人应怎样写艳情，才能如《诗》那般乐而不淫、哀而不伤、得其中声、温柔敦厚……此类解诗法，大多数其实正是操守着温柔敦厚的诗教精神，而且借著解《诗》来发挥其批判、贞定整个诗歌传统的功能。①

把《诗》引向"缘情"之作，不是要"把《诗》淫佚化"，也不是要把本来"缘情"之诗"经训化"，诗的艳情仍可自然抒发，但一位操守温柔敦厚的诗教精神的君子书写艳情，跟一个摆脱传统诗教雅正精神的纯文人书写艳情相比，两者表达的艳情肯定很不一样。刘勰希望将诗教精神与书写艳情相结合。后世盛于宋代的词更是书写艳情之作，但清代词论大家朱彝尊认为"昔之通儒巨公"也可写词，从这类艳词里仍可读出"假闺房儿女子之言，通之于离骚、变雅之义"②（《陈纬云红盐词序》），故朱彝尊虽讲艳词，亦主以"醇雅"；③另一位清代词论大家张惠言所编《词选》里选录的词，在他眼中均不外君子失其志，借书写艳情来抒发其"贤人君子幽约怨悱不能自言之情"④（《词选序》）之作。照此，心怀志向的君子也完全可以去写文人写的艳词。

四、结语

文人时代抒发主体情性的作文风气，极易引出"立身之道，与文章异。立身先须谨重，文章且须放荡"（萧纲《诫当阳公大心书》）的主张，将作者的个体文心从圣王的经典道德精神的影响中解脱出来。"立身之道"本诸圣人教诲，持以君子修身之要求，故须"谨重"，但文章之事，却被

---

① 龚鹏程：《六经皆文》，台湾学生书局2008年版，第182–183页。
② 〔清〕朱彝尊：《曝书亭全集》（第二册）第四十卷，中华书局2016年版，第2页。
③ 朱彝尊词学倡导"雅""醇雅"，并通过编词选，申张他的词学美学观念。参〔清〕朱彝尊、〔清〕汪森编：《词综》，上海古籍出版社2014年版。
④ 王运熙、顾易生主编，王镇远、邬国平选编：《清代文论选》（下），人民文学出版社1999年版，第678页。

认为与修身无关,要与修身剥离开来,也就是要与经典的教养、习养要求剥离开来,异于立身,故不必"谨重"而"且须放荡"。个体文心观念的突出遂导致攘斥圣王文心,摈落六艺。可是,刘勰坚持把文章还原到立身事业之内,《宗经》篇就将文章写作追溯到"文以行立,行以文传,四教所先,符采相济"的文教传统中。四教本是孔门教育君子的四个项目,其中,文占其首,而刘勰仍将文章置于培养君子身文的教育范畴之内来理解:所谓"符采相济",也就相当于君子之文质彬彬。且谓"迈德树声,莫不师圣,而建言修辞,鲜克宗经","迈德树声"就是修身之事,"建言修辞"就是作文之事,修身尚且懂得遵照圣王教导,为何作文却不懂得向圣王的文章师法?这四句话很明显是以君子或潜在的君子为召唤对象的,因为只有君子才会追求修身立德和立言,而从修身立德上的师圣进一步推出修辞作文上的宗经,两者是有内在联系,而非相互割裂的,正如《序志》篇所说的"君子处世,树德建言","树德"(对应"迈德树声")和"建言"(对应"建言修辞")并列为君子处世修身的要求,犹如文和行或文和质的相互关系。刘勰的意思好比说,为文不外乎是君子"建言"的延伸,也应以君子的标准来要求,因此照样需要师圣、宗经,照样应"谨重"而不可"放荡"。这一切和刘勰《程器》篇中"有懿文德"的文德观是相一致的。"有懿文德"语本《易·小畜》象辞"君子以懿文德"。文德概念的提出,表示刘勰以君子为文士的楷则,要求将文采与文德相统一。

本来,君子并不是一个文学身位,而是一个政教身位,这在《程器》篇里可以看得很清楚。君子的政教心志在于辅佐圣王政序,所谓树德建言,莫不外乎圣王的德教文治对君子阶层的文德要求。然而,为回应文学之自觉,刘勰延伸君子修身建言的文德政教意义而转出文学的意义,融构君子与文人,但君子—文人的文心仍必首先以辅佐圣王"以人文化成天下"的文业为务。所以,《程器》篇重视文章的经世致用。换句话说,延伸意义上的文人尽管拥有个体"文心"与"智术"(《序志》),但仍应在心性上首先接受或认信圣王以雅正为关怀的文治和文德观("必先雅制"),而一旦没有高迈的精神占领着,文章的精神品位就容易流入衰败。"圣人不作,雅郑谁分"(裴子野语),然则文章向郑卫之声的方向衰变,即"楚艳汉侈,流弊不还"(《宗经》),就是因为"圣人不作",圣王的精神统治丢失了,也就是《序志》篇所说的"去圣久远"。

"或曰：恶睹乎圣而折诸？曰：在则人，亡则书，其统一也。"①（扬雄《法言·吾子》）经书是"有王气"之书，宗经就是要在经书里寻回离去的王者，让王者来恢复、摆正整个文学的精神格局，以使"正末归本"（《宗经》）。刘勰的宗经对矫正六朝时文讹滥之病，诚然是具有积极作用的，不过，刘勰真正的目标大概不仅是矫正文人文风而已，而是比这更为高远：他设法在文人时代里，仍然维续传统圣王政教文明的关怀。

---

① 叶朗编：《中国历代美学文库》（秦汉卷），高等教育出版社2003年版，第295—296页。

以圣王文心为师

——刘勰《征圣》篇里的"文心"形塑

《序志》篇尝总论"近代文人"们"饰羽尚画,文绣鞶帨"的文病起因,说是"去圣久远"所致:"去圣久远,文体解散;辞人爱奇,言贵浮诡,饰羽尚画,文绣鞶帨,离本弥甚,将遂讹滥。"这似乎是说辞人们之所以离开圣王文章的大本,以致追讹逐滥,原因端在于人们在时间和空间上离开圣王的时代已十分长久和邈远,致使人们疏离了圣王的文章,淡忘了圣王文章里的教诲。然而,在年世上远离圣王就必定会导致与圣王文章的疏远吗?刘勰本人也在世代上"去圣久远",为何他就不会因此而与圣王经典的大本相隔离,反而能在圣王"百龄影徂"之后从圣文中识得圣王千载而在的文心?实际上,"辞人爱奇,言贵浮诡",说的正是近世辞人们在内心取向上发生了变化。"爱(愛)"字从心,"爱奇"是心性上追尚奇诡,也就是说,辞人"言贵浮诡,饰羽尚画"更直接是辞人心性——或说"文心"——专以末作文巧为贵。因此,真正的"去圣久远"与其说是在年世上"去圣久远",毋宁说是在心性上"去圣久远",在心性上背离了圣心,以至于辞人们对圣王经典的心性认信中断。《定势》篇里说"自近代辞人,率好诡巧,原其为体,讹势所变,厌黩旧式,故穿凿取新",这里说的"好诡巧"及"厌旧式",均是指"近代辞人"在心性上的或文心上的选择,由是,端正或重塑"近代"文风,关键就在于端正"近代辞人"的文心,扭转他们在心性选择上的取向,使之重新向圣王的心性精神靠拢。刘勰要重振儒家传统的王道文学观,以纠正近代讹滥的文章风气,便必须落足在对文人文心的调教上。《征圣》"重在心",便是重在心性上的师圣。

本文通过细读《征圣》篇,揭明刘勰发挥师圣教育的两个基本项:一是确立圣人作文在政教性方面对文人心性的塑造和陶甄;二是从文章学的方向上转化圣人作文的传统面相,使圣人经典得以在文术论上为近世文人作家们的写作张目。刘勰希望在延续传统文教方面,以及因"文艺自觉"时代回应文章学潮流方面,都重新确立圣人及其经典的典范性地位,并矫正由"去圣久远"所引致的一系列问题。

一、圣文的政教性意义:君子心性是陶铸文人心性的底色

《征圣》篇"以人为主,故曰征圣"①,开篇便举以人:"作者曰圣,述者曰明。"《原道》篇说"道沿圣以垂文,圣因文以明道",《原道》篇侧重推原文之道体,《征圣》篇侧重体道之人对文之造作,《宗经》篇则侧重所造作之文章本身,三篇有别,显然可见。故《征圣》进以人、"重在心",讲述圣人如何造作文章,也即如何运使其高迈之文心,可供训教文人作者文心之用。"这属于圣人的特殊作者论是其价值观念的核心,也是刘勰在评论一般作者及作品的终极依据"②,因此此篇既然重在分析圣人的文心,那么必也包含以圣人作文之用心与运思为终极依据的评论观念,以圣人对作文之用心与运思为终极的准范,从而确认了"师乎圣"的文心指向。

果然,开篇用两句话推出圣人以后,刘勰继而明示圣人在心性教导上有特殊之"功":"陶铸性情,功在上哲。"《原道》篇也讲过"雕琢情性"与"晓生民之耳目"的话,但按理说来,"上哲"更注重"陶铸""雕琢"的本应不是所有生民的情性,而主要是"中人"们的情性,毕竟"上哲"自己也亲口讲过,"唯上智与下愚不移","下愚"和"上智"一

---

① 詹锳:《文心雕龙义证》(上册),上海古籍出版社1989年版,第33页。
② 赖欣阳:《"作者"观念之探索与建构——以〈文心雕龙〉为中心的研究》,台湾学生书局2007年版,第198页。

样,心性都难以移改,言下之意,只有"中人"的心性有"移"的可能。圣人无非是以礼乐仁义铸人性情,而《庄子·天下篇》和《中庸》告知我们,能以仁义礼乐为执守、修持之道的人就是君子,君子便属于中人品级。扬雄《法言·学行》谓,"或曰:人可铸与?曰:孔子铸颜渊矣。"① 孔子陶铸颜渊就相当于上哲陶铸中人,以孔子可铸颜渊为例说明人之可铸,意味着对于"上哲""陶铸性情"的功业来说,可铸之人起码是颜渊一类的中人,将中人陶铸为君子,就是圣人述作文章的功德所在。

《征圣》篇是否也支持圣人对中人性情的陶铸,这个问题关系到刘勰到底希望谁该以圣人为师证。《征圣》篇说道:"夫子文章,可得而闻,则圣人之情,见乎文辞矣。""夫子文章,可得而闻"一语,使人联想到子贡的话,夫子对子贡一类中人隐瞒了天道之学,而只把承载人道或王道的文章让子贡们得以闻见,很明显,中人不该授以天学,但却是"夫子文章"的读者,因而此处刘勰所说的话也当针对中人而说。下文继续说"先王声教,布在方册;夫子风采,溢于格言",前二句语出《中庸》"文武之政,布在方策",说的是先圣王的文章里包含了他的治政教化;后二句是在说《论语》,《论语》里的内容主要是夫子的学生所记述的夫子的言传身教,也属圣人的教育。不过,先圣王的治政教化和夫子的言传身教所针对的对象并不相同:文武圣王实施的教化并非仅影响中人,文武之政的范围更应该包举海内生民,而夫子言传身教的学生大致上都属于中人。毕竟《论语》里触目可见的"格言"多来自贤人弟子的记述,是夫子向贤人弟子的施教。

不过,《征圣》篇行文至此已三遍提起圣人自己的"性情"。"圣人之情,见乎文辞矣",是说圣人的文章里能体现圣人之情,按照文脉来看,下文接着举出两例以照应"圣人之情,见乎文辞"的事实。"先王声教,布在方册","夫子风采,溢于格言",不仅《论语》内所记述的夫子的格言警句里能透露出圣人的风神,文武圣王布列方册的政教文章也可以察见圣王性情。问题是,圣人文章能见出圣人自己之性情,这与圣人文章的"陶铸性情"之"功"有什么关系?

既然《征圣》篇重在揭明从心性上以圣人的心性为师,那么圣人文章的教化之功大抵也就通过心性上的影响来化导。《文心雕龙》极言"文

---

① 李守奎、洪玉琴:《扬子法言译注》,黑龙江人民出版社2003年版,第5页。

心",视文心为文章总领,《征圣》篇赞语最后说"百龄影徂,千载心在",说的是圣人虽已远逝,但他的文章留了下来,因之圣人的"文心"也通过文章而一直存活。显然,《征圣》篇强调的是圣人在他的文章中传递其文心,继而圣人文章发挥功用就依赖于圣人文心的彰悟与启发,使读者自身的心性蒙受感召与涵化,达到性情被陶铸、雕琢的效果。王符《潜夫论·赞学》里头说得最为发人深省:

> 圣人以其心来造经典,后人以经典往合圣心也,故修经之贤,德近于圣矣。①

透过经典与圣人相往合,以蒙受圣人对自身心性的陶铸,意味着通过依靠彼此的用心,即圣人既以心来造经典,后人定当以心去接洽,如此,经典中的圣人文心就自然发挥出对后人读者的心性本身进行陶铸、化导、感兴的功用。可见,圣人文章的"陶铸性情"之"功"就是借助心对心的方式施行影响的。这种用心去师受圣人之心的人,被称为"修经之贤",而这类贤人则堪当"德近于圣"了。按此说法,能在心性上容受圣人之心的化导的人,恐怕在德性水准上就已逼近圣人了。在心性水平上离圣人或上哲最近的是君子或中人,换言之,容受此种"往合圣心"的教育之功,正是针对潜在的君子或中人而论,所以,刘勰要求在心性上以圣人为师受的人,便只可能是中人。刘勰的文论针对的是文人作家,也就是针对那些有能力写文章的中人们,以使他们在文心上"师乎圣"。

接下来,《征圣》篇以一个"是以"总括了三个"贵文之征"。"贵文之征"的"征"字呼应了"征圣"的"征",无异于说此三种"贵文"均属圣人的态度,且紧接在"圣人之情,见乎文辞"的说法之后,本已表明它们当属于圣人文辞里表露出的圣人情态。

> 是以远称唐世,则焕乎为盛;近褒周代,则郁哉可从。此政化贵文之征也。郑伯入陈,以文辞为功;宋置折俎,以多文举礼。此事迹贵文之征也。褒美子产,则云:"言以足志,文以足言。"泛论君子,则云:"情欲信,辞欲巧。"此修身贵文之征也。(《征圣》)

---

① 〔东汉〕王符:《潜夫论》,马世年译注,中华书局2018年版,第17页。

此所举列的例子莫不从圣人的相关言论或经籍里取出，属于圣人文辞，故能表现"圣人之情"。圣人心里重视文章，主要体现在三方面：第一是在治政教化上重视文章，因为圣王以文教来承担政治德化的事业；第二是在政治事功上重视文章的作用，贤臣以善用文章来发挥政治才干；第三是在修身上重视文章，视文章为身文，贤人君子修身便必然重视文章。①

《征圣》篇三处"贵文"说里，"政化"强调政治文教，"事迹"强调政治事功，"修身"事关政治人物的才德。"修身贵文之征"里提到了"子产"和"君子"。郑国子产在"事迹贵文之征"里的"郑伯入陈，以文辞为功"就已被提及，子产是立政治功绩的政治人物，而"君子"与子产并提，《论语·公冶长》亦记载孔子曾称子产为君子、"有君子之道"，按此"君子"自也指政治人士。《程器》篇说"君子藏器，待时而动，发挥事业"，所谓"发挥事业"，系指国家治政事业，因而后文还说"摛文必在纬军国"，说的也是君子。"修身贵文"意指身文，《明诗》篇也提到"身文"："春秋观志，讽诵旧章，酬酢以为宾荣，吐纳而成身文。"以"身文"为朝聘会盟等政治场合中的引诗赋诗，明示"身文"的政治义涵。由此，《征圣》篇举以子产、君子为贵视"身文"的例证，则君子之"身"也当是政治性之"身"。通过"身文"可以"观志"，此"志"必也是关乎政治方面的"志"，②《左传》里记载的"春秋观志"甚至还包括能察断该人的政治才德，是以"修身贵文"也成了在修持政治性的内在才德、才干方面视文为贵。

追溯先圣人对文章的重视方式，也就是还原文章最古老、最本源的意义。三处"贵文之征"皆紧扣政治性的界定，说明圣人对文章的重视也是政治性的，文章不可能脱离其政治义涵。如果圣人同时也是王者，那么这种政治性重视也就不难理解，圣人对待文章也就必然从王者政治的立场出发。随之，"征圣"就必然包括追随圣人对文章的这种政治性理解。

"是以"一词所涵盖的文字就到"修身贵文之征也"为止，此后刘勰

---

① 有关三处"贵文之征"所涉典故的详细讲述，可参邓国光《〈文心雕龙〉文理研究》，上海古籍出版社2012年版，第124－134页；缪俊杰《文心雕龙美学》，文化艺术出版社1987年版，第69－72页。对勘刘向《说苑·善说》，实不出上述三种"贵文"范围。

② 关于"志"字的政治义涵考辨，可参朱自清《诗言志辨》，广西师范大学出版社2004年版，第1－38页。又参邓国光《〈文心雕龙〉文理研究》，上海古籍出版社2012年版，第130－133页。

用"然则"一词承接，往下做出一个推论和总结：

> 然则志足而言文，情信而辞巧，乃含章之玉牒，秉文之金科矣。

这是关于文章之金科玉律的总结，指出"含章""秉文"的最高准则就是"志足而言文，情信而辞巧"。刘勰直接引申了"修身贵文之征"中用于称述君子的"言以足志，文以足言"和"情欲信，辞欲巧"，提炼出作文的圭臬。依据文脉，篇中这一位置是一处过渡，即由君子修身之文过渡到文人作家的文学之文，下文紧接着讨论的正是关于"四术""八例"的文章创作论问题。"含章""秉文"，在这里原是谈论君子的身文，但同时也已指涉文学意义上的文章。君子身文与文人作文之间的含混重叠与过渡，表示刘勰由君子之身文暧昧而迅速地转换到文人之作文，他把"含章""秉文"的文章之事，嫁接到志足言文、情信辞巧的君子身文之事上，让前者从后者中引出，言下之意仿佛要将文人隶属于君子。自君子身文的志足言文、情信辞巧衍化出"含章""秉文"的文人作文技艺，也就是自君子修身之身文转化出文章学的意义。这使得文人之"秉文"被君子之身文所涵摄了。

志足言文、情信辞巧，本都在君子的修身范围，依据君子的身文修养来定义文章的金科玉律，折射出刘勰对作文的态度紧紧依附于对君子的态度，为文本源上应是君子的为文，这无异于对文章作者提出了教育的要求：文人写作文章必须以君子修养身文的要求来要求自己，文章也应当志足而言文、情信而辞巧，即符合丽词雅义、衔华佩实的善美标准，情志和文采都要协和相配，相得益彰。这与萧纲"立身之道，与文章异，立身先须谨重，文章且须放荡"的说法简直针锋相对。

但奇怪的是，该金科玉牒的总结，固然是直接化用"修身贵文之征"里"褒美子产，则云：'言以足志，文以足言。'泛论君子，则云：'情欲信，辞欲巧。'"的说法，但是，既然"贵文"有"政化""事迹""修身"三种，为何总论文章的最高原则时，却仅仅参照了"修身贵文"上的圣人文辞？而在字面上另两种"贵文"何以都被忽略了？

广泛来看，君子修文本身是贯穿于"政化""事迹""修身"三者之中的。圣王的"政化"文章事业需要君子修文来"章之"，以文辞立政治事功说的也是君子的功绩，末了君子自身的修身，则要求君子修理身文。

由此来看，"政化"之文与"事迹"之文实质都无非是君子身文的延伸。"政化""事迹""修身"之"贵文"都指向君子："君子一身，斯文之会也。"①（叶山《叶八百易传》卷六）刘勰专门颂扬君子的《程器》篇，赞语里说"岂无华身，亦有光国"，便把"华身"的身文和"光国"的国家政事教化之文相联系起来，且直视君子的"华身"为"光国"的基础。《大学》"八条目"所论"治国""平天下"，亦"壹是以修身为本"，即以君子之"修身"为发端。培养君子实在是落实三种"贵文"的共通要求。由此，转换到文章学上论，刘勰也统一视君子"华身"之修养为提炼文章金科玉律的基础所在。

孔子以为"文质彬彬，然后君子"，子贡也说过"文犹质也，质犹文也"，君子修养自身的内在德性（"志足""情信"）与修理外在身文（"言文""辞巧"）无法分开。《征圣》篇所说君子"身文"本指君子修身，是圣人经训中对教育君子儒的文教要求之一，然而，面对着文人时代的作文风气，《征圣》篇进一步在君子的身文范畴中延展出文学的创作，使对传统君子儒的要求也延续、转化到新兴的文章技艺之中。所以，我们才会读到，刘勰在《情采》篇中竟透过君子修身的文质彬彬传统，来诠释文章学意义上的衔华佩实与丽辞雅义："设模以位理，拟地以置心，心定而后结音，理正而后摛藻；使文不灭质，博不溺心，正采耀乎朱蓝，间色屏于红紫，乃可谓雕琢其章，彬彬君子矣。"可见，文章雕琢上的文采斐然也直接依附于君子的彬彬身文了。

用君子衡量文人作家，意味着对文人作家的文章所提出的志足言文与情信辞巧的要求，并不是一个简单的文艺美学上的要求，它实际上来自圣人王道政教事业，从君子的角度对文章形成的一种品味。所谓志足言文与情信辞巧，本义上均不离君子"修辞立其诚"的政治品德。② 只有具备内在的雅德，外在的雅文或雅言才有可能，所以说"德不至，则不能文""德弥盛者文弥缛"③（刘向《说苑·修文》）。刘勰坚持儒家传统的文质

---

① 〔明〕叶山：《叶八百易传》第六卷，见《钦定四库全书·经部一·易类》清刻本，国家图书馆藏。

② 可参俞志慧《君子儒与诗教：先秦儒家文学思想考论》，生活·读书·新知三联书店2005年版，第55-72页。

③ 〔西汉〕刘向：《说苑》（下册），王天海、杨秀岚译注，中华书局2019年版，第1000、1003页。

观，认为美文与美德不可分离，这也是圣王的文德事业对君子阶层提出的期待。刘勰由君子修身文引导出文人作文的金科玉律，后者表面上谈论的是文艺学问题，实质上仍然是阐述儒家在王道政序教化的立场上对文和君子之文的美善想象。这一关于文的美善观固然被"文学美学"化而融入文艺学的议题，但其判断文章的美学标准和品味，却导源于圣人对君子贤人之"文"的理解和要求，与"政化""事迹""修身"对"文"的主张并不异趣。因此，这与其说是文学美学的观点，毋宁说是儒家政治美学的观点。

二、圣文的文章学意义：为文人作文担当文学上的典范性

对文人心性的引导与陶甄，终归是引向圣王的德政文业及对其成为君子的期待。不过，圣王文辞中的文心除表达圣王对待文章与为文的德化态度外，还体现在文术的运用与驾驭上，"包括对文的重视面向、制作文章之目的与技术之配合、论文或对自身言论知正，都是圣为征"，所谓"制作文章之目的与技术之配合"，也就是"在制文上为符合文之需要，竭尽形、术而为的各项变通"，①属于文术的运使。《征圣》篇在暗示了君子身位化出文人作家身位后，接下来更从圣人身位化出作家身位，分析圣人文章里"文成规矩，思合符契"的精妙文思，总结出"四术"，列举了"八例"，②"故知"圣人作文在"繁略殊形，隐显异术，抑引随时，变通适会"上皆堪视为文术运用的典范代表，所以，末了总论道："论文必征于圣，窥圣必宗于经。""经"是圣人的文章，从圣人的文章里可窥察圣人作文的文术运使，对于文术的运思，没有能超过圣人的，因为圣人"文成规矩，思合符契"的文思是从"鉴周日月，妙极几神"的高迈心神之中来，即出于圣人体证神理大道的"道心""天地之心"。③《文心雕龙》下篇详论文术，本来讲究文术论是"文艺自觉"以后才开始，眼下却仍然可

---

① 简良如：《〈文心雕龙〉之作为思想体系》，中国社会科学出版社2011年版，第81－82页。
② 对"四术""八例"的详细论析，可参邓国光《〈文心雕龙〉文理研究》，广西师范大学出版社2004年版，第135－150页。《征圣》篇对经典"四术""八例"的归纳与分析，可初略视为对经典在文章创作术法上的"文学批评"。
③ "鉴周日月"句出《乾》卦《文言》"夫大人者，与天地合其德，与日月合其明"，"妙极几神"语本《系辞》"子曰：知几其神乎"。

以被收编到圣人文章里，因为文术的至精妙运用只有通过圣人的文章才可得到师法，"征之周孔，则文有师矣"。

以上是关于圣人文章的一种"师"法。讲完此种"师"法之后，下文到"圣人之文章，亦可见也"为止，提示其"亦"提取出的另一种"师"法。此处，《征圣》篇阐明了"体要"与"正言"的重要性，其中"要"与繁对，"正"与异对，暗示文章修辞不能片面依靠文辞堆砌或文术技巧，"成辞""立辩"的关键仍赖"体要""正言"，以此才能抵制技巧或文辞上追新逐异的风气，而"体要""正言"的范例，便最宜从圣人经典里习得。至于圣人文章中的"体要与微辞偕通，正言共精义并用"，自亦是一可"师"法处："圣人之文章，亦可见也。"

经刘勰打造，圣人似乎也成了文人时代下的"作家"，圣人居然也擅长文术。本来，在"文艺自觉"以前的时代，长久以来"只有静态的经——圣人之'言'的概念，没有动态的'为文'"①，只有在对为文敷章、对作文亦即"动态的'为文'"有了自觉意识以后，也就是在"文艺自觉"之后，文术的概念作为"为文"之法才可能出现。圣人之"言"作为"静态的经"，本不会讲究什么"为文"的文术，然而出于顺承文人作文时代的目的，《征圣》篇如果仍要标举儒家圣人及其经书的权威，以为宗师模范，那么，徒赖圣人经书载有"道"的权威已不足够，经必须随文人作文时代的时势进行适当变通，向文章学的方向调适，使圣人的经书在文术运用等文章写作学问题上也被建构为文人作文的典范，为其张目，通过这种变通，经书才有可能吸引、收揽文学化时代里文人作家们的"文心"。

圣人被认为不仅精通文术，甚至还擅长书写华丽的文辞。看重文章的华采，已然成为刘勰所处时代的作文风尚。正因此种风尚尤为突出，刘勰彰明圣人文章具有"秀气成采""辞富山海"的面相，也是为了在当时重视文采的文人风尚中，设法于文人心目中确立起圣人文章在此方面的权威性典范，用圣人文章为文人文章提供支持和规范。不过，圣人文章在文采经营上的典范性，主要并不只是体现在文采的华丽上，而更体现在不耽于文采、能"衔华而佩实"之上，圣文的"体要""正言"，都属于"佩实"。"圣文之雅丽，固衔华而佩实"，这被看作优秀文章的典范，毕竟，

---

① 刘业超：《文心雕龙通论》，人民出版社2012年版，第300页。

"衔华而佩实"正符合情信辞巧、志足言文的标准。尽管经典文学化、圣人作家化了,但刘勰的审美始终与儒家文教的文质彬彬旨趣相同归。

刘勰用经书之"雅丽"来纠正时下文人文采淫滥之风(《程器》篇谓"近代文人,务华弃实")。《征圣》篇批驳了颜阖以为"仲尼饰羽而画,徒事华辞"的有意"訾圣"的错误看法,事实上,"饰羽而画,徒事华辞"更符合时文通病,《征圣》篇显明"圣文""衔华而佩实"的"雅丽"面貌,否定了"圣文"有"饰羽而画,徒事华辞"之病,也就无异于暗中批判了时下文人"饰羽而画,徒事华辞"的文病。

刘勰对圣人就像对君子一样,也做了文人作家化的处理,而君子身文与圣王文辞一样都被赋予文章学意义上的变通和转化。转化的结果,既不是要文人作家的文章消融到圣人经典之中,也不是要圣人经典照文人辞章的形式彻底改头换面,而是要促成"君子—文人"甚至"圣人—文人"的构建,即君子或圣人从自身原本出发,同样可以投身和移情到文人所从事的文章写作活动之中。这将促成经典在适应新兴的文学化时代的过程里进行自我调适:通过将后世文学置入经典的源流正变的绵延脉络中,经典得以"当代化"为时文的范例,并为新变文学本身张目和提供文则示范,沿此,经典传统的文教旨趣也得以伴随文化社会语境的变迁谋求新的传递路径。

三、总结

由《征圣》篇可看到,师法圣人的文心,可以在哪些方面启发文人们自身的文心,文人"立言"如果能借鉴、师征于圣人的文心,那么不仅能从圣文中学习到高超的文术运用(圣人"精理为文"),酌取丰富的辞藻(圣文"辞富山海"),以及端正华辞之雅丽(圣文"衔华而佩实"),而且能让自身的内在心性按君子"政化""事迹"与"修身"的心性类型来进行形塑与陶铸。《征圣》篇最后说"天道难闻,犹或钻仰;文章可见,胡宁勿思",刘勰强调对于显白可见的圣王文章的学习方式,重在于"思"。"思"入圣王的文章,意味着以心"往合"圣王的文心,可见"征圣"的方法,就是在圣王的文章,也就是经书里,用心去体会、涵泳,从中濡染、吸收圣王文心的熏陶与化育,达到心性为圣王所陶铸的结果。看来,"文心"之作"师乎圣"的进路端在于"体乎经"。

接受圣王文心的熏陶与化育,提领自身的文心往圣王的文心靠拢,中人们即便难以达至圣王的心性水平,也能尽量地逼近,"修经之贤,德近于圣","德近于圣"者便是君子,达至君子的心性水平,对于中人们而言是接受圣心教育的成果。文人们在"往合"、师证圣人文心的过程中能达到的成果也是"近于圣"——达至君子的文心水平。从传统的圣人立言观到"文艺自觉"后的世俗作者观,对作者的心性品质的要求在降低,《文心雕龙》引导文人作家们的文心必须以传统圣人作者的文心为师,就相当于在文人时代里试图重新恢复高品质的心性要求,以提升文人作家们的心性水平。

圣王重视把中人们的性情陶铸为君子的性情,在中人们写作文章的意义上,则重视把中人们的文心陶铸成为君子的文心,如此,圣王的"政化"文业才有希望。只不过,刘勰一方面肯定了文人时代下形成的个体文章之"体性"观念,另一方面又要求统一以圣王文心为师,因此,刘勰不得不用一种合理的方式配置、结合二者。

余韵:《文心雕龙》与古今文学之争

从圣王到诸子文士,再到后世形成的文人作家群体,这一衍变从政治之变上看肇端于三代王政的衰变,从文心之变上看始于传统圣王文心走向散落、分裂,散落于诸子文士之中而开启了诸个体心性的形成与繁衍,后世文人作家的主要心性类型循此而来。刘勰时"近代文人"的种种文心趣向与此种圣王的文心散落及分裂息息相关:由于"去圣久远"而追逐讹滥,竞于巧文末作,而个体文心的自主建立因以背弃圣王精神的关怀为代价,以致失却风雅之旨,落于"为文放荡"。

针对"竞今疏古""风末气衰"的文况,《文心雕龙》重振儒家政教文学传统的古老立场,以拨正"文学自觉"以后"淫文破典"[①](裴子野《雕虫论》)、情乏贞正的新变偏弊,其介入的是文学上一场"古今之争"。以古通今、以古驭今是刘勰文论的基本原则。《文心雕龙》介入文学史上这场古今争执的时机恰属于其开端。在往后的文学发展史中,这场古今文学争辩一直未有停息,例如,文人主体心性的自立与儒家政教文学传统之间进行"古今争执"的侧显之一,是新变引起的"缘情"观与传统"言志"观之间长久的争执。[②] 直到清代,纪昀批判当时的流行诗文,斥其

---

① 叶朗编:《中国历代美学文库》(魏晋南北朝卷下),高等教育出版社2003年版,第334页。

② 有关其概况,可参朱自清《诗言志辨》,广西师范大学出版社2004年版,第23—37页。

"绘画横陈"之余,便说此派是"发乎情而不必其止乎礼义",并且认为那是远继"文学自觉"关头陆机首倡的"缘情"说而来。《毛诗序》曰:"止乎礼义,先王之泽也。"① "发乎情而不必其止乎礼义",无异于"抒中情"时摆脱了"文明以止"的"先王之泽"。

文人主体的文心自立引发的"缘情"观甚至延续到现代新诗里:古人"这种狭义的'缘情诗'","倒跟我们现代译语的'抒情诗'同义了。'诗缘情'那传统直到这时代才算真正抬起了头",所以说,现代"文学革命"引发的"以抒情为主"的新诗"真是'变之极'了"。② 看来,新诗背后的文心基础不是从现代中国的"文学革命"才开始奠定的,而是更远地接续六朝时期"文艺自觉"的新变而来。现代文学的趋势难免要大张主体性心性,故云"在'五四'以来的新文学作品中,'我'从来都是文学的主体"③,但此"我"在创作上若毫无沾润、发抒无节,亦会败坏新文学的品质。牟世金在谈及台湾"龙学"界反省时下的现代文学时说道:

> 台湾的文坛情况,笔者所知甚微。但从他们自己的文章中可以略见一斑:"在现代诗的世界中,整个宇宙,只剩下极端化了的诗人的自我。因此,在现代主义中,除了'天下至大,唯有我一个'这样一种庸俗、浅薄的思维外,别无思维。"④

又讲及台湾"龙学"学者的观点:"几千年来的优良传统,在现代主义冲击之下的台湾文坛,无论是创作和批评,看不见传统的踪迹,'不像是一个有二千年优良传统的产品'了。""龙学"前辈们研思古人学问,却念念不忘今日所处时代的现代性文学问题,并一心希望从古人的思想里寻索调教现代性文学弊病的指引,"抉发其精深的妙境,俾此一部旷古绝今的宝典,真能实际应用于今日",前辈申彰"通古变今"、继承传统,其用心所在,"皆针对当世文坛实况之争论也"。⑤

---

① 叶朗编:《中国历代美学文库》(秦汉卷),高等教育出版社2003年版,第25页。
② 朱自清:《诗言志辨》,广西师范大学出版社2004年版,第35、149页。
③ 刘淑玲:《"丰富而又丰富的痛苦"》,见穆旦《穆旦精选集》,北京燕山出版社2006年版,第4页。
④ 牟世金:《台湾文心雕龙研究鸟瞰》,山东大学出版社1985年版,第105-106页。
⑤ 牟世金:《台湾文心雕龙研究鸟瞰》,山东大学出版社1985年版,第105-106页。

"龙学"前辈透过刘勰的《文心雕龙》，立足传统文论教诲，对现代性的文心状况进行批判，便仍可看作是绵延、赓续了《文心雕龙》介入的古今文学之争，是这场争执在现代性文学语境中的新的展开。可是，透过刘勰的立论角度，《文心雕龙》介入的古今文心之争，背后联系着三代战国之际的圣王王政秩序兴衰，牵涉到"去圣"背后的损益得失，然而，对于现代的情形来说，现代性的文心状况与精神格局本身更与另一种跟王政秩序截然相别的秩序形式相联系，其文学上的主体性趋向根本离不开现代自由民主政制或生活方式下的"文艺自由"之精神基础。自由伦理坚持"价值中立"或"价值无涉"，势必拒绝立法者有进行精神形塑的文教治权，当然也就拒绝圣王存在的正当性，自由民主政制便必然与传统王政政制的精神原则针锋相对，文人作家们在政制上获得了"去圣"的合法性。《文心雕龙》所面对的文变形势无论多么严峻，纵使"去圣久远"，儒家圣王德治文明至少依然维持着基本的影响力，可是到了现代之后，在自由主义的时代观念下，似乎谁也没有为文学品质进行立法的资格，对雅郑贵贱的选择完全是主观的和私人的，在审美价值上是平等的。看来在现代之后的处境里，这场文学上的古今之争或许更为尖锐和紧张。

　　或许，只有深入研究《文心雕龙》文学忧虑背后的政教忧虑，才能反过来更深地抉发出现代性文心状况的根源：它表面上是个文学性问题，但实质上却是个政治性问题。调整文人作家们的精神取向，以重新回到传统经典上，固然是有心引导现代文学的"龙学"前辈们的共同志向，但是我们从经典里最重要的是要获取什么？刘勰启示我们：不可遗忘经典的本质是"有王气"之大书，是关乎划分雅郑的文教治权的确立；要知道想当一名美善的文人作家，必须首先得是一名真正的君子。

参考文献

古　籍

（一）经部

[1]《十三经注疏》整理委员会. 十三经注疏［M］. 北京：北京大学出版社，1999.

[2] 左丘明. 左传：春秋经传集解［M］. 杜预，集解. 上海：上海古籍出版社，1997.

[3] 郑玄. 宋本周礼疏［M］. 贾公彦，疏. 北京：国家图书馆出版社，2019.

[4] 朱熹. 四书章句集注［M］. 徐德明，校点. 上海：上海古籍出版社，2001.

[5] 朱熹. 四书章句集注［M］. 北京：中华书局，2012.

[6] 朱熹. 诗经［M］. 方玉润，评. 朱杰人，导读. 上海：上海古籍出版社，2009.

[7] 黄叔琳. 文心雕龙辑注［M］. 纪昀，评. 北京：中华书局，1957.

[8] 李道平. 周易集解纂疏［M］. 潘雨廷，点校. 北京：中华书局，1994.

［9］方玉润. 诗经原始［M］. 李先耕, 点校. 北京: 中华书局, 1986.
［10］王先谦. 尚书孔传参正［M］. 何晋, 点校. 北京: 中华书局, 2011.
［11］冯登府. 三家诗遗说［M］. 房瑞丽, 校注. 上海: 华东师范大学出版社, 2010.
［12］洪亮吉. 春秋左传诂［M］. 李解民, 点校. 北京: 中华书局, 1987.

（二）史部

［1］司马迁. 史记［M］. 裴骃, 集解. 司马贞, 索隐. 张守节, 正义. 北京: 中华书局, 2013.
［2］班固. 汉书［M］. 颜师古, 注. 北京: 中华书局, 2000.
［3］陈寿. 三国志［M］. 裴松之, 注. 北京: 中华书局, 1959.
［4］沈约. 宋书［M］. 北京: 中华书局, 2000.
［5］萧子显. 南齐书校议［M］. 丁福林, 校议. 北京: 中华书局, 2010.
［6］姚思廉. 梁书［M］. 北京: 中华书局, 2000.
［7］房玄龄. 晋书［M］. 北京: 中华书局, 2000.
［8］魏征. 隋书［M］. 北京: 中华书局, 2000.
［9］刘知几. 史通［M］. 浦起龙, 通释. 吕思勉, 评. 李永圻, 张耕华, 导读整理. 上海: 上海古籍出版社, 2008.
［10］章学诚. 文史通义［M］. 李春伶, 校点. 沈阳: 辽宁教育出版社, 1998.
［11］章学诚. 文史通义注［M］. 叶长青, 注. 张京华, 点校. 上海: 华东师范大学出版社, 2012.
［12］胡旭. 历代文苑传笺证［M］. 南京: 凤凰出版社, 2012.

（三）子部

［1］刘向. 说苑［M］. 王天海, 杨秀岚, 译注. 北京: 中华书局, 2019.
［2］扬雄. 扬子法言译注［M］. 李守奎, 洪玉琴, 译注. 哈尔滨: 黑龙

江人民出版社，2002．

［3］桓谭．新论［M］．上海：上海人民出版社，1977．

［4］王符．潜夫论［M］．马世年，译注．北京：中华书局，2018．

［5］颜之推．颜氏家训译注［M］．庄辉明，章义和，译注．上海：上海古籍出版社，1999．

［6］庄子注疏［M］．郭象，注．成玄英，疏．曹础基，黄兰发，点校．北京：中华书局，2011．

［7］僧祐．弘明集［M］．上海：上海古籍出版社，1994．

［8］荀子．荀子简释［M］．梁启雄，注释．北京：中华书局，1983．

［9］谢祥皓，李思乐．庄子序跋论评辑要［M］．武汉：湖北教育出版社，2001．

［10］王充．论衡集解［M］．刘盼遂，集解．北京：古籍出版社，1957．

［11］王利器．新语校注［M］．北京：中华书局，1986．

［12］黄晖．论衡校释：附刘盼遂集解［M］．北京：中华书局，2017．

［13］刘义庆．世说新语译注［M］．张万起，刘尚慈，译注．北京：中华书局，2017．

［14］葛洪．抱朴子内篇校释［M］．王明，校释．北京：中华书局，1980．

［15］葛洪．抱朴子外篇校笺［M］．杨明照，校笺．北京：中华书局，1997．

［16］慧皎．高僧传［M］．朱恒夫，王学钧，赵益，注译．西安：陕西人民出版社，2009．

［17］方以智．药地炮庄［M］．台北：广文书局有限公司，1975．

［18］方以智．东西均［M］．李学勤，点校．北京：中华书局，1962．

［19］凌曙．春秋繁露注［M］．北京：中华书局，1975．

［20］熊赐履．学统［M］．徐公喜，郭翠丽，点校．南京：凤凰出版社，2011．

［21］钱谦益．牧斋有学集［M］．钱仲联，标校．上海：上海古籍出版社，1996．

［22］钱谦益．牧斋初学集［M］．钱仲联，标校．上海：上海古籍出版社，1985．

［23］章学诚．章学诚遗书［M］．北京：文物出版社，1985．

［24］焦循. 孟子正义［M］. 沈文倬,点校. 北京：中华书局,1987.

［25］王先谦. 荀子集解［M］. 沈啸寰,王星贤,整理. 北京：中华书局,2013.

［26］陈立. 白虎通疏证［M］. 吴则虞,点校. 北京：中华书局,1994.

（四）集部

［1］屈原,宋玉. 楚辞译注［M］. 董楚平,译注. 上海：上海古籍出版社,2014.

［2］萧统. 昭明文选［M］. 郑州：中州古籍出版社,1990.

［3］刘勰. 文心雕龙［M］. 黄叔琳,辑注. 纪昀,评. 李详,补注. 刘咸炘,阐说. 戚良德,辑校. 上海：上海古籍出版社,2015 年.

［4］张衡. 张衡诗文集校注［M］. 张震泽,校注. 上海：上海古籍出版社,1986.

［5］王勃. 王勃诗解［M］. 聂文郁,解. 西宁：青海人民出版社,1980.

［6］石介. 徂徕石先生文集［M］. 陈植锷,点校. 北京：中华书局,1984.

［7］苏轼. 苏轼文集［M］. 孔凡礼,点校. 北京：中华书局,1986.

［8］董诰,等. 全唐文［M］. 北京：中华书局,1983.

［9］王士禛. 带经堂诗话［M］. 张宗柟,辑. 戴鸿森,校点. 北京：人民文学出版社,1998.

［10］朱彝尊. 词综［M］. 汪森,编. 上海：上海古籍出版社,2014.

［11］朱彝尊. 曝书亭全集［M］. 台北：中华书局,2016.

［12］钱大昕. 十驾斋养新录［M］. 陈文和,孙显军,校点. 南京：江苏古籍出版社,2000.

［13］孙梅. 四六丛话［M］. 李金松,校点. 北京：人民文学出版社,2010.

［14］王筱云,等. 中国古典文学名著分类集成［G］. 天津：百花文艺出版社,1994.

［15］陈果青. 历代文论选注译［G］. 贵阳：贵州人民出版社,1983.

［16］叶朗. 中国历代美学文库［G］. 北京：高等教育出版社,2003.

［17］王水照. 历代文话［G］. 上海：复旦大学出版社,2007.

[18] 王运熙，顾易生，王镇远，等. 清代文论选［G］. 北京：人民文学出版社，1999.

"龙学"文献

（一）古代

[1] 中国文心雕龙学会与全国高校古籍整理委员会. 《文心雕龙》资料丛书［G］. 北京：学苑出版社，2004.
[2] 黄霖. 文心雕龙汇评［M］. 上海：上海古籍出版社，2005.

（二）现代

1. 注疏校释类

[1] 范文澜. 文心雕龙注［M］. 北京：人民文学出版社，1958.
[2] 刘永济. 文心雕龙校释［M］. 北京：中华书局，1962.
[3] 刘永济. 文心雕龙校释：附征引文录［M］. 北京：中华书局，2010.
[4] 杨明照. 文心雕龙校注［M］. 上海：上海古典文学出版社，1958.
[5] 王更生. 文心雕龙范注驳正［M］. 台北：台湾华正书局，1979.
[6] 王利器. 文心雕龙校证［M］. 上海：上海古籍出版社，1980.
[7] 陆侃如，牟世金. 文心雕龙译注［M］. 济南：齐鲁书社，1981.
[8] 杨明照. 文心雕龙校注拾遗［M］. 上海：上海古籍出版社，1982.
[9] 周振甫. 文心雕龙今译［M］. 北京：中华书局，1986.
[10] 詹锳. 文心雕龙义证［M］. 上海：上海古籍出版社，1989.
[11] 杨明照. 增订文心雕龙校注［M］. 北京：中华书局，2000.
[12] 杨明照. 文心雕龙校注拾遗补正［M］. 南京：江苏古籍出版社，2001.
[13] 吴林伯. 《文心雕龙》义疏［M］. 武汉：武汉大学出版社，2002.

2. 思想研究类

[1] 王更生. 文心雕龙研究：重修增订［M］. 台北：文史哲出版社，

1979.

[2] 王元化. 文心雕龙创作论[M]. 上海：上海古籍出版社，1979.

[3] 詹瑛.《文心雕龙》风格学[M]. 北京：人民文学出版社，1982.

[4] 马宏山. 文心雕龙散论[M]. 乌鲁木齐：新疆人民出版社，1982.

[5] 龚菱. 文心雕龙研究[M]. 台北：文津出版社，1982.

[6] 张长青，张会恩. 文心雕龙诠释[M]. 长沙：湖南人民出版社，1982.

[7] 冈村繁. 冈村繁全集[M]. 陆晓光，译. 上海：上海古籍出版社，2002.

[8] 牟世金. 雕龙集[M]. 北京：中国社会科学出版社，1983.

[9] 齐鲁书社. 文心雕龙学刊：第一辑[G]. 济南：齐鲁书社，1983.

[10]《文心雕龙》学会. 文心雕龙学刊：第二辑[G]. 济南：齐鲁书社，1984.

[11] 张文勋. 刘勰的文学史论[M]. 北京：人民文学出版社，1984.

[12] 祖保泉. 文心雕龙选析[M]. 合肥：安徽教育出版社，1985.

[13] 蒋祖怡. 文心雕龙论丛[M]. 上海：上海古籍出版社，1985.

[14] 李淼，毕万忱. 文心雕龙论稿[M]. 济南：齐鲁书社，1985.

[15] 王运熙. 文心雕龙探索[M]. 上海：上海古籍出版社，1986.

[16] 涂光社. 文心十论[M]. 沈阳：春风文艺出版社，1986.

[17] 冯春田. 文心雕龙释义[M]. 济南：山东教育出版社，1986.

[18] 周勋初. 文史探微[M]. 上海：上海古籍出版社，1987.

[19] 张少康. 文心雕龙新探[M]. 济南：齐鲁书社，1987.

[20] 缪俊杰. 文心雕龙美学[M]. 北京：文化艺术出版社，1987.

[21] 陈思苓. 文心雕龙臆论[M]. 成都：巴蜀书社，1988.

[22] 曹顺庆. 文心同雕集[M]. 成都：成都出版社，1990.

[23] 饶芃子. 文心雕龙研究荟萃[M]. 上海：上海书店，1992.

[24] 日本九州大学中国文学会.《文心雕龙》国际学术研讨会论文集[C]. 台北：文史哲出版社，1992.

[25] 户田浩晓. 文心雕龙研究[M]. 曹旭，译. 上海：上海古籍出版社，1992.

[26] 牟世金. 文心雕龙研究[M]. 北京：人民文学出版社，1995.

[27] 周振甫. 文心雕龙辞典[M]. 北京：中华书局，1996.

［28］中国《文心雕龙》学会. 文心雕龙研究：第二辑［G］. 北京：北京大学出版社，1996.

［29］中国《文心雕龙》学会. 文心雕龙研究：第四辑［G］. 北京：北京大学出版社，2000.

［30］蔡宗阳. 文心雕龙探赜［M］. 台北：文史哲出版社，2001.

［31］张少康. 文心雕龙研究［M］. 武汉：湖北教育出版社，2001.

［32］郭鹏.《文心雕龙》的文学理论和历史渊源［M］. 济南：齐鲁书社，2004.

［33］中国《文心雕龙》学会. 文心雕龙研究：第六辑［G］. 北京：学苑出版社，2005.

［34］王运熙. 文心雕龙探索：增补本［M］. 上海：上海古籍出版社，2005.

［35］赖欣阳."作者"观念之探索与建构：以《文心雕龙》为中心的研究［M］. 台北：台湾学生书局，2007.

［36］王更生. 文心雕龙管窥［M］. 台北：文史哲出版社，2007.

［37］中国《文心雕龙》学会. 文心雕龙研究：第七辑［G］. 保定：河北大学出版社，2007.

［38］蔡宗阳. 刘勰文心雕龙与经学［M］. 台北：文史哲出版社，2007.

［39］罗宗强. 读文心雕龙手记［M］. 北京：生活·读书·新知三联书店，2007.

［40］日本福冈大学文心雕龙国际学术研讨编委会. 日本福冈大学《文心雕龙》国际学术研讨会论文集［C］. 台北：文史哲出版社，2007.

［41］简良如.《文心雕龙》研究：个体智术之人文图象［M］. 台北：台湾大学出版中心，2008.

［42］杨明照. 杨明照论文心雕龙［M］. 上海：上海科技文献出版社，2008.

［43］中国《文心雕龙》学会.《文心雕龙》与21世纪文论研究国际学术研讨会论文集［C］. 北京：学苑出版社，2009.

［44］刘凌. 古代文化视野中的文心雕龙［M］. 长春：吉林大学出版社，2010.

［45］中国《文心雕龙》学会. 文心雕龙研究：第九辑［G］. 保定：河北大学出版社，2010.

[46] 王承斌.《文心雕龙》散论［M］.北京：国家图书馆，2010.
[47] 简良如.《文心雕龙》之作为思想体系［M］.北京：中国社会科学出版社，2011.
[48] 邓国光.《文心雕龙》文理研究［M］.上海：上海古籍出版社，2012.
[49] 戚良德.《文心雕龙》与当代文艺学［M］.北京：中央编译出版社，2012.
[50] 李建中.龙学档案［M］.武汉：武汉大学出版社，2012.
[51] 刘业超.文心雕龙通论［M］.北京：人民出版社，2012.
[52] 中国《文心雕龙》学会.文心雕龙研究：第十辑［G］.北京：学苑出版社，2013.
[53] 杨清之.《文心雕龙》与六朝文化思潮［M］.修订本.济南：齐鲁书社，2014.
[54] 戚良德.儒学视野中的《文心雕龙》［M］.上海：上海古籍出版社，2014.
[55] 欧阳艳华.征圣立言：《文心雕龙》体道思想研究［M］.上海：上海古籍出版社，2015.
[56] 戚良德.《文心雕龙》与中国文论［M］.北京：中国书籍出版社，2017.
[57] 孙兴义.中国《文心雕龙》学会第十三次年会论文集［C］.昆明：云南大学出版社，2017.
[58] 龚鹏程.文心雕龙讲记［M］.桂林：广西师范大学出版社，2021.
[59] 黄侃.文心雕龙札记［M］.吴方，点校.北京：中国人民大学出版社，2009.

3."龙学史"类

[1] 牟世金.台湾文心雕龙研究鸟瞰［M］.济南：山东大学出版社，1985.
[2] 张文勋.文心雕龙研究史［M］.昆明：云南大学出版社，2000.
[3] 张少康，汪春泓，陈允锋，等.文心雕龙研究史［M］.北京：北京大学出版社，2001.
[4] 刘渼.台湾近五十年代"文心雕龙学"研究［M］.台北：万卷楼，

2001.

［5］汪春泓. 文心雕龙的传播与影响［M］. 北京：学苑出版社，2002.

［6］李平.《文心雕龙》研究史论［M］. 合肥：黄山书社，2009.

其他专著

［1］廖平. 廖平学术论著选集［M］. 李耀仙，主编. 成都：巴蜀书社，1989.

［2］康有为. 万木草堂口说：外三种［M］. 北京：中国人民大学出版社，2010.

［3］梁启超. 梁启超古典文学论著［M］. 上海：上海书店，2013.

［4］皮锡瑞.《王制笺》校笺［M］. 王锦民，校笺. 北京：华夏出版社，2005.

［5］皮锡瑞. 经学历史［M］. 北京：中华书局，2008.

［6］皮锡瑞. 经学历史［M］. 周予同，注释. 北京：中华书局，1959.

［7］皮锡瑞. 经学通论［M］. 北京：中华书局，2008.

［8］王国维. 王国维集［M］. 周锡山，编校. 北京：中国社会科学版出版社，2008.

［9］刘师培. 刘师培论学论政［M］. 李妙根，编. 上海：复旦大学出版社，1990.

［10］刘师培. 刘师培讲经学［M］. 南京：凤凰出版社，2008.

［11］刘师培. 清儒得失论［M］. 北京：中国人民大学出版社，2004.

［12］章太炎. 国学讲演录［M］. 上海：华东师范大学出版社，1995.

［13］章太炎. 精读章太炎［M］. 刘琅，编. 厦门：鹭江出版社，2007.

［14］鲁迅. 汉文学史纲要［M］. 北京：人民文学出版社，1973.

［15］朱自清. 诗言志辨［M］. 桂林：广西师范大学出版社，2004.

［16］穆旦. 穆旦精选集［M］. 北京：北京燕山出版社，2006.

［17］徐复观. 两汉思想史［M］. 上海：华东师范大学出版社，2001.

［18］徐复观. 中国文学精神［M］. 上海：上海书店，2004.

［19］徐复观. 中国艺术精神［M］. 沈阳：辽宁人民出版社，2019.

［20］钱基博. 近百年湖南学风；骈文通义［M］. 上海：上海古籍出版社，2012.

[21] 钱基博. 韩愈志 [M]. 陈慧, 校订. 北京: 华夏出版社, 2010.
[22] 钱基博. 古籍举要; 版本通义 [M]. 上海: 上海古籍出版社, 2011.
[23] 钱基博. 文心雕龙校读记; 读庄子天下篇疏记 [M]. 上海: 上海古籍出版社, 2011.
[24] 刘汝霖. 汉晋学术编年 [M]. 上海: 华东师范大学出版社, 2010.
[25] 刘汝霖. 东晋六朝学术编年 [M]. 上海: 华东师范大学出版社, 2009.
[26] 陈柱. 中国散文史 [M]. 上海: 上海三联书店, 2014.
[27] 程树德. 论语集释 [M]. 程俊英, 蒋见元, 点校. 北京: 中华书局, 2013.
[28] 钱穆. 中国学术思想史论丛 [M]. 台北: 东大图书股份有限公司, 1977.
[29] 刘永济. 诵帚词集; 云巢诗存: 附年谱、传略 [M]. 北京: 中华书局, 2010.
[30] 郭绍虞. 中国文学批评史 [M]. 北京: 商务印书馆, 2010.
[31] 罗根泽. 中国文学批评史 [M]. 北京: 商务印书馆, 2015.
[32] 张舜徽. 张舜徽集 [M]. 武汉: 华中师范大学出版社, 2004.
[33] 张舜徽. 四库提要叙讲疏 [M]. 昆明: 云南人民出版社, 2005.
[34] 陈大齐. 论语辑释 [M]. 周春健, 校订. 北京: 华夏出版社, 2010.
[35] 陈克明. 群经要义 [M]. 北京: 中国人民大学出版社, 2009.
[36] 姜忠奎. 纬史论微 [M]. 黄曙辉, 印晓峰, 点校. 上海: 上海书店, 2005.
[37] 王运熙, 杨明. 魏晋南北朝文学批评史 [M]. 上海: 上海古籍出版社, 1989.
[38] 钟肇鹏. 谶纬论略 [M]. 沈阳: 辽宁教育出版社, 1991.
[39] 孙述圻. 六朝思想史 [M]. 南京: 南京出版社, 1992.
[40] 安居香山, 中村璋八. 纬书集成 [M]. 石家庄: 河北人民出版社, 1994.
[41] 罗宗强. 魏晋南北朝文学思想史 [M]. 北京: 中华书局, 1996.
[42] 汪晖, 陈平原, 王守常. 学人: 第12辑 [G]. 南京: 江苏文艺出

版社，1997.

[43] 王运熙. 当代学者自选文库：王运熙卷［M］. 合肥：安徽教育出版社，1998.

[44] 罗炽. 方以智评传［M］. 南京：南京大学出版社，1998.

[45] 黄永年. 文史探微［M］. 北京：中华书局，2000.

[46] 盛源，袁济喜. 六朝清音［M］. 郑州：河南人民出版社，2000.

[47] 王旭晓. 大风起兮［M］. 郑州：河南人民出版社，2000.

[48] 王文锦. 礼记译解［M］. 北京：中华书局，2001.

[49] 许辉，李天石. 六朝文化概论［M］. 南京：南京出版社，2003.

[50] 刘再华. 近代经学与文学［M］. 北京：东方出版社，2004.

[51] 张文勋. 儒道佛美学思想源流［M］. 昆明：云南人民出版社，2004.

[52] 俞志慧. 君子儒与诗教：先秦儒家文学思想考论［M］. 北京：生活·读书·新知三联书店，2005.

[53] 曾祥旭. 士与西汉思想［M］. 哈尔滨：黑龙江人民出版社，2005.

[54] 龚鹏程. 汉代思潮［M］. 北京：商务印书馆，2005.

[55] 刘小枫，陈少明. 古典传统与自由教育［G］. 北京：华夏出版社，2005.

[56] 丁耘. 什么是思想史［M］. 上海：上海人民出版社，2006.

[57] 林国基. "五月花号公约"签订始末［M］. 上海：华东师范大学出版社，2006.

[58] 刘小枫，陈少明. 犹太教中的柏拉图门徒［G］. 北京：华夏出版社，2007.

[59] 刘小枫. 儒教与民族国家［M］. 北京：华夏出版社，2007.

[60] 施米特. 陆地与海洋：古今之"法"变［M］. 林国基，周敏，译. 上海：华东师范大学出版社，2006.

[61] 刘小枫. 施米特与政治的现代性［M］. 魏朝勇，等，译. 上海：华东师范大学出版社，2007.

[62] 王健. 在现实真实与价值真实之间：朱熹思想研究［M］. 上海：华东师范大学出版社，2007.

[63] 陈赟. 中庸的思想［M］. 北京：生活·读书·新知三联书店，2007.

[64] 刘小枫,陈少明. 政治生活的限度与满足[G]. 北京:华夏出版社,2007.

[65] 王学泰. 游民文化与中国社会[M]. 北京:同心出版社,2007.

[66] 殷善培. 谶纬思想研究[M]. 台北:花木兰文化出版社,2008.

[67] 龚鹏程. 六经皆文[M]. 台北:台湾学生书局,2008.

[68] 江竹虚. 五经源流变迁考;孔子事迹考[M]. 上海:上海古籍出版社,2008.

[69] 林久贵,周春健. 中国学术史研究[M]. 武汉:崇文书局,2008.

[70] 张朝富. 汉末魏晋文人群落与文学变迁:关于中国古代"文学自觉"的历史阐释[M]. 成都:巴蜀书社,2008.

[71] 李春青. 魏晋清玄[M]. 北京:北京师范大学出版社,2009.

[72] 张丰乾. 庄子天下篇注疏四种[M]. 北京:华夏出版社,2009.

[73] 王汎森. 近代中国的史家与史学[M]. 上海:复旦大学出版社,2010.

[74] 邓国光. 经学义理[M]. 上海:上海古籍出版社,2011.

[75] 刘小枫. 共和与经纶[M]. 北京:生活·读书·新知三联书店,2012.

[76] 邢益海. 冬炼三时传旧火:港台学人论方以智[M]. 北京:华夏出版社,2012.

[77] 周春健. 经史散论[M]. 台北:万卷楼,2012.

[78] 阿纳斯塔普罗. 1787年宪法讲疏[M]. 赵雪纲,译. 北京:华夏出版社,2012.

[79] 秋风. 儒家式现代秩序[M]. 桂林:广西师范大学出版社,2013.

[80] 张峰乾. 两汉经学与文学思想[M]. 北京:生活·读书·新知三联书店,2014.

[81] 陈引驰. 文学传统与中古道家佛教[M]. 上海:复旦大学出版社,2015.

[82] 吴建民. 经学与古代文论之建构[M]. 南京:南京大学出版社,2016.

[83] 高林广. 《文心雕龙》先秦两汉文学批评研究[M]. 北京:中华书局,2016.

[84] 陈文新,江俊伟. 刘永济评传[M]. 武汉:湖北人民出版社,

2017.

[85] 许知远. 脆弱的新政：明治维新与清末新政比较［M］. 贵阳：贵州人民出版社，2018.

[86] 刘小枫. 巫阳招魂：亚里士多德《诗术》绎读［M］. 北京：生活·读书·新知三联书店，2019.

[87] 普慧. 南朝佛教与文学［M］. 南京：江苏人民出版社，2019.

[88] 杨思贤. 子书与东汉学术转型［M］. 北京：人民出版社，2019.

[89] 唐翼明. 魏晋风流［M］. 广州：广东人民出版社，2020.

[90] 单正平. 晚清民族主义与文学转型［M］. 北京：中国大百科全书出版社，2020.

期刊论文

[1] 普慧. 论刘勰及其《文心雕龙》的佛教神学思想［J］. 文艺研究，2006（10）.

[2] 吴小峰. 文不在兹乎：《庄子·天下》中的"旧法世传之史"与"六经"［J］. 古典研究，2012，夏季卷.

[3] 邬国平.《文心雕龙》是一部子书［J］. 上海大学学报（社会科学版），2013（5）.

[4] 冯庆. 义气论：春秋叙事、威仪美学与江湖治理［J］. 探索与争鸣，2017（5）.

[6] 余开亮，贾瑞鹏. 刘勰对山水诗的创造性误读与中古诗学的转向［J］. 南京大学学报，2020（4）.

[7] 罗成. "错画"的秩序：《文心雕龙·原道》的"自然—历史"阐释及文明论意义［J］. 文艺争鸣，2020（6）.

后　　记

　　这本小书相当于我一系列已公开发表论文的结集。小书成型后，可谓"未尽善也"，笔者迄今仍诚惶诚恐。但就像刘小枫教授所说，追求完美是一辈子的事情。因此，这本小书仅仅是一个如履薄冰的漫长征程的开端，一个路标，一个警醒自己持之以恒的象征。

　　小书的最早读者是敬爱的罗筠筠教授和刘小枫教授。罗筠筠教授于我的写作有直接的指导和教诲，对我帮助极大；刘小枫教授的古典学著述，则在思想上对我的《文心雕龙》研究有颇为深刻的影响。记得刘小枫教授在通信中曾经跟我说过：论著受"论题限制"和"文史专业论文"的写法所限，因此，"值得另外再写一本好看的，以重述方式带领当代的读者阅读原典，同时引出自己的解释。要为更多的普通大学生写作……否则，自己在这个文本上投入的如此之多的功夫就太可惜啦"。我诚实地记住了罗筠筠教授和刘小枫教授的所有关切，以激励自己不忘初心、继续耕耘。

　　眼下，我的《文心雕龙》研究计划中还有一些议题尚待挖掘。譬如《程器》篇，我在这本小书中还尚未来得及处理。《原道》篇和《程器》篇分别是《文心雕龙》全书的头篇和尾篇，二者首尾绾合，道器相济，其思想主旨乃是一体两面、桴鼓相应的，因而，要读懂《原道》篇，就不能不释读《程器》篇，反之亦然。《原道》篇和《程器》篇分别构成了《文心雕龙》全书体系的一首一尾，文体论和文术论部分的建构则在这首尾之间展开。在这样一个系统中，应该怎样看待文术论，尤其是文体论的主旨，也是本书尚未深掘的一个问题。文体论向来是《文心雕龙》研究中得到重视较少的，它和文术论的关系到底如何，其对文章体制的注重跟现代文论和文学美学有何差别……这些都是我在写作这本小书过程中引生的问题，也属于小书的未竟之业，只好留待他日完成了。

　　这本小书不过是一段学术生涯的暂时总结。于我而言，这段生涯是曲折而艰难的，充满迷茫和挣扎，我甚至迄今也仍然没有摆脱这种挣扎的沉重状态。但是，幸好还有在旁陪同我一道经历这些状态的人，使我不致孑然孤身。因此，我特别感激我的父母和家人，感谢他们像韩松《伤心者》里的"母亲"一样支持我。其中，尤其感谢我的妻子张梓玫女士，感谢她比我自己还要替我的事业感到焦心，为我付出良多。另外，还感谢我的朋友潘潮和张嵘，每一个交流"同心之言"的时刻都令人难忘。还要感谢我的外公。

　　正是他们给了我继续跋涉前行的动力。希望未来会更好。

辛丑年十一月于广州影城花园